MON MINUSCULE GÉANT

Un Alien pour les fêtes

Marina Simcoe

À mon capitaine

MON MINUSCULE GÉANT

Ce livre est une œuvre de fiction. Les noms, les personnages, les lieux et les événements sont le fruit de l'imagination de l'auteur. Les noms locaux et de lieux publics sont utilisés pour créer l'ambiance du roman. Toute ressemblance avec des personnes réelles, vivantes ou mortes, ou avec des entreprises, des sociétés, des événements, des institutions ou des lieux est totalement fortuite.

Traduit par Florence Gaillard - Rouge

Corrigé par SRG French Proofreading.

MON MINUSCULE GÉANT est un roman d'amour de science-fiction. Il comporte des descriptions sexuelles explicites. Ce livre est destiné à un public adulte.

Chapitre 1

Emma

Prêt pour le déploiement ! Dans dix... neuf... huit...

Le compte à rebours commença et mon cœur manqua un battement, en me suspendant dans une sorte de mélange glaçant d'excitation et d'appréhension.

C'était ma quatorzième mission sur la planète Tragul, mais la nervosité ne m'avait jamais quittée. Mon corps frémissait de fébrilité et d'une bonne dose de peur, comme c'était toujours le cas quelques instants avant l'ouverture de l'écoutille de notre vaisseau transporteur.

Parce que, peu importait le nombre de briefings que nous avions eus et le nombre d'instructions que nous avions reçues, personne ne pouvait prédire avec certitude ce qui nous attendait de l'autre côté de cette porte.

— Lève la tête, Pixie.

Le capitaine Rick Miller, le chef de notre Unité Blindée Spéciale Terrestre, fit claquer l'épaule de sa combinaison métallique intégrale contre l'épaule rigide de la mienne.

— Je surveillerai tes arrières.

— Merci. Je surveillerai les tiens.

En portant une combinaison blindée comme celle de Rick, j'avais la même taille et la même force que tout le monde dans mon unité de douze soldats.

Les encouragements de Rick étaient toujours agréables, cela dit.

— Ça va aller, Pixie.

Ekon, un autre compagnon d'armes, poussa son épaule blindée contre la mienne de l'autre côté.

Mon prénom était Emma, mais on m'appelait *Pixie* depuis mon premier jour à l'école militaire. Au début, je détestais ce surnom, en le prenant comme une référence de mauvais goût à ma petite taille d'à peine un mètre cinquante. En fin de compte, j'avais fini par m'y habituer. Les dizaines de missions que j'avais effectuées m'avaient donné de nombreuses occasions de faire mes preuves sur Tragul. Je savais que les gars de mon unité me respectaient pour mes compétences et mes aptitudes au combat. Venant d'eux, le surnom ne ressemblait plus à une insulte, mais à un signe d'acceptation dans l'équipe.

Le compte à rebours se termina. L'écoutille se leva. Les gaz d'échappement chauds des moteurs du vaisseau faisaient se plier la canopée verte et luxuriante de la jungle tragulienne en contrebas.

— Sautez !

Je retins mon souffle, puis je sautai de la plate-forme, en enclenchant les propulseurs de la combinaison dès que mes pieds perdirent le contact du vaisseau.

À partir de là, mon attention se concentra. Aucune énergie n'était gaspillée autrement que pour observer ce qui se passait immédiatement autour de moi.

En glissant le long de la cime des arbres, j'atterris dans une petite clairière en dessous et j'éteignis les moteurs de la combinaison. La puissance des piles à combustible était désormais réaffectée à d'autres fonctions. Je coupai le voyant rouge, pour confirmer à Rick que mon atterrissage s'était passé sans encombre. Le paysage environnant s'illumina sous forme de cartes et de graphiques avec des informations supplémentaires sur la vitre de mon casque.

En jetant un coup d'œil autour de moi, j'identifiai plusieurs « collines » grises, maintenant familières, sous les arbres – des monticules de chair appelés *fescods*.

Ces créatures n'étaient pas considérées comme intelligentes en tant que spécimens. En revanche, leur Esprit Central, un organisme caché en sécurité au fond de l'océan tragülien, leur permettait d'organiser des opérations à grande échelle qui avaient conduit à une guerre de deux décennies contre Tragul et même à une invasion de la planète voisine, Neron.

Les Voraniens, l'espèce intelligente du pays Voran sur la planète Neron, avaient expulsé les *fescods* de leur monde il y avait environ trois ans, en mettant fin à l'invasion. Cependant, les *fescods* continuaient à terroriser les Ravils, l'une des espèces de Tragul qui avait le malheur de partager la planète avec eux.

Les masses indistinctes grises roulèrent plus près, leurs corps informes ondulant pour les propulser sur le sol. Je fis glisser les lames incurvées hors des compartiments des bras de ma combinaison, pour me préparer à une attaque.

Les *fescods* n'étaient pas faciles à tuer. Leur peau réfléchissait la chaleur et les rayons laser. Les balles n'endommageaient que partiellement leurs gros corps. Leurs muscles repoussaient les balles en quelques minutes. Les organes internes des *fescods* se déplaçaient constamment à l'intérieur de leur corps, les rendant impossibles à localiser ou à frapper avec précision de l'extérieur.

Après les avoir combattus pendant une décennie, les Voraniens avaient identifié toute une série d'armes blanches comme étant le moyen le plus efficace contre les *fescods*. Les lames tranchantes et incurvées dont ma combinaison était équipée figuraient en haut de cette liste.

En prenant une posture plus large, je levai les lames et me préparai à l'impact avec l'un des énormes monticules de chair en train de rouler sur mon chemin.

Un cri de guerre tonitruant retentit dans la jungle. Puis, un groupe de guerriers effrontés se précipita devant moi pour faire face aux *fescods* menaçants. Les corps humanoïdes musclés des guerriers, recouverts d'une fourrure fauve aux poils courts, se déplaçaient avec grâce et rapidité. Leurs longues queues, dont le pointe était velue, traînaient derrière eux.

C'étaient les Ravils, nos alliés. Leur transporteur avait dû arriver peu de temps après le nôtre.

Le fameux courage des Ravils frisait l'imprudence. Cela les avait incités à lancer une contre-attaque devant nous.

Contrairement à l'unité humaine où nous étions tous entièrement enfermés dans des armures robotisées, les Ravils combattaient pratiquement nus. En dehors de pantalons et de bottes, ils ne portaient que des plastrons en cuir à peine assez grands pour protéger leurs organes vitaux. Leurs armes et la plupart de leur équipement se réduisaient à des hoslters et des cartouchières attachés aux larges ceintures recouvertes de perles qui reposaient sur leurs hanches.

Avec un mépris exaspérant du danger, et en brandissant des poignards courts dans chaque main, les Ravils chargèrent les *fescods*.

Distraite par leur apparition, planifiée mais non annoncée, je faillis manquer l'attaque d'un *fescod* qui approchait. Il roula sur moi. De fines protubérances apparurent sur son corps, certaines munies de pointes acérées, d'autres avec des pinces qui pourraient broyer des os.

Je balançai une de mes lames. Il bloqua le coup avec l'un de ses longs membres minces qui apparaissaient et disparaissaient de façon aléatoire sur son corps informe.

Je chancelai en arrière, presque désarçonnée par le contact. Heureusement, les stabilisateurs de la combinaison me maintenaient debout. Je levai à nouveau les deux lames, en visant l'endroit tout en haut de l'espèce de corps du *fescod*.

Un guerrier Ravil apparut soudainement juste au-dessus de l'endroit où j'étais sur le point de frapper. Je stoppai brusquement mon bras dans son élan pour retenir mon coup au dernier moment, de peur de blesser l'allié.

Le Ravil enfonça ses deux poignards à l'endroit précis que je visais. En bondissant sur le *fescod*, il fendit la chose grise tout du long. En enfonçant sa main à l'intérieur, il arracha la grappe palpitante des cœurs du *fescod*. En la soulevant triomphalement au-dessus de sa tête, il écrasa la grappe sanglante à mains nues avant de la jeter au sol.

Ensuite, il se retourna et me fit un clin d'œil, même si la visière teintée de mon casque lui cachait mon visage.

— De rien ! cria-t-il en ravil.

Mon implant traducteur capta la langue, en traduisant instantanément ses mots.

Pensait-il qu'il venait de me rendre service ? Je me serais très bien débrouillée sans lui. En fait, il venait juste de se mettre en travers de mon chemin.

— Quel imbécile, soufflai-je, agacée.

Non pas qu'il aurait pu m'entendre ou me voir secouer la tête dans mon casque.

Le Ravil s'occupa immédiatement de poignarder et trancher un autre *fescod*. Je me retournai, en pouvant enfin utiliser mes lames sur celui qui roulait vers moi en arrivant sur le côté.

Les *fescods* régénérèrent rapidement leurs tissus et leurs organes. Enlever leur cœur était un moyen sûr de les empêcher de guérir et de littéralement revenir à la vie. Cela dit, il n'était pas nécessaire d'être barbare non plus. Au lieu d'arracher la grappe des cœurs du *fescod* comme l'avait fait le Ravil, je la découpai soigneusement avec ma lame, puis je la jetai sous le buisson le plus proche hors du passage.

En balayant la clairière du regard, je cherchai d'autres *fescods*. Le même Ravil qui m'avait « aidée » plus tôt apparut à ma droite. Il venait de terminer un autre *fescod*, et courait maintenant sous les arbres, en se dirigeant vers un autre au loin.

Une lumière clignotante sur mon moniteur m'alerta de la présence d'un être vivant caché dans le feuillage des arbres au-dessus. C'était trop petit pour être un *fescod* mais assez grand pour potentiellement causer des dommages. Il n'était pas seul non plus. Un groupe d'entre eux se rassembla au-dessus, en semblant sur le point d'attaquer le Ravil qui approchait.

Une forme souple et verdâtre s'élança vers le Ravil alors qu'il s'approchait – un *yirzi,* une autre espèce intelligente de Tragul. Ces gars-là n'ont formé que des alliances de courte durée, et uniquement pour avoir des avantages immédiats et tangibles, comme l'argent. Pour l'instant, ils n'étaient *pas* de notre côté.

Le Ravil était en danger.

Je balançai l'une de mes lames incurvées sur le *yirzi,* une créature à la peau verte avec deux bras et quatre jambes. En fendant les airs, l'arme trancha l'un de ses bras. Un couteau laser vacilla dans le poing du bras coupé alors qu'il touchait le sol devant les bottes du Ravil. L'arme n'était clairement pas destinée à être utilisée contre les *fescods.* Les lasers étaient beaucoup plus efficaces contre nous, les humains et les Ravils.

Les *yirzis* avaient dû s'allier aux *fescods,* du moins pendant toute la durée de cette bataille. Criminels et opportunistes, les *yirzis* ne prenaient pas parti longtemps, en se battant pour celui qui payait le plus et ne restant fidèles à personne.

Deux autres silhouettes vertes sautèrent de l'arbre sur le Ravil.

Je me mis en position pour lancer mon autre lame sur l'un d'eux, mais le Ravil s'en occupa lui-même rapidement, en utilisant ses poignards courts et acérés.

Je devais admettre que c'était un sacré spectacle de l'admirer combattre. Ses muscles saillants ondulaient avec sa force. Une couche de sueur brillante lissait la fourrure soyeuse sur ses larges épaules et ses bras épais étaient couverts de tatouages compliqués. Il avait un corps puissant et magnifique, et il aimait évidemment le pousser à ses limites.

En poussant le *yirzi* mort sur le côté, le Ravil attrapa ma lame. Avec un petit signe et un *putain de sourire,* comme s'il ne venait pas d'éviter une attaque potentiellement mortelle, il me lança ma lame puis chargea deux autres *fescods* qui roulaient vers lui.

« Seize-zéro-huit », je lis à haute voix le nombre écrit sur son plastron en trois langues, en ravil, en voranien et en chiffres arabes à l'intention de nous, les humains.

— Lieutenant Agan Drankai, m'informa l'ordinateur de ma combinaison. Le chef de la section ravile pour cette mission.

Le chef ?

Pas étonnant que les autres soient souvent si incroyablement téméraires avec une tête brûlée comme celle-là comme modèle.

— J'AI ENTENDU DIRE que des humains permettaient aux femmes de servir dans l'armée, ricana l'un des Ravils.

Les douze soldats de mon unité et la majeure partie de la section ravile avaient quitté la clairière jonchée de cadavres massifs de *fescods* et de quelques *yirzis*. Notre ramassage n'était pas prévu avant une heure. Nous nous étions rassemblés près d'une large rivière orange qui coulait doucement à travers la jungle à une courte distance du champ de bataille de tout à l'heure.

— Ce n'est pas le travail d'une femme de se battre, se moqua un autre Ravil.

Je reconnus le numéro sur sa cuirasse comme étant celui du lieutenant Agan Drankai.

— Les femmes ne seraient qu'une distraction sur un champ de bataille, poursuivit-il en secouant la tête avec une grimace montrant sa profonde désapprobation.

Eh bien, le lieutenant Drankai s'avérait être non seulement une tête brûlée, mais aussi un misogyne en puissance.

Je savais que, dans la culture des Ravils, les rôles étaient clairement définis selon le genre. En tant qu'espèce, ils montraient également une extrême possessivité envers leurs femelles. Contrairement aux humains, les Ravils s'étaient opposés à un accord de mariage avec des Voraniens, en refusant un projet qui encouragerait les femmes raviles à épouser des hommes voraniens.

Tout cela m'allait bien. Ce qui me dérangeait, c'était qu'Agan projetait de manière flagrante les coutumes et les attentes de son espèce sur tout le monde.

En tant que petite femme qui avait choisi une carrière dans l'armée, j'avais dû faire face à ma part de regards condescendants et de commentaires hautains. Malheureusement, il y avait encore pas mal d'hommes sur Terre qui me traitaient comme si je n'étais pas à ma place, même après avoir été sélectionnée pour faire partie de la nouvelle et de la plus prestigieuse unité blindée et après avoir fait mes preuves au cours des nombreuses missions qui ont suivi.

Entendre dire par un mâle extraterrestre que je n'avais pas ma place, était tout aussi irritant.

— Hé, Pixie, tu veux que je le frappe pour toi ? dit Ekon, un soldat de mon unité, en donnant un coup de coude à ma combinaison.

— Merci, mais je peux le faire moi-même, répondis-je en serrant les dents.

Dans ma combinaison, je pouvais me débrouiller dans un combat avec plusieurs Ravils en même temps, malgré leurs muscles et leur bravoure.

J'avais toujours voulu être dans l'infanterie, pour prendre part à l'action en première ligne. Ma technique de combat au corps à corps était excellente. Cependant, le manque de puissance musculaire m'avait souvent empêchée d'affronter des hommes plus grands.

Lorsque les combinaisons blindées avaient finalement été approuvées pour le combat, j'avais littéralement hurlé de joie. J'avais postulé pour leurs tout premiers essais sur le terrain et je n'avais pas hésité.

La combinaison m'avait enfin permis de faire ce que j'avais toujours voulu faire. Lorsque je la portais, je mesurais deux mètres, comme tout le monde dans mon Unité Spéciale d'Infanterie Blindée. Grâce à ses moteurs puissants et à son exosquelette, j'étais aussi forte que n'importe lequel des gars.

Je pourrais certainement défoncer un con arrogant comme Agan. Sauf que les gens comme lui n'en valaient pas la peine. Notre transporteur arriverait bien assez tôt et je n'aurais probablement plus jamais à le revoir.

En ignorant Agan le Connard, je descendis jusqu'à l'eau et rinçai le sang de la bataille pour l'éliminer des gants et du casque de ma combinaison.

— Hé, Eleven ! m'appela quelqu'un par mon numéro de casque.

Le coup sur mon épaule fut assez fort pour me faire chanceler, malgré les stabilisateurs de la combinaison.

— Merci de m'avoir aidé là-bas, dit Agan en tournant la tête vers la jungle.

Les rayons du soleil striaient d'or la fourrure lisse de son torse et mettaient en valeur ses cheveux trop longs et en bataille, dont les extrémités bouclées s'étalaient derrière ses oreilles et sur sa nuque. S'ils avaient été un peu moins longs, ça aurait été sympa d'enfoncer les doigts dans ses cheveux épais et frisés...

Je secouai la tête pour refouler cette pensée inopinée. La seule raison pour laquelle j'attraperais les cheveux d'Agan, ce serait pour secouer sa tête et mettre un peu de bon sens dans son esprit étroit.

Pour brouiller les pistes, j'ajustai rapidement les haut-parleurs de la combinaison, pour rendre ma voix plus grave. Révéler mon sexe à quelqu'un comme lui pourrait entraîner une confrontation, et je n'avais aucune envie de combattre un allié après une longue bataille avec l'ennemi.

— Pas de problème, dis-je en lui faisant signe de partir. *En quelque sorte*, tu as fait la même chose pour moi.

Je faisais référence au moment où il avait tué le *fescod* que j'étais sur le point d'éventrer moi-même, en n'ayant besoin d'aucune aide de sa part.

Évidemment, mon sarcasme lui avait totalement échappé.

— Je t'en prie, répondit-il en hochant la tête avec une expression sérieuse. Nous sommes comme des frères, maintenant, toi et moi... des frères de bataille.

Il s'agenouilla sur la berge, en s'aspergeant d'eau pour se rincer les bras et le cou.

Cachée derrière la vitre sombre du casque, je suivais du regard les ruissellements d'eau alors qu'ils coulaient entre les stries saillantes de ses muscles, en brillant sur le velours lisse du pelage court sur sa peau.

Ce n'est pas un comportement très « fraternel » de le reluquer comme ça.

Je détournai rapidement le regard.

— Envie d'une baignade ? demanda Agan.

— Une baignade ? Oh non. Ça va. Franchement, dis-je en secouant la tête, tout en reculant du bord de l'eau.

D'autres humains et Ravils vinrent sur la berge. En entrant dans l'eau, Rick planta un piquet en métal dans le lit de la rivière. Il émettait un signal, conçu pour repousser toutes formes de vie.

— L'eau est sécurisée sur un rayon de trente mètres.

Rick enleva son casque et passa une main sur sa courte barbe noire. Il affichait un large sourire.

— Qui vient avec moi ? ajouta-t-il.

— Moi ! dit Ekon en sortant de sa combinaison.

La lumière chatoyante du soleil du Tragul étincelait sur sa peau sombre alors qu'il enlevait la fine combinaison que nous portions tous à l'intérieur de nos armures de protection rigides.

— Moi aussi !

Matteo et le reste de notre unité retirèrent également leur armure, en se débarrassant un à un de leurs sous-combinaisons.

Soudain, j'étais entourée d'hommes nus, de Ravils et d'humains. Les guerriers coururent nus derrière moi, en plongeant dans l'eau en faisant de grosses éclaboussures et avec des cris joyeux.

— C'est sûr, tu ne veux pas venir ? demanda Agan en jetant son plastron sur le sable rouge de la berge.

Ses mains trouvèrent ensuite les attaches de son pantalon.

— Moi ? Non... je, euh... balbutiai-je en faisant un autre pas en arrière. Je vais juste rester ici.

Je me laissai tomber sur le rocher le plus proche, en essayant sans y parvenir de détourner le regard alors qu'il enlevait ses bottes puis commençait à enlever son pantalon.

Les gars de mon unité m'avaient vu en soutien-gorge et en culotte plus d'une fois au cours des trois dernières années, depuis que nous formions une équipe. Nous avions dû dormir dans des quartiers exigus sur les différents vaisseaux de transport où l'intimité était pratiquement inexistante.

Nous étions arrivés dans cette partie de la Galaxie il y a presque onze mois. À présent, nous étions devenus une famille. Les gars de mon unité étaient vraiment comme des frères pour moi. Je n'hésiterais pas à me mettre en soutien-gorge et en culotte pour aller me baigner dans la rivière avec eux.

En revanche, la présence de Ravils changeait les choses.

L'idée de me débarrasser de mon armure devant Agan était particulièrement troublante.

— Merci. C'est bon, dis-je en secouant la tête à l'intérieur de mon casque, et en fixant tout sauf son corps désormais complètement nu.

— C'est toi qui vois, Eleven, répondit Agan en me tapant de nouveau sur l'épaule. Quand tu seras dans la Cité de Voran sur Neron, fais-moi signe. Si je suis là, nous irons prendre un verre ensemble. À Voran, il n'y a pas assez de femmes. Heureusement, notre base là-bas a une unité de divertissement où il y a des femmes. Les femmes raviles sont les meilleures de l'univers. Tu en as déjà fréquenté une ?

Ses paroles me faisaient grincer des dents dans mon armure.

— Non.

J'avais entendu parler des unités de divertissement raviles qui étaient sur leurs bases militaires à l'extérieur de Tragul. Le seul but de ces unités semblait être de distraire les soldats qui étaient loin de leur monde d'origine. D'après les commentaires que j'avais entendus, j'avais compris que les unités ressemblaient aux bordels de l'armée que certaines nations avaient sur Terre il y a longtemps – une partie tragique de l'histoire humaine.

Agan supposait évidemment que j'étais un homme, et je n'avais aucune envie de lui prouver qu'il avait tort à ce stade. Je souhaitais simplement avoir le moins de contacts possible avec ce type.

— Tu devrais rencontrer des femmes raviles. Je vais t'en présenter quelques-unes.

Avec une autre tape dont les vibrations se répercutèrent sur toute ma combinaison, Agan se précipita vers l'eau. Sa longue queue avec une longue touffe de fourrure au bout sifflait dans l'air.

— Pixie, m'appela Rick qui était apparu à mes côtés, nu comme les autres. Tu vas lui dire que tu es une fille ? demanda-t-il en souriant, tout en pointant Agan du menton. Ou tu veux que je le fasse ?

— Non, laisse tomber.

Je lui fis signe de partir. Un homme comme Agan était peu susceptible de prendre à la légère le fait que je sois une femme, et j'avais très peu de patience envers les connards donneurs de leçon. Il n'y avait pas besoin de tension supplémentaire, d'autant plus qu'il était possible que nous ne partions jamais plus ensemble sur une autre mission.

— Tout ce qu'il ne sait pas ne lui fera pas de mal, ajoutai-je en faisant bouger ma combinaison avec un haussement d'épaules.

— Comme tu voudras.

Rick riait, en me dépassant pour courir jusqu'à l'eau.

Pendant une seconde, je regardai fixement les fesses nues de Rick, qui étaient étrangement aussi bronzées que le reste de son corps. Je déplaçai ensuite mon regard vers la rivière, en me surprenant à chercher Agan parmi les grands corps dorés et fauves des Ravils.

Il sortit de l'eau, et secoua la tête pour se débarrasser des gouttelettes qui ruisselaient sur sa crinière blond foncé. Le soleil faisait briller le ruissellement qui coulait sur sa fourrure mouillée, en se frayant un chemin entre les bosses et les creux de ce paysage remarquable que créaient les muscles bien définis de son torse.

C'était extrêmement regrettable qu'un homme désagréable soit doté d'un corps parfait comme celui-là – c'était scandaleux, vraiment.

Chapitre 2

Emma

Prêt pour le ramassage dans dix minutes.

L'annonce venait du système de communication de ma combinaison.

En mettant le volume des haut-parleurs à fond, je descendis de mon rocher et fis un signe vers la rivière, remplie de mâles en train de nager, à la fois des Ravils et des humains.

— Hé, les gars ! criai-je à leur attention pour leur signaler qu'il était temps de sortir.

Une alarme retentit soudainement dans mon casque. Une lumière rouge clignotante indiquait la présence de quelqu'un dans la zone. Je mis la carte sur l'écran holographique à l'intérieur de mon casque. De fins contours rouges commencèrent à apparaître. À en juger par leurs formes et leurs tailles, une autre unité de *fescods* se rapprochait de nous, accompagnée d'un grand nombre de *yirzis*.

— *Fescods* à l'approche ! criai-je plus fort.

Les gars de mon unité sortirent de l'eau en courant, tout comme les Ravils – ils avaient tous besoin de quelques secondes pour attraper leurs vêtements et leurs armes. En attendant, il n'y avait personne d'autre que moi pour affronter les morceaux gris de chair dure qui roulaient de manière menaçante sur la rive de la jungle.

Je fis glisser mes lames et les chargeai, en donnant aux hommes le temps dont ils avaient besoin pour se préparer. En donnant des coups de lame, j'avançai lentement vers la lisière, en repoussant les *fescods* dans la jungle, loin de la rivière et des hommes nus.

Être en pleine action me faisait du bien. Il n'y avait pas de peur, pas de nervosité, juste de l'extrême concentration alors que je réfléchissais au prochain mouvement. Tout le reste n'existait plus.

Dès que je fus entrée dans la jungle en chassant les *fescods*, des *yirzis* sautèrent des arbres.

J'activai les pistolets laser attachés aux avant-bras de la combinaison, puis je fis également glisser les canons des armes automatiques sur mes épaules. La couverture à trois cent soixante degrés des armes de la combinaison était pratique quand on était attaqué de toute part, comme je l'étais en ce moment. Les tirs n'affectaient pas les *fescods*, mais ils tenaient les *yirzis* à distance.

Dès que les Ravils me rejoignirent, je désactivai les armes, de peur de tirer sur un de mes alliés par accident.

Parce qu'ils portaient peu de vêtements et qu'ils transportaient peu de matériel, les Ravils s'étaient préparés au combat plus rapidement que les hommes de mon unité. Beaucoup d'entre eux n'avaient même pas pris la peine de remettre leur pantalon, ils n'avaient saisi que leurs couteaux avant de se précipiter à mon secours.

Ensemble, nous nous déplacions plus loin le long de la berge et plus profondément dans la jungle, en repoussant l'ennemi dans la direction d'où il était venu.

Agan me dépassa, en se dirigeant vers la première ligne de front.

Avait-il toujours besoin d'être le premier partout ? Je secouai la tête.

— Pixie ! Où es-tu ?

La voix inquiète de Rick me parvint par l'intermédiaire du kit de communication.

— Je suis là...

Momentanément désorientée par l'action qui se déroulait tout autour de moi, j'avais besoin de quelques instants pour m'orienter. Je lui confirmai mes coordonnées en lisant l'écran à l'intérieur de mon casque.

— Le transporteur est là.

L'urgence résonnait dans la voix de Rick tandis qu'il poursuivit :

— Tout le monde est monté à bord. Nous devons nous écarter du chemin pour laisser entrer le vaisseau ravil. Maintenant.

Je me retournai, en apercevant des feuilles en train de voler et des branches pliées à cause du souffle qui s'échappait des moteurs de notre transporteur à l'horizon.

— Combien de temps ai-je ? demandai-je rapidement.

— Deux secondes.

J'aurais besoin de bien plus que cela pour me rendre à l'endroit où le transporteur était en vol stationnaire au-dessus de la jungle, mais j'activai quand même les moteurs de la combinaison et survolai la canopée de la jungle. Les faire attendre plus longtemps signifiait que les Ravils devraient attendre pour monter à bord de leur vaisseau. Sans protections, ils devraient affronter les *fescods* et les *yirzis* plus longtemps que nécessaire à cause de moi.

— Vas-y, dis-je à Rick, en coupant en deux un autre *yirzi* qui m'avait sauté dessus depuis un arbre à proximité. Je vais rentrer avec les Ravils.

— On se voit à la base, alors, répondit Rick.

Puis il ajouta sur un ton amical plutôt qu'un ton de chef :

— Et Pixie, s'il te plaît, sois prudente.

Un autre *yirzi* se dirigea vers moi, accroché à une épaisse liane tandis qu'il tirait avec son pistolet laser sur les Ravils environnants.

— Je le serai, Rick.

Je fendis la liane avec ma lame, puis je piétinai le cou du *yirzi* avec la botte d'acier de ma combinaison avant de finir ma phrase :

— Ne t'inquiète pas pour moi. On se verra à la base.

— À bord ! cria Agan, en agitant les bras en direction du transporteur humain qui s'était levé, et qui partait.

Le vaisseau des Ravils prenait place au-dessus de la clairière, l'air agité par ses hélices faisait se courber les arbres et se déformer le vert luxuriant de la jungle.

Alors que les siens se dirigeaient dans cette direction, Agan se retrouva tout à l'arrière de sa section. Je réalisai que ça avait peut-être été sa stratégie depuis le début. D'abord, il avait été au front, en guidant ses hommes durant la contre-attaque contre les *fescods*. Maintenant, il se retrouvait à l'arrière, pour s'assurer que tout le monde se rende au transporteur en toute sécurité.

C'était une stratégie admirable pour un leader, je devais l'admettre.

— Tu viens avec nous, Eleven ? demanda-t-il en se précipitant pour aider un de ses hommes dans la lutte contre un groupe de *fescods*.

— Oui.

Je hochai la tête, en donnant un coup de poing dans le visage vert d'un *yirzi* et en aidant un Ravil, qui avait été projeté au sol à côté de moi, à se relever.

Contrairement à notre navette spatiale aux lignes épurées, le vaisseau des Ravils était un aéronef encombrant avec des rangées de gros rivets le long de sa coque rouillée. En plus des trois énormes hélices tournant sur le dessus du vaisseau, deux moteurs crachaient de l'air chaud par les gros tuyaux d'échappement qui se trouvaient en dessous, en brûlant les feuilles des arbres sur son passage.

Alors qu'il était en vol stationnaire au-dessus de la canopée de la jungle, une longue rampe descendit vers la clairière. Les Ravils se précipitèrent sous les arbres et grimpèrent les échelons en relief de la rampe pour entrer dans l'aéronef.

Au lieu de prendre de la place inutilement sur la rampe, j'allumai les moteurs de la combinaison et je survolai la tête des Ravils qui grimpaient.

Une fois à l'intérieur de l'aéronef, j'activai à nouveau les pistolets sur mes avant-bras, en tirant sur tous les *yirzis* que le système de la combinaison détectait en dessous. Ma puissance de tir fournissait aux Ravils une couverture plus que nécessaire dans la mesure où ils étaient exposés sur la rampe.

À travers le feuillage dense, j'aperçus les quelques derniers Ravils en train de se précipiter vers le transporteur. Agan fut le tout dernier à atteindre la rampe.

Nous voyant prêts à partir, les *yirzis* augmentèrent la fréquence de leurs tirs, en tirant sur ceux qui montaient sur la rampe mais aussi sur l'aéronef. Une explosion frappa la coque près de mon visage, et les étincelles lumineuses se propagèrent sur le devant de mon casque et m'aveuglèrent l'espace d'un instant.

Une autre explosion toucha une pale de l'une des hélices. L'impact de la déflagration secoua brutalement l'aéronef qui pencha sur le côté.

— Plus vite ! Plus vite ! cria quelqu'un.

Le vaisseau s'inclina dans les airs, en s'élevant au-dessus de la cime des arbres. Le bruit de la rampe remontée par un treuil se répercuta sur le corps métallique du vaisseau.

Maintenant, Agan était le dernier à rester sur la rampe. Il montait rapidement, et il se rapprochait de plus en plus de l'entrée. Un vent fort s'engouffrait dans ses cheveux ondulés et secouait sa queue.

Le tir d'un pistolet laser *yirzi* frappa le métal devant lui, en envoyant une fontaine d'étincelles dans son visage. Un autre lui effleura l'épaule au même moment. Agan recula brusquement, ses pieds glissèrent. Ses mains manquèrent l'échelon suivant sur la rampe et il chuta dans les airs.

— Lieutenant ! crièrent d'horreur les guerriers ravils.

L'un d'eux saisit rapidement une corde et l'attacha à sa ceinture.

— Je vais le chercher !

Je m'écartai du châssis de la porte et je sautai avant lui.

C'était une décision prise en un éclair. Le Ravil avec la corde attachée à sa ceinture n'atteindrait jamais Agan à temps, et risquerait sa vie pour rien. Avec ma combinaison, j'avais de bien meilleures chances de sauver Agan et de survivre.

Au moment où mes pieds quittèrent l'aéronef, j'engageai les moteurs de la combinaison, en me lançant après Agan à une vitesse plus élevée que celle de sa chute libre.

Je l'attrapai par la taille, à une courte distance de la canopée de la jungle. À peine une seconde avant de percuter la cime des arbres, j'ouvris les panneaux solaires de la combinaison.

Nous planions au-dessus de la jungle, aidés par les panneaux solaires oblongs de ma combinaison qui faisaient office d'ailes. La surface noire et brillante des panneaux absorbait l'énergie du soleil de l'après-midi, en rechargeant les batteries de la combinaison. La longue bataille d'aujourd'hui avait presque épuisé leur charge.

Agan s'agitait dans mes bras et j'ajustai ma prise. La masse sombre du vaisseau de transport des Ravils planait au-dessus de nous.

— Tout ira bien, lieutenant. Je vais nous ramener au transporteur...

Je fus coupée avant d'avoir eu le temps de finir mes propos rassurants.

Un tir laser rapide, venant d'en dessous, toucha ma combinaison, en envoyant des feux d'artifice d'étincelles le long de la surface des ailes solaires. Je réalisai que les panneaux ouverts faisaient de moi une cible beaucoup plus facile. Il y avait assez de puissance dans le moteur de la combinaison pour nous ramener à l'aéronef. J'essayai de fermer les ailes, mais une seule glissa dans son compartiment sur mon dos.

L'autre aile avait dû être endommagée car elle s'était coincée à mi-chemin. Le panneau à moitié étendu m'envoya en chute libre. Un message clignotait en rouge sur l'écran de mon casque, en m'avertissant de l'avarie. Une alarme retentit alors que j'étais en train de m'écraser en tombant à travers les arbres.

En protégeant la tête d'Agan avec mon bras, je fis de mon mieux pour nous maintenir en l'air, en utilisant la puissance du moteur pour contrebalancer et ralentir la rotation. Les tirs de laser continuaient depuis le sol et j'utilisais le peu de contrôle que je pensais avoir sur la navigation de la combinaison pour nous éloigner le plus possible des *yirzis*.

Nous volions à travers les feuilles, les lianes et les branches à toute vitesse, en perdant de l'altitude à chaque minute.

Les tirs de laser avaient finalement cessé, en me faisant dire que nous avions dû nous éloigner suffisamment des *yirzis*. Cela dit, le sol s'approchait rapidement au fur et à mesure que nous descendions. Je ne pouvais rien y faire. Nous allions nous écraser.

Je heurtai le sol de la jungle avec mon épaule, en forçant la combinaison à absorber le plein impact de notre collision. Mon dos avait creusé une tranchée profonde dans la douce terre orange de Tragul alors que je me tournais pour m'assurer qu'Agan était tombé au-dessus de moi.

Puis, nous finîmes par nous immobiliser complètement.

En consultant le système de ma combinaison, je m'assurai que nous avions laissé les *fescods* et les *yirzis* loin derrière. Le système ne détecta ni les uns ni les autres dans les environs.

— Lieutenant Drankai ?

Je fis soigneusement rouler Agan pour l'écarter de moi, en espérant ne pas l'avoir tué pendant ma manœuvre de sauvetage. Je n'aimais peut-être pas beaucoup ce type, mais je ne voulais pas qu'il meure.

— Appelle-moi Seize-zéro-huit, grogna-t-il. Ou tout simplement, Agan. Je ne suis pas ton supérieur, nous ne sommes pas dans la même armée.

Il ne serait pas mon supérieur même si nous appartenions à la même armée. Il avait le même grade que moi. J'étais aussi lieutenant.

— Est-ce que ça va ? demandai-je, soulagée qu'il soit vivant et conscient.

Il s'assit avec un autre grognement étouffé.

— Pas certain.

En grimaçant, il inspecta son épaule où le tir du laser avait laissé une trace de fourrure brûlée sur les couleurs vives de ses tatouages.

En plus de sa blessure à l'épaule, des égratignures de petites et grandes tailles couvraient ses deux bras. Il y avait aussi des lacérations sur son pantalon, ses cuisses et ses hanches. Certaines étaient déjà bordées de sang rouge foncé.

— Comment tu te sens ? demandai-je.

Il n'avait pas l'air d'aller bien, pour être honnête.

— Comme si je venais de m'écraser en traversant la jungle toute entière, dit-il en ricanant et en se levant. Merci de m'avoir sauvé la vie, Eleven. Je te suis redevable.

— Pas de souci. C'était un plaisir d'avoir pu aider, répondis-je en regardant attentivement les potentielles séquelles physiques de notre crash sur le corps d'Agan.

En dépit de son apparence débraillée, il semblait ne pas avoir de blessures graves. Ses mouvements étaient aussi fluides qu'avant. Sa démarche confiante était toujours la même.

— Nous allons retourner au transporteur, dis-je. Je peux nous faire voler...

— Dans cet état ? demanda Agan en me lançant un regard incrédule.

Je suivis son regard, en voyant, par-dessus mon épaule, les restes fissurés et tordus de mon aile gauche. Inutile de faire un diagnostic, l'aile était manifestement inutilisable.

— Les ailes servent à planer et à se recharger. Je n'ai pas besoin d'elles pour voler, assurai-je à Agan. Il reste encore un peu d'énergie.

Cela dit, le morceau tordu de l'aile qui restait décollé interférerait avec l'aérodynamisme et gênerait la navigation si j'essayais de décoller.

J'avançai mon épaule, en évaluant visuellement les dégâts.

— Je vais juste avoir besoin de retirer ça, je ne sais pas com...

— Comme ça ? fit Agan en tirant le panneau vers le bas et en le cassant.

— Hé !

Je titubai sur mes pieds à cause de la force de son geste.

— Quoi ? dit-il en jetant le morceau cassé sur le côté. Tu as dit que tu voulais l'enlever, c'est enlevé.

Je l'aurais retiré différemment, mais comme le résultat final était le même – la pièce endommagée ne gênait plus – je décidai de ne pas discuter.

J'effectuai quelques vérifications rapides des systèmes vitaux de la combinaison. Le transporteur des Ravils n'était nulle part en vue, et je n'avais pas de liaison de communication avec lui.

— As-tu un moyen de contacter le pilote ? demandai-je à Agan. Pour demander qu'ils nous attendent.

Il secoua la tête.

— Non. Mais je ne leur demanderais pas d'attendre même si j'avais un moyen de communiquer avec eux. Leur hélice a été touchée. L'aéronef est compromis. Ils ne peuvent pas rester en vol stationnaire en nous attendant. Ils doivent retourner à la base dès que possible.

Il avait raison.

Je réfléchis un instant à notre situation. La combinaison n'avait pas été conçue pour les vols longue distance. Sa fonction de lévitation était là pour aider au combat avec des vols tactiques à courte portée.

— Je ne pourrai pas rattraper le transporteur, alors. Il doit être loin devant maintenant. Et mes batteries ont besoin d'être rechargées.

Sans les ailes entièrement fonctionnelles, j'aurais besoin, d'une manière ou d'une autre, de trouver une clairière ensoleillée dans la jungle dense pour recharger les batteries. N'importe quelle lumière ferait l'affaire, mais avec une seule aile restante et sans la lumière directe du soleil, cela prendrait beaucoup plus de temps. Cela n'aidait pas qu'il soit tard dans l'après-midi et que le soleil se rapproche rapidement de l'horizon.

— Combien de temps durent les batteries ? questionna Agan en semblant sceptique.

— Normalement, quelques jours, mais j'ai beaucoup utilisé la puissance de tir aujourd'hui, ce qui demande beaucoup d'énergie.

Cela, combiné au vol que j'avais déjà fait, avait considérablement épuisé les piles à combustible.

— J'ai besoin de soleil pour les recharger, poursuivis-je.

J'inclinai la tête en arrière, en étudiant l'épaisse canopée de la jungle au-dessus de nous à travers la visière teintée de mon casque.

— Il y a assez de puissance pour que je m'élève au-dessus de la jungle, réfléchis-je à haute voix. Ensuite, je pourrais éventuellement étendre l'aile restante pour capter les rayons du soleil couchant.

— Tu risquerais de donner notre position, fit observer Agan avec pragmatisme. Même si tu réussissais à planer dans les airs avec une seule aile.

Je devrais utiliser les moteurs de la combinaison pour essayer de compenser l'aile manquante afin de stabiliser la combinaison dans les airs, ce qui, bien sûr, consommerait également beaucoup d'énergie.

Agan avait raison. Sauf que maintenant, je risquais de me retrouver bloquée en territoire hostile avec une combinaison inutile et sans batterie.

— Que suggérerais-tu ? lui demandai-je.

— Que nous continuions à pied jusqu'à la tombée de la nuit. Tu rechargeras la combinaison demain matin.

Agan sortit un papier plié de sa botte.

Je regardai par-dessus son épaule avec curiosité alors qu'il posait la carte en papier sur le sol. Cela m'avait toujours étonnée de voir comment les Ravils avaient mené une guerre intense contre les *fescods* pendant plus de deux décennies maintenant, tout en n'ayant que des moyens aussi primitifs à leur disposition.

— D'après la carte, dit Agan en traçant une ligne sur le papier avec son doigt. Si nous partons maintenant, nous devrions être là-bas demain vers midi, après quelques heures de sommeil pendant la nuit.

Je chargeai la carte sur l'écran à l'intérieur de mon casque, en superposant le visuel sur son dessin. Il y avait quelques dissemblances entre sa carte et la mienne. Je ne pouvais pas déterminer si c'était à cause du manque de technologie moderne des Ravils ou à cause de l'avantage de leur reconnaissance sur le terrain par rapport à notre surveillance par satellite.

Cependant, les écarts n'étaient pas majeurs. L'itinéraire principal qu'Agan avait indiqué comme étant celui à emprunter correspondait sur les deux cartes.

— Nous n'aurons peut-être pas besoin de marcher sur toute la distance, suggérai-je. Une fois que j'aurai rechargé les batteries demain matin et que nous nous serons suffisamment éloignés des *yirzis*, nous pourrons voler.

— Bien vu.

Agan me tapa de nouveau sur l'épaule. Des vibrations et des sons creux se répercutaient dans la combinaison.

Je reculai sous la force de son coup, avant de retrouver mon équilibre.

— Tu dois vraiment arrêter de faire ça, marmonnai-je, agacée.

— Allez, Eleven, dit-il avec un sourire, en me rembarrant d'un geste de la main. Ne fais pas semblant d'être un faible, maintenant. Je t'ai vu prendre des coups plus forts que ça.

Il me donna une tape dans le dos cette fois, en envoyant une autre vague de vibrations à travers la combinaison. En étant à l'intérieur de l'armure, j'avais l'impression d'être assise à l'intérieur du clocher d'une église pendant que les cloches sonnaient.

Passer un jour et demi en compagnie de ce type me semblait déjà être une torture.

— Très bien, alors, dis-je en me redressant. Plus tôt nous serons partis, plus tôt nous arriverons.

Et plus vite je serais débarrassée d'Agan, aussi.

Chapitre 3

Emma

Tu as vu des éléments hostiles dans la zone ? demanda Agan, alors que nous crapahutions péniblement dans la jungle depuis environ une heure.

Mis à part quelques poissons assoiffés de sang dans la rivière, il y avait très peu d'animaux prédateurs dans la zone que nous traversions. Les *fescods* et les *yirzis* présentaient le plus grand danger sur cette partie de la planète. Mais, apparemment, nous les avions laissés derrière nous.

Tragul était un monde incroyablement beau, avec des plages de sable rouge, un ciel bleu, des rivières orange et un océan couleur vert jungle. Avec son climat doux et peu de prédateurs, Ravie était un pays qui aurait pu être une magnifique destination touristique interplanétaire, en dépit de la guerre qui y faisait rage depuis vingt-trois ans.

Je vérifiai mon moniteur.

— Non, aucun élément hostile détecté dans le rayon de mon système.

— Bien. C'est un équipement pratique que tu as là.

Agan regardait ma combinaison avec un air admiratif, puis jeta un coup d'œil par-dessus mon épaule pour voir l'endroit où il avait cassé l'aile.

— Dommage que comme toute technologie, celle-ci ait aussi ses fâcheuses limites, ajouta-t-il.

Je combattis la vague d'irritation que ses paroles avaient fait monter en moi. J'adorais ma combinaison, c'était plus qu'une simple arme ou du matériel. Mon attachement était similaire à celui que j'avais ressenti pour ma toute première voiture, d'autant plus que la combinaison m'avait sauvé la vie à plusieurs reprises. Elle avait aussi aidé à sauver la vie d'Agan, il y a peu de temps.

Une fois encore, je choisis de ne pas argumenter. Aussi irritant que c'était, je devrais passer la nuit entière dans la jungle avec cet homme. Il n'était pas nécessaire de créer plus d'animosité entre nous.

Je serrai les dents sous mon casque et je continuai, en me frayant un chemin dans la brousse avec l'une de mes lames.

Après encore quelques heures d'une marche difficile dans l'épaisse jungle, la fatigue s'installa. Malgré l'aide de la force de l'exosquelette, mes muscles me faisaient mal et mon esprit devenait nébuleux à cause de l'épuisement.

À la façon dont les épaules d'Agan s'étaient affaissées, j'imaginais qu'il devait aussi être fatigué.

— Des *fescods* ou des *yirzis* à l'horizon ? demanda-t-il encore une fois.

— Non, confirmai-je après avoir vérifié l'écran de contrôle. On peut s'arrêter ici pour la nuit.

L'épuisement me pesait. J'aurais pu littéralement tomber et m'endormir là où j'étais.

Agan inspecta visuellement la zone environnante.

— Ce n'est pas sûr ici.

— Aucun endroit n'est complètement sûr sur cette planète, dis-je sèchement, trop fatiguée pour continuer à jouer la parfaite diplomate.

— Eh bien, c'est la *seule* planète que nous, les Ravils, avons, dit-il sur un ton tout aussi piquant. Je serais damné si je laissais un tas de choses informes sans cerveau m'en faire partir.

C'était pour cette raison que nous étions tous ici au début. Après avoir chassé les *fescods* de Neron, les Voraniens, une nation plus avancée technologiquement que les Ravils, avaient activement soutenu la résistance des Ravils face aux *fescods* sur Tragul.

Le premier contact entre les Voraniens et les humains avait eu lieu il y a une douzaine d'années. Il y avait un peu plus de deux ans, le premier accord entre nos races avait été signé, en autorisant les mariages interplanétaires entre les Voraniens et les humains. En raison du faible nombre de femmes nées sur la planète Voran, leur gouvernement avait invité des femmes de la Terre à épouser des hommes voraniens. Juste un an après cela, une alliance militaire entre nos espèces était née.

Mon unité a été la première force interplanétaire de la Terre à participer aux efforts de maintien de la paix sur Tragul. J'avais été excitée et honorée d'en faire partie. Après avoir appris tout ce que je pouvais sur les Ravils et leur lutte sur plusieurs décennies, j'avais saisi avec bonheur l'opportunité d'aider et, je l'espérais, de faire la différence.

Depuis près de onze mois maintenant, je combattais aux côtés de nombreux Ravils. Le courage audacieux et téméraire, qu'ils partageaient tous, était une caractéristique commune de leur race, ainsi que leur énorme confiance en soi. Agan semblait s'être taillé la part du lion.

L'esprit têtu, en revanche, devait être son truc à lui.

— Je ne dormirai pas si près des arbres, insista-t-il. Il faut qu'on aille là, dit-il en pointant du doigt un endroit sur sa carte papier qu'il avait ressortie. Il y a une clairière de taille convenable ici, près de ce ruisseau.

— Bien.

J'abandonnai et me dirigeai dans la direction qu'il m'indiquait en marmonnant : « *Tout ce qui vous fera plaisir, Votre Altesse.* »

Les *yirzis* et *les fescods* pouvaient attaquer n'importe où, que ce soit dans la jungle ou près du ruisseau. Mais puisque dormir sous les arbres foutait la trouille à Agan, nous devions continuer.

Après encore vingt minutes de marche à travers la jungle, il finit par s'arrêter.

— Ici, dit-il en inspectant la clairière à côté du ruisseau orange pâle qui se coulait à proximité. Je vais sécuriser le périmètre.

Il détacha quelques capteurs ronds de sa ceinture, puis commença à les attacher aux troncs des arbres autour de la clairière.

J'examinai mon système de surveillance, en ne voyant rien d'alarmant.

— Cela paraît bien.

J'avançai péniblement jusqu'au milieu de la clairière, pour choisir un emplacement pour ma capsule de sommeil. Je traînais les pieds d'épuisement. Même les bottes de ma combinaison semblaient beaucoup plus lourdes que la normale.

— Je vais devoir en mettre un de l'autre côté.

Adan se dirigea vers le ruisseau, en tenant le dernier capteur dans sa main.

— Laisse-moi faire.

Le système n'avait rien repéré de plus gros qu'un petit poisson dans l'eau. En revanche, je savais que certains poissons de cette planète pouvaient facilement mordre à travers le cuir de son pantalon.

— Les poissons peuvent être dangereux... continuai-je.

Il ne me laissa pas finir, et il sauta dans l'eau et traversa le ruisseau en deux longs sauts.

— Je suis plus rapide que les poissons ! se vanta-t-il de l'autre côté. Plus grand qu'eux, aussi.

Il était grand, je devais l'admettre. Quand il se tenait à côté de moi, Agan était presque aussi grand que ma combinaison. Je doutais même qu'il réussisse à rentrer dans mon armure s'il essayait. Tandis que, de mon côté, j'avais dû faire ajuster l'exosquelette pour me suspendre à l'intérieur de la combinaison, qui avait beaucoup trop d'espace libre en hauteur et en largeur.

— D'accord, alors, dis-je, en lui faisant un signe et en renonçant à essayer d'inculquer à cet homme la moindre notion de prudence. Fais ce que tu veux. Je vais dormir ici.

Je fis glisser le mince rouleau, que formait ma capsule de couchage, de l'armure sur ma cuisse et je le déployai entre les deux trépieds métalliques que j'avais plantés dans le sol.

C'était la partie facile.

Maintenant, je faisais face à la question : quoi faire ensuite ? Je n'aimais vraiment pas l'idée d'abandonner la protection que mon armure m'offrait. Agan aurait certainement son mot à dire s'il apprenait que son « frère de bataille » avait toujours été une femme.

Dormir à l'intérieur de la combinaison blindée serait cependant extrêmement inconfortable. Elle avait été conçue pour être en action en position debout, pas allongée.

En plus de ça, j'avais vraiment besoin d'aller aux toilettes. Bien que la combinaison puisse me dépanner en cas d'urgence, cacher mon identité à un lieutenant arrogant n'en constituait pas une. Je préférais garder la combinaison dans le meilleur état possible avec toutes ses fonctions à leur capacité maximale pour tout ce que nous aurions à affronter le lendemain. Ce soir, il n'y avait aucune bonne raison pour ne pas aller pisser dans la brousse.

Pendant ce temps, Agan était revenu de mon côté du ruisseau.

— Je dormirai à cet endroit, dit-il joyeusement.

Il coupa quelques branches feuillues d'un arbre à la lisière de la jungle et les jeta en tas sur le sol pour s'en faire une couchette, supposai-je.

— Tu ferais mieux de sortir de cette boîte de conserve, Eleven, ajouta-t-il en levant le menton vers moi. Aussi formidables que soient ces trucs au combat, j'ai entendu dire que ce n'était pas terrible pour dormir.

Pour une fois, j'étais tout à fait d'accord avec lui. Je ne me reposerais pas si je restais dans la combinaison cette nuit.

En prenant une inspiration revigorante, je pris la décision de sortir.

Je déconnectai le casque, puis j'ouvris le panneau à l'avant, en sortant de l'armure. Délibérément, je faisais tout lentement, en donnant à Agan le temps de réaliser qui j'étais et, je l'espérais, le temps d'adapter son opinion et son comportement en conséquence.

Pourtant, quand je me tournai finalement vers lui, le choc était toujours présent sur son visage.

Il avait évidemment supposé que j'étais un homme, et je n'avais rien fait pour lui montrer qu'il avait tort jusqu'à présent. Je compris sa surprise de voir sortir une petite blonde chétive de la combinaison blindée de deux mètres de haut alors qu'il s'était manifestement attendu à quelqu'un de plus grand et... eh bien, de sexe masculin.

— Salut, dis-je en lui faisant un petit signe de la main.

Mon geste sembla l'avoir sorti de sa stupéfaction. Il passa ses doigts dans les mèches épaisses de sa crinière.

— Qu'est-ce que c'est que ce bordel, Eleven ? cracha-t-il brusquement avec grossièreté.

Plus il me fixait, plus son état de choc me faisait l'effet d'une insulte.

— Je m'appelle Emma, dis-je sur ton glacial qui, je l'espérais, ne laissait aucun doute sur le fait que sa réaction ne m'avait pas impressionnée.

— Mes amis m'appellent Pixie. *Tu* peux m'appeler lieutenant Nowak, continuai-je.

Il avait toujours l'air fâcheusement sidéré, et n'essayait même pas de changer d'expression pour avoir l'air vaguement poli ou politiquement correct.

— Donc, c'est vrai alors ? demanda-t-il en me regardant bouche bée. Les humains obligent leurs femmes à se battre pour eux.

Après avoir marché sur des œufs avec ce con insupportable toute la journée, je perdis finalement le contrôle. C'était lui qui avait tort, après tout, pas moi. Pourquoi aurais-je dû faire le moindre effort pour ménager *ses* sentiments ?

— Oh, bordel de merde ! criai-je en agitant les bras en l'air. C'est quoi ton problème ? Je suis une soldate, lieutenant, tout comme toi tu es un soldat. Je me bats pour mon pays et ma planète, tout comme tu le fais.

— La guerre n'est pas un travail pour une femme, marmonna-t-il avec obstination.

— Mais c'est *littéralement* mon job ! dis-je alors que mon irritation se transformait en colère. J'ai passé des années à m'entraîner pour en arriver là. J'ai étudié plus que toi, je parie. J'ai travaillé dur et je ne supporterai pas d'entendre le jugement et les opinions de quiconque concernant ce que je devrais ou ne devrais pas faire en se basant uniquement sur mon sexe. Certainement pas les tiens, ajoutai-je en levant mon doigt en l'air dans sa direction. Tu n'es pas plus fait pour ton travail que moi pour le mien.

Il plissa les yeux vers moi, en me reluquant longuement.

— Si tu crois vraiment que nous sommes pareils, tu es aveugle, balança-t-il.

Je croisai les bras sur ma poitrine.

— Ah bon ? fis-je en détestant à quel point ma voix était aiguë. Je me suis battue à tes côtés, toute la journée. Je n'ai pas fait moins bien que toi là-bas, n'est-ce pas ? Je suis une soldate, un lieutenant, tout comme toi. Nous avons aussi le même rang, bon sang.

Mon sang était en feu, et réchauffait mon visage. Je fis un pas de plus et je dus pencher complètement la tête en arrière pour croiser le regard d'Agan tellement plus haut que moi. Je refusais d'être intimidée par sa taille ou par quoi que ce soit d'autre et je poursuivis :

— La seule différence que je vois entre toi et moi est mon absence de cet unique membre.

Je jetai un regard insistant sur son entrejambe, puis j'ajoutai rapidement :

— Eh bien, deux si tu comptes ta queue. Ça et ton ego démesuré, bien sûr.

— Ce n'est pas vrai, affirma-t-il en se tenant devant moi et en secouant la tête. Les femmes doivent être chéries et protégées.

— Et c'est vraiment le cas ? demandai-je en haussant un sourcil, sans même essayer de masquer le sarcasme dans ma voix. Est-ce pour cette raison que vous gardez vos femmes dans ces *unités de divertissement* ? C'est comme ça que vous les protégez ?

— Oui, dit-il en me dévisageant avec une expression sérieuse. Une femme ravile n'aura jamais à mettre les pieds sur une zone de guerre. Si elle est en danger, chaque homme de Ravie risquera sa vie pour l'emmener dans un lieu sûr.

— Le fameux « lieu sûr », dis-je en formant des guillemets aériens avec mes doigts autour de ces deux mots, où elle devra ensuite se prostituer pour divertir les soldats masculins.

— Se prostituer ? demanda-t-il avec un air sincèrement perplexe.

— Ne me dis pas qu'il n'y a pas de sexe dans ces unités.

— Bien sûr qu'il y en a. Les gens ont des besoins.

— Et je parie que c'est là que tu vas aussi pour assouvir tes *besoins*, n'est-ce pas ?

— Pourquoi pas ?

Il haussa un sourcil.

Était-il vraiment si naïf ? Ne voyait-il vraiment rien de mal à cet arrangement, ou faisait-il juste semblant d'être aveugle pour m'exaspérer ? Si oui, cela avait fonctionné. La colère bouillonnait en moi.

— Alors, c'est ce que tu penses être le rôle d'une femme dans la vie ? lui demandai-je en m'approchant de lui. Te faire plaisir et te divertir ? Selon toi, je ne devrais pas être ici, faire mon boulot, même si je le fais aussi bien que toi. Une femme ne peut pas être soldate simplement parce qu'elle est une femme ? Tu ne vois pas que ça n'a aucun sens ?

Il cligna des yeux en me regardant un instant, puis leva les mains en l'air dans un geste d'exaspération totale.

— Putaaaain ! hurla-t-il en me désignant de ses deux mains. Comment es-tu devenue soldate ? Pourquoi ? Regarde-toi, tu es une petite chose blonde ! *Pixie* comme un petit lutin, c'est un nom qui te va bien. Tu fais littéralement la moitié de ma taille ! Comment vas-tu affronter mon ennemi ?

— J'ai *déjà* affronté l'ennemi, tu te souviens ? hurlai-je en retour, en perdant les dernières onces de ma patience.

La seule raison pour laquelle je ne l'avais pas frappé tout de suite, c'était parce que je ne pensais pas pouvoir atteindre son visage. Un coup de poing ailleurs n'aurait pas été aussi satisfaisant à ce moment-là.

— En combinaison, je suis comme tout le monde. Je ne suis pas moins bien que toi. Merde, je suis *meilleure* que toi. Je l'ai prouvé ! affirmai-je.

Ce qu'il avait dit n'était pas nouveau pour moi. Sauf que personne avant Agan ne me l'avait dit ouvertement en face et de cette façon. C'était comme s'il ne réalisait même pas combien il avait l'air offensant, ce qui rendait la situation encore pire. Il n'essayait pas juste de m'insulter, il croyait sincèrement que je n'étais pas faite pour mon travail.

— La combinaison est une pièce technologique. Et la technologie, ça tombe en panne.

Il arpentait la clairière, avec un air affligé. L'extrémité velue de sa queue remuait avec fébrilité entre ses bottes.

— Que feras-tu si ça tombe en panne quand tu es seule ? Tu serais protégée par qui ou quoi dans ce cas ? demanda-t-il.

— Et mes compétences ? Ma formation ? Mon cerveau ? dis-je la main levée pour énumérer énergiquement avec mon doigt chaque élément. Il ne s'agit pas seulement de la taille de mes muscles ou de ce qu'il y a entre mes jambes, bon sang !

— Il n'en demeure pas moins que tu es une femme, répondit-il en tapant du pied.

— Oh, que Dieu me vienne en aide !

Je rejetai la tête en arrière, en utilisant tout mon self-control pour m'empêcher de me précipiter sur lui pour le secouer et ramener à la raison son esprit étriqué.

— Et une femme a besoin d'être protégée, poursuivit-il, pas de se battre dans une guerre d'hommes.

Une guerre d'hommes ?

Quel crétin têtu !

Il était devenu évident que cet échange était inutile. Clairement, il y avait certaines personnes qu'on ne pouvait jamais convaincre quand elles n'avaient décidément pas les mêmes opinions.

— Peu importe.

Je lui fis signe de la main, en me dirigeant vers les arbres. La colère commençait à s'installer en moi, et j'avais besoin de mettre un peu de distance pour éviter de complètement péter un câble.

— Je ferais mieux de faire une pause toilette maintenant avant que l'un de nous ne se prenne un coup dans le *visage*, ajoutai-je.

Agan sortit rapidement ses couteaux de leurs fourreaux qui reposaient sur ses hanches, en se précipitant après moi.

— Je viens avec toi.

— Quoi ?

— Pour écarter tout danger pendant que tu... tu sais, que tu seras en train de faire pipi, expliqua-t-il.

C'était plus que je ne pouvais en supporter. Le peu de sang-froid qui me restait disparut. Quelque chose en moi avait craqué. En pivotant sur mes talons, je sortis le manche du couteau laser de la poche qui était sur la manche de ma combinaison.

— Tu ne vas rien écarter du tout, grinçai-je entre mes dents en allumant la flamme de la lame. Fais un seul pas pour me suivre, et je jure que je t'entaille.

— Tu seras vulnérable là-bas toute seule, protesta-t-il. Surtout dans la position que les femmes adoptent pour aller aux toilettes.

Je levai les yeux au ciel avec un grognement.

Ce gars était-il sérieux ?

— Ma *position* aux toilettes ne te regarde pas.

Je poussai un soupir de frustration.

Au cours de mes années de service actif, j'avais fait des choses bien plus dangereuses que d'aller aux toilettes en territoire hostile. Mais bien sûr, Agan se moquait bien de mon expérience ou de mes capacités, parce qu'il était incapable de voir au-delà de mon apparence.

— Tu n'as pas des problèmes plus urgents dont tu devrais t'inquiéter ? Autre que ma prétendue vulnérabilité perçue ?

Je désignai avec le couteau la blessure roussie sur son épaule. Des gouttelettes de sang avaient suinté à travers la chair brûlée lors de notre randonnée.

— Occupe-toi de ça pendant mon absence. Sinon, je cautériserai ça avec ma lame à mon retour. Ce ne sera pas joli, prévins-je en marchant d'un pas lourd vers les arbres. Je suis sûre que je ne suis pas aussi douce que les femmes raviles auxquelles tu es habitué.

Je restai dans le rayon du système d'alarme de ma combinaison, tout en combattant ma forte irritation.

Certes, le comportement d'Agan ne m'avait pas fait une super impression au moment où j'avais posé les yeux sur lui. Cependant, je le détestais encore plus maintenant que je le connaissais mieux.

Pourquoi avais-je argumenté ? Je ne devrais pas me soucier de ce qu'une personne comme lui pensait de moi. Pourquoi m'en souciais-je ?

J'inhalai profondément après avoir fait mes affaires, puis je repartis.

Que je le veuille ou non, je devrais supporter Agan encore plusieurs heures. Être à l'intérieur de ma combinaison devrait faciliter les choses demain. Une fois arrivés à la base, je n'aurais plus jamais à me préoccuper de lui. Ma plus grande inquiétude serait de ne pas lui tirer dessus « accidentellement » si nos unités devaient un jour partir ensemble pour une autre mission.

Quand je revins dans la clairière, Agan était assis au milieu. Un petit feu de camp brûlait joyeusement devant lui. À l'aide de l'un de ses poignards, il équarrissait quelque chose de petit avec des écailles sur ses genoux.

Au moins, il n'y avait plus de sang sur son épaule. Bien qu'elle ne soit pas bandée, la plaie luisait à cause d'une fine couche d'un onguent qu'il avait dû mettre dessus.

— Qu'est-ce que c'est ? demandai-je en désignant la créature ressemblant à un lézard dans ses mains.

— Le dîner, répondit-il sur un ton boudeur. Tu as faim ?

— Non. Merci.

J'avais quelques barres de ration dans ma combinaison qui dureraient jusqu'à notre retour à la base militaire ravile demain.

En me dirigeant vers la combinaison, je sortis une cantine en plastique enroulée dans un cylindre mince et serré. En le déroulant, je le remplis avec l'eau du ruisseau et j'y dissolus quelques comprimés purificateurs d'eau avant de boire.

— Tu as soif ? demandai-je à Agan.

En dépit d'être un connard arrogant, il était aussi mon compagnon d'armes. Nous étions en mission ensemble, et son bien-être relevait de ma responsabilité autant que la mienne relevait de la sienne.

— Non, répondit-il en ne levant pas les yeux de la viande qu'il était en train de faire tourner sur un bâton. J'ai déjà bu.

— Directement dans le ruisseau ?

Pourquoi ne se soucierait-il pas de sa propre sécurité ? Au lieu de s'occuper obsessionnellement de la mienne ?

— Oui, dit-il en me lançant un regard exaspéré. J'ai bu directement l'eau du ruisseau. L'eau est saine ici.

— Bien.

Je mâchais ma barre de ration insipide, en le regardant rôtir la viande. Un arôme appétissant flotta bientôt dans l'air autour de son petit feu de camp.

— Eh bien, je vais me coucher, maintenant, l'avertis-je en montant dans ma capsule de couchage.

— Je vais rester debout. Aux aguets.

Je ressentis à nouveau une vive irritation me traverser.

Agan s'était fabriqué un matelas de couchage avec les branches des arbres. Il avait visiblement eu l'intention de se reposer juste avant d'apprendre que j'étais une femme. S'attribuait-il maintenant le rôle de guetteur, simplement parce que je m'étais avérée faire partie de la catégorie du « sexe faible » ?

Je détestais l'insécurité qu'il me faisait ressentir.

— Non, hors de question, dis-je à travers le tissu renforcé de la capsule. Tu as mis en place suffisamment de capteurs pour surveiller la zone, sans parler du système d'alarme de ma combinaison qui nous alerterait si quelqu'un s'approchait. Nous avons tous les deux besoin de nous reposer.

Sa surprotection obsessionnelle et déplacée m'énervait. La seule chose qui avait changé, c'était qu'il connaissait mon genre. Et juste comme ça, Agan était passé de mon compagnon d'armes à mon gardien.

— Dors un peu, marmonnai-je en m'installant confortablement dans la capsule. Je ne traînerai pas tes fesses fatiguées jusqu'à la base demain.

Chapitre 4

Emma

Une lumière vive filtrait à travers le tissu de ma capsule de couchage, et me réveilla. C'était le petit matin, réalisai-je, en chassant le sommeil de mes yeux.

En sortant de la capsule, je trouvai Agan en train de grignoter un long morceau de viande près du feu mourant.

— Depuis combien de temps es-tu debout ? demandai-je.

— Depuis environ une demi-heure. Petit-déjeuner ?

Il pointa du pouce un autre morceau de viande tout en longueur qui rôtissait à proximité. Enroulé sur un bâton, il ressemblait beaucoup à un serpent dépecé.

— Hum, non. Merci. C'est bon. Je vais manger ça.

Je sortis la dernière de mes barres de ration et je me mis à manger mon petit déjeuner insipide mais très nutritif.

— Pourquoi tu ne m'as pas réveillée ?

Il termina la viande et éteignit le feu.

— Tu avais besoin de repos. Nous avons une longue route devant nous.

Ma combinaison que j'avais laissée en position assise à proximité attira son attention. Il se baissa à côté et inspecta le sol autour, en suscitant ma curiosité.

— Qu'est-ce que tu regardes ? l'interrogeai-je en m'accroupissant à ses côtés.

Mon genou heurta accidentellement la combinaison avec un bruit sourd.

— Recule !

Agan m'attrapa soudainement par la taille, en m'éloignant de la combinaison.

— Que fais-tu ? Lâche-moi !

Je frappai son énorme biceps. Aussi choquée et confuse que je fus, je détestais la facilité avec laquelle il me portait, comme si je n'étais pas plus grosse qu'un chat.

— Des vers *qhuk*.

Il inclina le menton vers la combinaison.

De longues créatures argentées glissèrent de la longue ouverture à l'arrière de ma combinaison où se trouvait l'aile gauche. Ils se dispersèrent sur le sol, en se faufilant rapidement vers les arbres au bord de la clairière.

— Mais ils ne sont pas dangereux, dis-je, intriguée par la réaction d'Agan. Pas mortels en tout cas.

Il continua de me tenir même quand le dernier ver avait rampé hors de notre champ de vision. Mon dos pressé contre son torse, je réalisai que j'agrippais son avant-bras. Sa fourrure courte et soyeuse donnait à sa peau la sensation du contact du velours. Je résistai à mon envie soudaine de caresser son bras et lui donnai un coup de pied dans le tibia à la place.

— Lâche-moi, dis-je.

Il me libéra finalement de sa prise, en me permettant de m'éloigner de lui.

— Pourquoi cette réaction ? demandai-je.

— Lorsqu'ils sont surpris, les vers *qhuk* libèrent une substance désagréable. C'est collant et ça sent mauvais.

Une légère odeur nauséabonde flottait dans l'air jusqu'à moi.

— Collant ?

Alarmée, je me précipitai vers ma combinaison.

Une épaisse substance gluante vert-brun suintait de la fente de l'aile, en dégoulinant sur le côté de ma combinaison.

— Oh non... gémis-je. C'est dégoûtant.

Je m'empressai de l'essuyer avec une feuille sèche que j'avais ramassée sur le sol.

Agan m'arrêta en saisissant mon poignet.

— Il ne faut jamais toucher les sécrétions fraîches des vers *qhuk*, m'avertit-il. Ça va te brûler les doigts.

— Qu'est-ce que ça va faire à ma combinaison ?

Plus que mes doigts, j'étais préoccupée par les circuits électroniques complexes à l'intérieur de la combinaison qui auraient pu être exposés aux vers extraterrestres visqueux.

— Rien de bon, j'en ai bien peur, dit Agan sans ménagement. Le produit chimique induisant des brûlures s'estompe en quelques minutes. Mais c'est suffisant pour causer des dégâts. Lorsqu'elle est fraîche, la substance *qhuk* peut faire fondre les plastiques et même corroder certains métaux.

Mon inquiétude augmenta en entendant ses mots.

En évitant soigneusement tout contact avec la matière visqueuse, je refixai le casque puis je glissai une main à l'intérieur pour activer le système de diagnostic.

Rien ne se passa.

La combinaison endommagée avec des cellules électriques mortes n'était plus qu'un handicap pour nous. La traîner dans la jungle jusqu'à la base n'avait aucun sens. Cela ne ferait que nous ralentir et pourrait même nous mettre en danger. Je ne pouvais pas non plus la laisser ici. Ce ne serait qu'une question de temps avant que les *yirzis* ne la trouvent. Ils auraient alors un libre accès total à notre technologie.

— Tu devras continuer sans, déclara calmement Agan.

Sa voix dépassionnée me tapait sur les nerfs. Ça faisait mal de devoir se séparer de l'armure qui avait été mon arme et ma protection pendant si longtemps.

— Si l'aile avait été là, ils n'auraient pas réussi à entrer à l'intérieur, dis-je amèrement.

— Tu voulais la retirer ! dit Agan sur la défensive.

— Il y avait une meilleure façon de l'enlever, j'en suis sûre. Une façon qui n'aurait pas laissé un trou béant qui facilitait l'accès aux créatures de la jungle.

— Tu me tiens pour responsable ?

Je me frottai les yeux d'une main. Il était tentant de jeter toute la responsabilité sur Agan. Ce serait tellement bien de crier sur quelqu'un en ce moment. Cependant, au fond de moi, je savais que je n'avais personne d'autre à blâmer que moi-même. C'était *mon* équipement, et j'en étais responsable.

— Non, dis-je en secouant la tête, et en tirant sur la fermeture éclair de ma combinaison. C'est ma faute.

— Que fais-tu ?

Son regard suivait le mouvement de ma main alors que je la glissais dans l'ouverture de mon décolleté.

— Je ne peux pas la laisser ici, répondis-je en sortant le petit cube blanc que je portais sur une chaîne autour du cou. Écarte-toi de là !

Je courus vers les arbres tout en appuyant sur les parties saillantes du cube selon la séquence qui activait la commande d'autodestruction dans la combinaison. En m'assurant qu'Agan m'avait suivie pour être à l'abri, j'appuyai sur le dernier bouton.

— Baisse-toi ! hurla Agan en se précipitant sur moi alors que le souffle de l'explosion déchirait l'air.

Nous nous écrasâmes au sol ensemble, juste derrière la lisière. Agan me protégeait avec son large dos, mais je lançai un coup d'œil furtif par-dessus son épaule pour voir la combinaison exploser.

Elle se désintégra en une pluie de petits fragments de métal, et c'était désormais impossible pour quiconque de la rétroconcevoir. Les éclats atteignirent le feuillage environnant, en pleuvant sur le sol.

Agan s'appuya sur ses coudes, en planant au-dessus de moi quand le tonnerre de l'explosion se fut calmé.

— Désolé pour ta combinaison, dit-il, son regard se tournant vers mon visage.

La fourrure soyeuse et fauve qui recouvrait son corps était encore plus courte sur son visage. Si courte et lisse qu'elle était presque invisible, à l'exception de l'éclat doré que faisait ressortir le soleil du matin. Sa mâchoire anguleuse, l'arête de son nez et ses pommettes hautes étaient mises en valeur par la lueur dorée.

Les rayons du soleil traversaient les feuilles de la jungle. Ils se reflétaient dans ses cheveux ondulés blond sable et ses pattes soigneusement taillées, en les recouvrant d'or. Bordé par la lumière du soleil, son beau visage ressemblait à un tableau dans un cadre doré.

Une bien belle image...

D'où venait cette pensée ? De quoi s'agissait-il ? Comment pouvais-je détester autant un homme tout en admirant profondément son apparence ?

— Tu es tellement... dit-il doucement, en explorant mon visage.

Ses yeux étaient du même vert brillant que le feuillage de la jungle autour de nous. La couleur terre-brun de ses sourcils s'assombrissait jusqu'au chocolat brun de ses longs cils épais.

— ... imberbe, lâcha-t-il, l'un de ses sourcils bien dessinés se soulevant. Ta peau est complètement glabre.

Ses paroles me sortirent de ma soudaine rêverie.

Agan était un connard, me rappelai-je. Peut-être un très beau connard, mais quand même un misogyne qui pensait que les femmes étaient mieux dans un bordel que sur un champ de bataille.

— Ne t'inquiète pas pour ma combinaison, lui dis-je en faisant un mouvement pour me dégager. Il n'y a pas de guerre sans perte, n'est-ce pas ?

Perdre ma combinaison était dévastant. C'était la deuxième combinaison que je perdais de toute ma carrière. Après la première, je m'étais dit de ne plus m'y attacher. Mais c'était difficile de ne pas le faire. Je vivais à l'intérieur de cette chose. Elle m'avait protégée et m'avait rendue plus forte. Et maintenant, elle n'existait plus...

Je n'arrivais pas à croire que j'avais été distraite l'espace d'une seconde par ces magnifiques yeux verts et par la sensation du corps large et solide d'Agan sur le mien.

— Nous devons nous mettre en route.

Je bougeai un peu plus car il ne voulait pas s'éloigner de moi et je ne pouvais pas me libérer par moi-même. Ce rappel que j'étais plus faible sans ma combinaison était déprimant.

— Bien sûr, répondit-il en finissant par se lever.

J'aspirai une grande bouffée d'air, en me mettant sur pied.

— Eh bien, j'espère que tu as bien dormi parce que nous devons marcher jusqu'à la base à pied, maintenant. Il n'est plus question de voler sans la combinaison.

J'étouffai un soupir.

Agan avait déjà mis sa ceinture, ses couteaux dans son fourreau, et son plastron était en place. Il sortit sa carte, et la consulta brièvement.

— Voyons voir. C'est la clairière... dit-il en montrant du doigt sur la carte le point qui représentait l'endroit où nous avions passé la nuit. Nous devons continuer à suivre le ruisseau pendant environ une heure.

Sans ma combinaison, la carte d'Agan était la meilleure option que nous ayons pour nous orienter dans cette jungle. Le sens inné de l'orientation des Ravils était généralement meilleur que celui des humains. Et, il était originaire de ce monde. Je décidai de lui faire confiance.

— Allons-y alors.

Je m'assurai que mon couteau laser était toujours dans la poche sur ma manche. La matière de ma sous-combinaison le serrait bien, et épousait la forme allongée du manche.

— Nous nous arrêterons pour déjeuner dans quelques heures, déclara Agan, en marchant vers la jungle.

Ses pensées s'étaient manifestement éloignées de ma combinaison désintégrée.

Avec ma dernière barre de ration maintenant épuisée, mon prochain repas devrait être composé de l'un de ces lézards ou serpents bizarres qu'Agan avait mangés. Non pas que ça me dérangeait, j'avais mangé des choses pires que ça dans le passé lors de certaines de mes missions et exercices d'endurance.

— Je veux parcourir le plus de distance possible avant que nous ne nous arrêtions, ajouta Agan qui marchait devant moi. Puisque nous avançons à un rythme plus lent, maintenant.

La dernière remarque me fit l'effet d'un coup de poing. C'était blessant, mais je ne pouvais pas argumenter. Ma vitesse de marche n'était pas la même sans ma combinaison. Je ne répondis rien, et à la place, je me concentrai sur le fait d'avancer.

— Tu es terriblement silencieuse ce matin, fit observer Agan au bout d'un moment.

Il me devançait d'un demi-pas, en me jetant fréquemment des coups d'œil par-dessus son épaule pour me surveiller.

— Je garde mon attention rivée sur l'environnement puisqu'il semble que tu ne le fasses pas, lançai-je sèchement.

— Qu'est-ce que tu veux dire ?

Il fronça les sourcils, en regardant rapidement autour de lui.

— Tu es distrait. Tu continues de *me* regarder au lieu de regarder la jungle.

— C'est pour notre protection... commença-t-il, en étant pas très convaincant.

— Ce sont des conneries, le coupai-je. C'est parce que tu penses qu'être une femme me rend biologiquement inapte à la guerre et incapable de me défendre, et donc tu imagines que tu dois garder un œil sur moi de peur que je ne me blesse ou pire que je ne nous cause des ennuis à tous les deux.

— Eh ben, oui, confirma-t-il en se grattant une de ses pattes bien entretenue. Pour cette raison aussi.

La façon dont il avait admis les choses si effrontément me fit à nouveau bouillir le sang. Je sentis qu'une autre dispute inutile s'approchait et je cherchai un moyen de l'éviter.

— Tu sais quoi ? Je me fiche de tes insultes, rétorquai-je en levant le menton. Apparemment, tu n'es pas capable de voir plus loin que ce qu'il y a dans ton esprit étroit, de toute façon.

— Ah ouais ? Et qu'en est-il de ton esprit étroit ?

Il me lança un regard accusateur.

Mon esprit étroit ?

— Oh, je pense définitivement que j'ai une vision du monde plus large et plus ouverte que la tienne, protestai-je, alors que la dispute ne semblait plus du tout évitable. Je ne projette pas mes propres expériences et attentes sur d'autres cultures. Je garde mon jugement pour moi.

— Vraiment ? demanda-t-il.

Il y avait un ton moqueur dans sa voix, qui me fit m'immobiliser.

— Je ne suis pas d'accord, déclara-t-il. Pas plus tard qu'hier, tu as insulté nos femmes raviles en les traitant de prostituées.

— Ce n'est pas une insulte, c'est factuel.

Je ne jugeais pas les femmes raviles qui avaient fait du mieux qu'elle pouvait dans leur situation. Ma critique concernait les hommes ravils, qui laissaient peu d'options à leur population féminine pour gagner leur vie.

— Ce n'est pas ce que sont nos femmes, répondit Agan. Et si dire que *c'est factuel* n'est pas une insulte, alors en quoi est-ce insultant que je dise que tu es une femme ?

— Ce n'est pas le mot en soi le problème, dis-je en élevant la voix, malgré toute ma bonne volonté de rester calme, logique et objective.

C'est toi qui me dis ce que je devrais ou ne devrais pas faire. D'après toi, la place d'une femme est dans l'une de vos unités de divertissement, et elle n'est bonne que pour le sexe...

— Je n'ai jamais dit ça ! me lança-t-il en élevant également la voix parce que cette conversation devait aussi lui taper sur les nerfs. Il y a beaucoup de choses que les femmes font dans les unités de divertissement.

— Comme quoi ?

— Certaines d'entre elles sont des danseuses et des musiciennes talentueuses...

— Donc, dis-je en le regardant du coin de l'œil. La seule occupation qui serait appropriée pour moi à tes yeux serait de chanter ou de danser pour des hommes comme toi.

Il ne répondit pas, et j'insistai :

— N'est-ce pas ?

— Je ne sais pas. Laisse-moi voir.

Il me reluquait avec insistance.

Quelque chose que je n'avais jamais vu dans son regard vacillait dans ses yeux. Consumée lentement, je ressentais la chaleur augmenter de manière inconfortable dans ma fine combinaison. Ma peau frissonnait alors que son regard parcourait mon corps.

Même si elle me couvrait du cou jusqu'aux chevilles, le tissu moulant de la combinaison laissait apparaître mes courbes – mes bras toniques et mes cuisses bien musclées, ma taille fine et ma poitrine un peu plus proéminente. J'avais porté ce type de sous-combinaison pendant des années. Mais jamais auparavant, je ne m'étais sentie aussi nue tout en étant entièrement habillée.

Un coin de la bouche d'Agan se releva, en affichant une canine pointue qui sortait sous sa lèvre supérieure. Son sourire en biais lui donnait une apparence de prédateur, séduisant mais dangereux. L'arrogance lui allait bien, en le rendant encore plus attirant physiquement, et il le savait probablement.

— Tu es capable de danser ? demanda-t-il.

— Oh, putain de merde.

Je me détournai rapidement, pour cacher la rougeur qui avait envahi mon visage sous son regard.

— Hé, c'était une blague ! précisa-t-il en riant, ce qui ne fit que le rendre plus beau et me mettre encore plus en colère. Tu t'énerves si facilement. Il est impossible de ne pas te faire disjoncter.

— Tais-toi. OK ? rétorquai-je en avançant et en secouant la tête. Rien de bon ne sort de ta bouche.

Il augmenta sa vitesse, et me rattrapa facilement. Nous marchions le long de la rive sablonneuse du ruisseau, qui s'avérait malheureusement suffisamment large pour que nous puissions marcher côte à côte.

Je restai silencieuse, en sentant toujours les effets de son regard qui avait parcouru mon corps et qui avait déclenché une vague de chaleur et des sensations de picotements dans son sillage. J'espérais désespérément que l'effet qu'il avait sur moi se dissiperait bientôt. Faute de quoi, le reste du voyage serait plutôt gênant.

— Ça va être ennuyeux à la longue de marcher en silence, déclara-t-il quelques minutes plus tard.

— Crois-moi, je préfère le silence total à une conversation avec toi. Désolée, mais tu m'as prise à rebrousse-poil.

— Ah bon ? fit-il en souriant à nouveau. Je connais plein de meilleures façons de prendre une femme. Tu veux essayer...

— Oh mon Dieu, non ! gémis-je en agitant les deux mains vers lui. S'il te plaît, ne va pas sur ce terrain-là. Je préfère encore endurer tes insultes que tes insinuations...

En suivant la courbe du ruisseau, nous esquivâmes des arbres qui penchaient au-dessus du bord de l'eau. Le faible claquement de brindilles au-dessus attira soudainement mon attention. Puis, un grand filet fin tomba sur nous deux.

Agan jura dans sa barbe, en tirant ses poignards de sa ceinture.

— Ça va, Eleven ?

Le filet se resserra, en pressant ses bras contre son corps et en nous écrasant tous les deux.

— Qu'est-ce que...

Je luttai pour libérer ma main droite afin de pouvoir atteindre le couteau laser dans la poche de mon bras gauche.

Un groupe de *yirzis* descendait rapidement des arbres, en bavardant avec animation dans leur langue.

— On les a eus ! criaient-ils.

Quelques-uns d'entre eux tenaient de longs fusils d'argent à la main.

Agan coupa la corde fine mais solide du filet, en dégageant son bras.

— Nous sortons d'ici, m'assura-t-il.

L'un des *yirzis* qui s'était approché leva son arme et tira sans sommation.

— Agan ! hurlai-je alors que son corps se détendait contre le mien.

La panique monta, en faisant s'évanouir tous mes efforts pour rester calme et penser rationnellement.

Un autre *yirzi* pointa son arme sur moi et tira.

—Tu... fis-je.

Je commençai à lui crier dessus quand une douleur aiguë me transperça le côté du cou. Une terreur étouffante et sinistre m'inonda. Ma langue refusait d'obéir et je ne pus pas terminer ma phrase.

Petit à petit, l'obscurité envahissait ma vision. Puis le monde disparut.

Chapitre 5

Emma

Reste derrière la vitre en toutes circonstances.

La signification des mots m'était immédiatement venue par l'intermédiaire de mon traducteur, mais il me fallut quelques secondes de plus pour comprendre que cela avait été dit en voranien, la langue de Voran, le pays de Neron, la planète peuplée la plus proche de Tragul.

Les souvenirs de l'embuscade près du ruisseau me revinrent. Puis, le soulagement d'être en vie arriva. Est-ce que Agan et moi avions été sauvés des *yirzis* par des Voraniens ? Si c'était le cas, on s'en sortirait. Ils étaient nos alliés, après tout.

— Penses-tu que ça va marcher cette fois ?

Cela avait été dit dans la langue cliquée des *yirzis,* et ça tirait une sonnette d'alarme en moi.

Pourquoi les Voraniens étaient-ils ici avec les *yirzis* ? Cela n'avait aucun sens.

Lentement, j'ouvris les yeux.

J'étais allongée sur le côté, ma joue appuyée contre le sol carrelé froid. Sans changer de position, je pris un moment pour retrouver mes repères.

J'étais seule dans une cage, ses barreaux fixés au sol. Agan était introuvable.

Agan.

L'image des yeux verts et brillants de ce beau mec arrogant me revint en mémoire. Il était tentant de lui reprocher de m'avoir tellement distraite que je n'avais pas regardé ce qui nous entourait avant de marcher sous ces arbres au bord du ruisseau.

Nous étions tous les deux responsables, cela dit. Je n'aurais pas dû me laisser distraire par ses jolis yeux, son sourire effronté et son attitude insupportable. Aucun homme ne m'avait jamais fait oublier la prudence lors d'une mission auparavant. C'était ma faute si j'avais laissé faire cette fois.

Et maintenant, nous étions là...

Où étions-nous exactement ?

Je jetai un autre coup d'œil autour de moi.

Deux *yirzis* se tenaient juste devant les barreaux de ma cage dans une grande pièce blanche. Je fermai rapidement les yeux, pas prête à leur révéler que j'avais repris conscience. Leur ignorance pourrait être utilisée à mon avantage.

— Qui sait si ça marchera, dit l'un des *yirzis* en haussant les épaules. Il a beaucoup merdé avant.

Les deux semblaient trop préoccupés par quelque chose pour me prêter attention. Je rouvris les yeux. Les *yirzis* se concentraient sur ce qui se passait derrière un grand mur de verre qui divisait la pièce en deux.

Ce n'était pas facile de dire avec cette espèce s'ils entraient ou sortaient. Deux de leurs quatre pieds pointaient vers l'avant et deux vers l'arrière. Leurs bras pouvaient se plier dans les deux sens au niveau des coudes. Et leurs têtes tournaient sur trois cent soixante degrés. Pour changer de direction, les *yirzis* n'avaient qu'à tourner la tête. En plus de ça, leurs yeux se balançaient sur de hautes antennes au-dessus de leurs têtes, en permettant facilement aux *yirzis* de regarder derrière eux si j'émettais un son.

Heureusement, leur attention restait fermement rivée sur quelque chose qui se passait derrière la vitre.

Mon bras, appuyé contre le sol, était douloureux. En essayant de rester aussi silencieuse que possible, je le tapotai, surprise de trouver le couteau laser toujours dans la poche de ma manche. Soit les *yirzis* n'avaient pas su où chercher des armes sur moi, soit ils avaient pensé que la partie saillante faisait partie de ma sous-combinaison. En tout cas, avoir une arme sur moi, aussi petite soit-elle, me remontait le moral et me donnait de l'espoir.

Lentement, je me rapprochai de la porte de ma cage. Il y avait une serrure assez primitive, avec un pêne dormant que je pouvais couper avec mon laser.

En faisant glisser le couteau hors de ma poche, je me mis soigneusement à genoux.

Dans cette position, la scène derrière la vitre devint visible.

Agan était assis par terre, entouré de plusieurs pièces de machinerie et d'équipement. Sa tête tombait entre ses larges épaules ; il semblait ne pas être pleinement conscient.

Un homme voranien, vêtu d'une blouse de laboratoire, se tenait juste à l'extérieur du cercle rouge peint sur le sol autour d'Agan.

J'avais l'habitude de trouver les Voraniens terrifiants. Leurs longues cornes, leur fourrure gris anthracite négligée, leur queue pointue et leurs sabots auraient pu sortir tout droit d'un cauchemar. Quand je les avais rencontrés pour la première fois en vrai, j'avais dû faire un effort pour ne pas crier et m'enfuir.

Les quelques Voraniens que j'avais appris à connaître un peu au cours de l'année écoulée s'étaient avérés être des êtres sympathiques. En tant qu'espèce, ils aimaient beaucoup les fleurs et les couleurs vives. J'adorais visiter leur planète, Neron, chaque fois que j'en avais l'occasion. La Cité de Voran était un endroit incroyable et magnifique. Les bâtiments ressemblaient à de somptueux jardins intérieurs dissimulés derrière des dômes de verre ronds de différentes tailles.

Le Voranien derrière la vitre de cette pièce n'était pas du tout du même genre. Le regard froid dans ses yeux bordeaux était loin d'être amical lorsqu'il fixait Agan.

Il pressa quelque chose sur un rectangle plat et clair dans ses mains, et un cône d'argent descendit du plafond. Un large rayon de lumière violette brillait sur Agan, l'inondant d'une lueur multicolore.

En émettant un juron silencieux, j'allumai rapidement mon couteau et fis glisser la lame laser entre la barre de la cage et la porte, pour viser le pêne dormant. Quoi que le Voranien fasse, je craignais que cela se termine mal pour Agan.

Le bourdonnement du rayon conique remplissait la pièce, en noyant le doux sifflement de mon couteau alors qu'il traversait le métal du pêne dormant.

L'air autour d'Agan se mit soudainement à osciller, en distordant ma vision de lui.

Puis... il disparut.

— Qu'est-ce que... haletai-je, en réprimant un cri de choc.

Les *yirzis* crièrent avec enthousiasme.

Je redoublai d'efforts avec la serrure. Dès que le laser traversa le métal, je poussai la porte avec force, en la faisant claquer dans les jambes de l'un des *yirzis*.

Il hurla tandis que l'autre braqua une arme sur moi.

En restant accroupie, je balançai un coup de pied, en balayant les quatre jambes du premier *yirzi*. Quand il s'écrasa au sol, je sortis son arme de derrière sa ceinture, en utilisant son corps comme bouclier contre les tirs de l'autre.

Celui qui était par terre m'attrapa à la gorge et je lui tirai une balle dans la tête, juste entre ses antennes oculaires.

— Saloperie ! cria le deuxième *yirzi* en bondissant vers moi.

J'appuyai sur la gâchette, et le frappai à la poitrine. Il se laissa tomber au sol, en émettant un glapissement, puis s'immobilisa.

Le regard du Voranien se concentrait sur moi depuis derrière la vitre quand je sautai sur mes pieds. J'examinai le mur de verre, et trouvai une porte sur la droite. Après l'avoir enfoncée, je pointai l'arme sur le Voranien à l'intérieur.

— Où est Agan ? demandai-je. Le Ravil ? Qu'est-ce que tu lui as fait ?

Les yeux couleur de vin du mâle regardèrent tour à tour rapidement les murs, le sol et moi.

— Ne tire pas.

Il agita les deux mains vers moi, ses paumes face à moi dans un geste pacificateur, le rectangle clair pincé entre son pouce et son doigt.

— Où est-il ? demandai-je à nouveau en m'approchant alors qu'il reculait. Ramène-le, maintenant !

Dès que mon pied traversa le cercle rouge au sol, le Voranien abaissa le rectangle dans ses mains en le pointant vers moi.

— Oh non, tu ne le feras pas ! criai-je, en devinant ses intentions de faire rayonner la lumière violette sur moi aussi.

En sautant hors du cercle, je tirai, en visant sa main. Le tir effleura le dos de sa main, et des étincelles s'envolèrent. La puanteur de la fourrure brûlée montait dans les airs.

Le mâle laissa tomber l'appareil au sol, en se précipitant vers le mur du fond. Un panneau bougea quand il y frappa son épaule. Il glissa sur le côté, en révélant un tunnel ouvert derrière lui. Le Voranien y disparut rapidement et le panneau se remit en place.

— Hé ! m'exclamai-je en tirant à nouveau, et en me précipitant après lui.

La déflagration avait laissé une marque de brûlure sur le panneau. Je donnai un coup de pied au mur, derrière lequel le Voranien était passé, mais il ne bougeait pas.

Découragée, j'attrapai le rectangle clair qu'il avait laissé derrière lui et l'inspectai. Des points et des lignes colorées scintillaient à l'intérieur, mais je n'avais aucune idée de ce que ça voulait dire.

Comment étais-je supposée trouver Agan, maintenant ?

Un mouvement sur le sol attira mon attention. Quelque chose de petit avec une queue se précipita vers moi.

Un rat ?

Je poussai un cri d'horreur et de dégoût, puis je sautai sur une boîte d'équipement à proximité.

Bien sûr, j'étais une soldate – avec ou sans combinaison blindée – mais je préférais de loin affronter une bande de *fescods* à mains nues plutôt que de laisser un rat ramper sur mes pieds. Vilaines créatures.

— Eleven !

La faible voix d'Agan me parvint de quelque part en bas.

— C'est moi ! cria-t-il.

— Agan ? dis-je en descendant prudemment de la boîte pour m'accroupir sur le sol.

La chose que j'avais prise pour un rat ressemblait trait pour trait à mon compagnon d'armes, seulement il était beaucoup, beaucoup plus petit.

Je clignai des yeux plusieurs fois, en refusant d'y croire.

— Est-ce vraiment toi ? demandai-je en tapotant sa tête avec mon doigt, pour m'assurer que ce n'était pas un hologramme ou quelque chose de ce genre.

— Hé ! fit-il en frappant ma main avec son bras.

De manière incroyable, la silhouette massive du lieutenant Drankai n'était pas plus haute que la longueur de ma main.

— C'est impossible... dis-je.

Complètement perplexe, je ne pouvais pas m'empêcher de le regarder. Tout avait rétréci – son corps, ses vêtements, même ses bottes étaient maintenant de jolies versions miniatures d'elles-mêmes.

— Comment est-ce arrivé ?

— Tu ne l'as pas vu ? lança-t-il, visiblement irrité.

Eh bien, au moins, sa personnalité n'avait pas beaucoup changé. Sa petite taille ne le rendait que plus grincheux.

— Si, j'ai vu, mais... je n'ai aucune idée de comment c'est même possible.

Je me penchai sur le côté pour mieux voir son dos. Sa queue remuait sauvagement, en montrant son agacement. Tout dans son apparence restait sensiblement identique, sauf que tout était maintenant... minuscule.

— Comment vas-tu ?

— À merveille.

Le volume considérablement réduit de sa voix n'avait pas fait diminuer le lourd sarcasme dans son ton.

— Maintenant, fais-moi revenir à la normale.

— Moi ?

— Qui d'autre ? Maintenant que tu as effrayé cet enfoiré de scientifique.

— Oh alors, tout est ma faute, n'est-ce pas ?

— Eleven ! cria-t-il.

Puis il marqua une pause en prenant une profonde inspiration, il ferma les yeux un instant, comme s'il faisait appel à sa patience.

— *Emma*, dit-il enfin sur un ton plus radouci. S'il te plaît, pourrais-tu inverser ce que ce connard m'a fait ? Maintenant ?

Il essayait visiblement de garder son sang-froid. Je trouvais cet Agan plus humble beaucoup plus attrayant. En fait, j'aurais adoré le faire me supplier, en lui faisant perdre un peu plus de son arrogance. Malheureusement, nous n'avions pas beaucoup de temps. Qui savait jusqu'où le Voranien avait couru et combien de *yirzis* il y avait encore dans ce bâtiment ?

En plus, j'avais un peu pitié de ce grand gars. Il était clairement hors de son élément. Il s'était même souvenu de mon prénom et avait même dit « s'il te plaît ».

— Bien, concédai-je. Comment penses-tu que je devrais m'y prendre ?

— Fais juste ce que le Voranien a fait, dit Agan en me faisant un signe de la main et en courant jusqu'au cercle rouge sur le sol. Mais à l'envers.

— Euh, je n'ai aucune idée de ce qu'il a fait.

Je fixai l'appareil transparent dans ma main.

— Appuie simplement sur quelque chose sur ce truc, exhorta Agan. Dépêche-toi, s'il te plait.

Quelque chose ? Il y avait plusieurs éléments saillants sur la surface du rectangle qui étaient destinée à être pressées, je présumais.

— Sur quoi exactement ?

— Peu importe.

Il était clairement désespéré.

— Et si ça te rendait encore plus petit ? dis-je, inquiète, en retournant l'appareil entre mes doigts. Agan, je n'ai aucune idée de quoi faire avec ce truc. Et que se passerait-il si tu rapetissais encore, et que tu tombais dans les interstices des carreaux du sol ? Comment pourrais-je te sortir de là ?

Il s'arrêta un instant, en considérant le problème.

Le bruit du claquement de la porte qui s'ouvrait attira mon attention vers la pièce de l'autre côté de la vitre. Un groupe de *yirzis* se précipitait dans la pièce, en brandissant chacun un pistolet laser. Je mis rapidement l'appareil transparent dans une poche sur ma cuisse.

— On n'a plus le temps de réfléchir, lieutenant.

Je soulevai Agan du sol, en me cachant derrière les équipements du labo pour esquiver les tirs de laser tirés sur nous à travers la porte vitrée ouverte.

— Eleven ! cria Agan en se débattant dans ma prise. Lâche-moi immédiatement !

— Impossible, répondis-je alors que, prise au piège derrière la vitre, je cherchais frénétiquement une issue. Le risque de te perdre et, tu sais... de te marcher dessus, est trop élevé.

— Putain ! enragea-t-il, sa frustration évidente. C'est juste...

— Silence.

En utilisant les divers meubles et équipements comme couverture, je me rapprochai de la porte vitrée.

Un autre groupe plus important de *yirzis* arriva à l'entrée de la pièce de l'autre côté de la vitre. Dans quelques instants, Agan et moi serions irrémédiablement piégés ici.

La seule issue étant la porte, je décidai de me frayer un chemin hors de la section vitrée avant qu'elle ne soit complètement bloquée par les *yirzis* qui entraient.

— Tiens bon, lieutenant !

En resserrant ma prise sur Agan, je levai le pistolet laser dans mon autre main et tirai sur tous ceux qui apparaissaient à la porte alors que je m'approchais.

L'un des *yirzis* que j'avais abattus s'écrasa au sol à proximité, son arme glissant vers moi. Je pourrais vraiment avoir besoin d'un deuxième pistolet là tout de suite.

Je regardai Agan serré dans ma main gauche. Le risque que je le perde ou que je le blesse par inadvertance en le posant était réel. J'envisageai brièvement de le fourrer dans l'une des nombreuses poches utilitaires de ma sous-combinaison. Mais, le matériel avait été conçu pour envelopper le contenu des poches, en le maintenant comprimé. Il n'avait pas été conçu pour transporter des êtres vivants. J'avais peur que cela étouffe Agan. Je risquais aussi de l'écraser et de le tuer s'il était dans une poche en tombant ou en roulant par terre.

Un autre tir éclata, en frappant la vitre au-dessus de ma tête.

— Ça suffit, bordel !

Je tirai la fermeture éclair de ma sous-combinaison vers le bas, en enfonçant Agan dans mon soutien-gorge entre mes seins, puis me baissai rapidement pour ramasser le deuxième pistolet.

— Lieutenant Nowak ! hurla Agan avec indignation.

— Tais-toi, dis-je en me frayant un chemin hors du piège de verre, et en faisant face aux *yirzis* restants dans la pièce. Et reste tranquille !

En ayant deux armes à feu, j'étais deux fois plus efficace pour gérer mes attaquants au fur et à mesure qu'ils arrivaient.

— Sur ta droite, signala Agan dont la voix me parvint à nouveau.

Il avait l'air beaucoup plus calme cette fois.

Je tournai à droite, en repérant un *yirzi* caché derrière une caisse près du mur de verre, son arme braquée sur moi. Je tirai, en le faisant tomber au sol.

— Merci.

Je baissai les yeux. Niché dans mon décolleté, Agan tenait la fermeture éclair ouverte de chaque côté, en regardant comme un capitaine de navire aux aguets.

— Là ! Derrière la cage !

Il fit un geste vers la gauche, et je me cachai derrière une grande boîte à proximité alors qu'un autre tir laser passait devant moi. Il venait du fusil du *yirzi* contre lequel Agan m'avait mise en garde.

Il s'avérait pratique d'avoir une autre paire d'yeux qui faisait attention pour moi, même s'il s'agissait d'une paire d'yeux *minuscules*.

Cette pensée déclencha un rire déplacé.

— Emma ! cria Argan dont la voix me sortit de ma bonne humeur inopportune. Cours !

L'entrée de la grande salle était dégagée pour le moment, et je sprintai pour l'atteindre. Ne connaissant pas la disposition de ce bâtiment, je m'arrêtai dans le couloir derrière, le dos collé au mur.

— Maintenant, je vais où ?

Le visage levé, Agan inspira de l'air par le nez.

— Par là.

Il avait pointé du doigt à gauche, et je décollai dans cette direction.

— Es-tu sûr ? demandai-je sans ralentir mon rythme.

— L'odeur de la jungle vient de là, expliqua-t-il.

Ma course le faisait rebondir, et il agrippait fermement les côtés dézippés de ma combinaison.

Le couloir se termina brusquement. Des pavés usés remplacèrent le sol carrelé blanc sous mes pieds.

— Où est-on ?

Je courais le long de l'allée, entre les murs de pierre patinés et sous le plafond effondré.

Le feuillage vif de la jungle se balançait dans le vent au bout de l'allée et je m'y précipitai.

Une fois hors du bâtiment, je me retournai, en observant les murs érodés de ruines antiques.

— Cela ne ressemble pas à un labo. C'est trop bizarre.

— Ce n'est pas bizarre, déclara Agan. Il y a des centaines de vieilles villes en ruines dans cette partie de la jungle. Les *yirzis* et les Voraniens doivent les utiliser pour se camoufler. C'est intelligent, en fait, personne ne s'attendrait à trouver un laboratoire moderne ici.

Il bougea, en s'installant confortablement entre mes seins.

— Continue de courir, Emma, exhorta-t-il. Nous ne sommes pas encore assez loin pour nous arrêter.

— Dans quelle direction ?

Je me retournai, en essayant sans succès de m'orienter. Cette partie de la jungle semblait tout à fait inconnue.

— Peux-tu faire le tour de ce bâtiment ?

En se penchant, Agan sortit sa carte de sa botte. Elle avait rétréci comme lui. Il continua :

— Reste hors de vue mais suffisamment près des ruines pour que je puisse les identifier sur la carte.

Je fis ce qu'il avait dit, en me cachant derrière les troncs d'arbres et en regardant juste assez longtemps pour qu'Agan puisse avoir un autre visuel du bâtiment.

— Là, dit-il finalement avec confiance, en pointant du doigt un endroit sur la carte.

Je ne pris même pas la peine de la regarder. À cause de la taille de la carte, je ne pourrais rien y voir sans avoir une grosse loupe.

— On retourne à la base, alors ? demandai-je.

Cela semblait être une sage décision de continuer notre chemin vers la sécurité. Pourtant, j'avais besoin qu'Agan confirme qu'il était d'accord pour quitter le labo et, peut-être, le seul lien vers la solution pour remédier à sa situation délicate.

— Oui, répondit-il sur un ton grave. Je dois te mettre en sécurité.

Techniquement, j'étais celle qui le mettrait en sécurité puisqu'il était attaché à ma poitrine, et non l'inverse. Je serais celle qui ramènerait ses fesses à la base, après tout.

Cependant, en voyant son expression déconfite, je me retins de ricaner cette fois.

— Nous informerons nos supérieurs de l'existence de ce labo, dis-je en cherchant un moyen de lui remonter le moral. Quelqu'un devrait pouvoir identifier le scientifique voranien et le forcer à inverser sur ce qu'il a fait.

— Tu as raison, dit Agan en hochant la tête, et en n'ayant pas l'air très convaincu mais déterminé et calme. Allons-y.

— Je ne vois pas bien la carte, alors tu devras être le navigateur. Dis-moi juste quelle direction suivre.

Il consulta à nouveau la carte, en m'indiquant nos coordonnées exactes puis la direction dans laquelle nous devions aller.

— Maintenant, pose-moi Eleven, m'ordonna-t-il en rangeant la carte. Je vais marcher.

— Pas question, mec, dis-je en secouant la tête. La dernière chose dont j'ai envie en ce moment, c'est qu'un serpent t'avale ou qu'un oiseau t'attrape.

— J'insiste, lieutenant Nowak, répondit-il sur un ton sec.

Je commençai à suivre notre route, en me concentrant sur mes déplacements dans l'épaisse jungle tout en gardant le cap qu'il m'avait donné.

— Tu vas nous ralentir si tu marches.

Cela le fit taire, mais seulement pendant une minute ou deux.

— Ne pourrais-tu pas au moins me porter dans ta main ? demanda-t-il avec une voix un peu moins autoritaire. Ou sinon je pourrais m'asseoir sur ton épaule ? suggéra-t-il, plein d'espoir.

En me souvenant de sa provoc et de ses allusions sexuelles de tout à l'heure, je m'attendais à ce qu'il profite pleinement de sa position dans mon soutien-gorge et me taquine sans relâche. Qu'il n'ait rien fait de tel me disait à quel point il devait se sentir déstabilisé.

Agan était évidemment très fier de sa taille et de sa force d'auparavant. Avoir été réduit à la taille d'une créature telle que le lézard qu'il avait mangé hier soir ne devait pas être facile pour lui. Il semblait anxieux, inquiet et... soumis.

Je trouvais cela plus attrayant que son comportement sans gêne d'avant.

— Laisse-moi sortir de là.

En se calant avec les mains posées sur le haut de mes seins, il se redressa, avec la ferme intention de sortir de mon décolleté.

—Nan.

Je tirai mon soutien-gorge par les bretelles et je sautai deux fois sur place, en le secouant pour le ramener vers l'arrière.

— Tu restes là où tu es, lieutenant. J'ai besoin d'utiliser mes deux mains pour traverser cette brousse. Et n'importe quelle branche te ferait facilement tomber de mon épaule, donc cette option est également exclue.

En tenant un pistolet dans une main et en utilisant l'autre pour écarter les lianes et les branches, je continuai à avancer.

— On pourrait facilement considérer ça comme du harcèlement, Eleven, souligna Agan sur un ton boudeur en se tortillant de mécontentement, pris au piège entre mes seins. Je le signalerai comme tel si tu ne me laisses pas sortir. Pose-moi. C'est un ordre !

Dommage que sa voix ne soit pas devenue fluette et aiguë après qu'il ait été rétréci. Je parie qu'il n'aurait pas osé me donner des ordres avec une petite voix aiguë. Malheureusement, il avait conservé la même tonalité et le même timbre grave, seulement sa voix portait beaucoup moins maintenant.

— Tu ne peux pas me donner d'ordres, lui rappelai-je. Nous ne sommes pas dans la même armée. Nous sommes aussi de rang égal.

— C'est vrai, grogna-t-il. Sauf qu'il m'a fallu plus de deux décennies pour mériter mon rang sur le champ de bataille, et tu as reçu le tien comme cadeau de fin d'études.

— Hé ! m'exclamai-je en manquant de trébucher sur une branche. Qu'est-ce que c'est censé vouloir dire ? Que mes années à l'académie ne signifient rien ?

C'était une dispute que je savais qu'aucun de nous ne gagnerait, mais j'étais encore une fois trop irritée par cet homme pour laisser passer ça.

— As-tu une idée de tout ce que j'ai dû apprendre pour faire fonctionner efficacement la mécanique complexe qu'est la combinaison blindée ?

— Être assise dans la salle de classe n'est pas la même chose que d'être allongé dans les tranchées, rétorqua-t-il, en posant son menton sur sa main, son coude appuyé sur le côté de ma poitrine. Et faire fonctionner une machine, aussi complexe soit-elle, n'est pas la même chose que diriger quarante hommes sur le front au quotidien.

Je ne minimisais pas ses exploits. Je souhaitais juste qu'il ne minimise pas les miens non plus.

Ma colère éclata, en faisant sortir ce qu'il y avait de plus mauvais en moi.

— Eh bien, tu ne diriges personne en ce moment, n'est-ce pas ? dis-je sèchement. Je te transporte dans mon soutien-gorge. Ô horreur et désespoir ! haletai-je en prenant un air dramatique. Le puissant lieutenant Drankai en est réduit à accepter l'aide d'une petite femme faible.

— C'est plutôt méchant et malvenu de ta part de te moquer de ma situation, répondit-il sur un ton boudeur. Après m'avoir *imposé* ton aide, quand même.

— Imposé ? Je me demande ce que tu aurais fait de *moi* si les rôles avaient été inversés et que *je* me sois retrouvée aussi minuscule que tu l'es maintenant. Ne me dis pas que tu ne m'aurais pas mis dans une poche sans me laisser avoir mon mot à dire, sans parler de me demander mon avis sur la meilleure façon de me sauver.

— Cela aurait été une situation complètement différente. Les femmes sont censées être sauvées.

Je ne fis que gémir en guise de réponse, je restai sans voix.

Qu'est-ce que j'attendais d'un homme comme Agan ? Un « merci » serait évidemment trop pour lui, car cela reviendrait à admettre qu'il avait besoin de mon aide dès le début.

Cela m'ennuyait de penser qu'il m'avait exprimé tellement plus de gratitude avant de savoir que j'étais une femme. J'étais restée la même personne qu'il avait appelée « frère » auparavant, mais il me traitait différemment maintenant, simplement parce que je n'étais pas du genre auquel il s'attendait.

— Tu sais quoi, dis-je sur un ton énervé en avançant d'un pas lourd. Plains-toi autant que tu veux. Vas-y et rédige un rapport sur moi pour harcèlement sexuel à notre retour. Au moins de cette façon, je m'assurerai que tu reviendras à ta base en un seul morceau et que tu vivras assez longtemps pour remplir ton rapport.

Je faillis trébucher sur un rondin visqueux sur le sol de la jungle. En levant les bras, j'attrapai une liane puis j'enjambai soigneusement le rondin.

— De quoi te plains-tu, de toute façon ? murmurai-je. J'ai un bonnet C confortable, pas trop pour t'étouffer, mais suffisamment pour servir d'amortisseur pour garder ton petit être fragile en sécurité et à l'aise.

J'escaladai le tronc épais d'un autre arbre tombé.

— C'est moi qui fais tout le travail ici. Tiens-toi tranquille et tais-toi, ajoutai-je.

Chapitre 6

Emma

J'atteignis le ruisseau, puis je marchai le long de celui-ci pendant quelques heures jusqu'à ce qu'il soit temps de faire une pause.

Au moment où je posai Agan sur la rive du ruisseau, il se dirigea vers les arbres.

— Où vas-tu ?

Je fis un pas après lui.

Il me lança un regard avec les yeux plissé par-dessus son épaule.

— Pause toilette.

— Ne t'éloigne pas trop.

Je combattais l'envie de le suivre.

L'inquiétude me traversait. Avec les troncs d'arbres en toile de fond, il avait l'air si minuscule. Un serpent ou un oiseau pourrait facilement l'attraper. Et ces vers dégoûtants ? Apparemment, ils aimaient traîner autour de ce ruisseau. Vu son état actuel, ils auraient l'air gigantesques comparés à lui.

Avait-il vraiment besoin de partir loin ? Les mecs pouvaient faire pipi n'importe où, n'est-ce pas ? S'il avait fait ça juste ici près du tronc d'arbre, j'aurais pu au moins garder un œil sur lui.

— Ne vas pas trop loin, l'avertis-je à nouveau, mon inquiétude augmentant alors qu'il disparaissait dans la jungle que je le perdais de vue.

— Oui, *Maman*, dit Agan d'une voix moqueuse qui venait de derrière les arbres.

Oh, tant pis pour lui ! Un serpent s'étoufferait avec lui, de toute façon. Cet homme serait impossible à avaler pour qui que ce soit.

Je sortis ma mini gourde de la poche sur ma hanche, je la déroulai et la remplis d'eau du ruisseau. Je m'immobilisai une seconde avant de le boire. Je n'avais plus de comprimés purifiants sur moi, mais Agan avait bu l'eau de ce même ruisseau plus loin la nuit dernière, et il semblait aller bien, pas de diarrhée. Il n'avait pas déféqué dans mon décolleté ni rien.

Je grimaçai à l'évocation de cette pensée.

Puis je me mis à rire.

Puis je secouai la tête.

C'était devenu de loin la mission la plus folle à laquelle j'avais participé.

— Tu as soif ? demandai-je en offrant ma gourde à Agan lorsqu'il revint, heureusement, sain et sauf.

— Merci, ça va.

Il se dirigea vers le bord de l'eau. Il sauta sur un petit rocher dans le ruisseau, et il s'accroupit avant de plonger les mains dans l'eau. Il porta ses mains en coupe à sa bouche pour boire.

Je le regardais attentivement, en retenant mon souffle. Ces poissons qu'il avait rejetés plus tôt ne se contenteraient pas de le mordre maintenant, ils le mangeraient tout entier.

Ce sentiment d'insécurité au fond de moi grossissait de plus en plus à mesure qu'il restait sur ce rocher. Finalement, l'anxiété devint insupportable.

— Agan, viens ici, s'il te plaît, le suppliai-je. J'ai plein d'eau.

— Ça vient du même ruisseau, n'est-ce pas ? Il n'y a pas de différence.

— Oui, mais...

Je compris qu'il cherchait peut-être à garder son indépendance avec plus d'ardeur maintenant qu'il avait rétréci, mais je ne pouvais pas m'en empêcher. La peur que je ressentais pour lui ne me laissait pas de répit.

— Oh, allez, éloigne-toi de là, le suppliai-je encore. Je n'en peux plus. Et si un poisson t'attrapait ?

Je réalisais que je ressemblais à un parent surprotecteur, mais l'inquiétude avait raison de moi.

— Tu penses que je ne suis pas capable de m'occuper de moi ?

Il se redressa sur le rocher, en posant les mains sur ses hanches.

— Si, bien sûr, mais... Tout est tellement plus grand que toi, maintenant.

Je crus apercevoir l'éclat d'écailles de poisson dans l'eau près de lui. Puis, un cri d'oiseau venant d'en haut quelque part transforma mon inquiétude en panique.

— Ça suffit, reviens ici, dis-je. Tout de suite !

Je me précipitai sur lui, mais il sauta du rocher jusqu'au sol, en évitant gracieusement mes mains.

— Pas besoin de tes mains baladeuses, Eleven, dit-il en passant devant moi. Et tu n'as pas non plus le droit de me donner des ordres. Nous avons le même rang, dit-il en me reservant les mots que j'avais prononcés tout à l'heure.

Cela me fit réfléchir.

Je pouvais facilement me mettre à la place d'Agan en ce moment. En tant que petite humaine, j'avais vécu beaucoup d'expériences où j'étais dominée par des hommes beaucoup plus grands, souvent sans même qu'ils se rendent compte de ce qu'ils faisaient. Tant dans ma vie privée que professionnelle, j'avais été malmenée, on m'avait donné des ordres et j'avais subi une surprotection masculine étouffante qui frôlait la condescendance.

Et là, j'avais agi envers Agan exactement comme eux.

— Désolée, m'excusai-je en m'asseyant sur le banc de sable à côté de lui. J'ai clairement plus que dépassé les bornes, n'est-ce pas ?

— C'est bon.

Il déboucla sa ceinture, en détachant les fourreaux qui contenaient ses poignards avant de poursuivre :

— Ça me rappelle la façon dont je t'ai traitée quand j'avais ma taille normale. Je comprends ton inquiétude et ta frustration.

— Au moins, tu ne m'as pas écrasée dans ton t-shirt, répondis-je en souriant.

— Si j'en avais porté un, je l'aurais fait, dit-il en riant. N'importe quoi pour te protéger.

Il ajouta ensuite sur un ton plus sérieux :

— Il y a quelque chose quand une femme se trouve sur le champ de bataille, dans la jungle, qui me fait frissonner, avoua-t-il en se frottant la nuque et en faisant rouler ses épaules. Ce n'est pas bien. Cela me donne envie de l'emmener le plus loin possible de cet endroit, où aucun *fescod* ou *yirzi* ne la trouverait jamais.

Je comprenais beaucoup mieux maintenant son besoin de protéger quelqu'un de plus petit et visiblement plus faible que lui.

Il enroula sa ceinture autour de sa main, en regardant droit devant lui pendant quelques secondes.

— Je suppose que j'ai aussi des choses à me faire pardonner, n'est-ce pas ?

— Est-ce que ça veut dire que tu es désolé ? répondis-je en souriant à nouveau.

— Oui.

— Dis-le, alors.

— Bien. Je suis désolé de certaines des choses que j'ai dites et faites quand j'étais plus grand. OK ?

— Juste certaines choses ? insistai-je en haussant un sourcil.

Il me fit face avec une expression soucieuse.

— Est- ce que *tout* ce que j'ai dit ou fait était mal ?

— Non, ris-je, en le laissant s'en tirer. Pas tout, je te taquine. Excuses acceptées, Agan. Je suis désolée aussi, pour tous les malentendus. Amis ?

Je lui offris ma main.

— Amis, acquiesça-t-il en pressant le bout de mon index dans sa paume. Maintenant, donne-moi ton couteau.

Il bondit sur ses pieds.

— Quoi ?

— Je vais nous préparer de quoi déjeuner. Comme je n'ai pas le temps d'attraper un animal plus gros que moi en ce moment, et que tu ne voudras probablement pas manger quelque chose de plus petit que moi, je vais grimper sur cet arbre et nous rapporter des fruits de *dhoda*.

Je suivis son geste avec mon regard vers la grappe de fruits allongés rose vif tout en haut de l'arbre.

— Comment comptes-tu porter le couteau là-haut ? demandai-je en ouvrant la poche de mon bras et en sortant le manche du couteau laser.

Il était mince, mais presque aussi long que la taille actuelle d'Agan.

— Attache-le dans mon dos avec ça, me dit-il en me tendant sa ceinture. Oh, et ce fruit se casse facilement. Tu devras donc l'attraper avant qu'il ne touche le sol.

— Ah bon ?

— C'EST VRAIMENT BON.

Je mastiquais le deuxième fruit de *dhoda*. Juteux et tendre, il avait une saveur forte qui me rappelait vaguement la fraise avec une pointe de citron.

— Merci, lui dis-je.

— De rien.

Agan mit dans sa bouche d'énormes morceaux d'une minuscule tranche qu'il tenait à deux mains.

— Merci d'avoir attrapé *la plupart* d'entre eux, gloussa-t-il, en pointant du regard les taches rose vif qui couvraient mes bras et mes épaules.

— Hé, ils se sont avérés beaucoup plus fragiles que je ne le pensais.

— Je t'avais prévenue, dit-il en haussant les épaules.

Il y avait quelque chose de puéril dans ce geste et dans le sourire insouciant qu'il m'adressa.

— Quel âge as-tu, Agan ?

— Vingt-huit ans. Pourquoi ?

Je venais d'avoir vingt-sept ans. Mon service actif avait duré bien plus de cinq ans. Même en comptant les quatre années que j'avais passées à l'académie, mon expérience ne représentait pas la moitié de la sienne.

— Tu avais dit que tu étais dans l'armée depuis plus de deux décennies, lui rappelai-je, confuse.

— Non. J'ai dit que j'avais gagné mon grade en deux décennies, c'est-à-dire que j'avais acquis mon expérience du combat. L'armée des Ravils n'accepte personne de moins de seize ans. Et même à ce moment-là, les deux premières années sont censées être passées à la base, à rendre des services ou autres. J'ai commencé à l'âge de six ans à faire des courses pour un groupe de résistance civile. Au moment où j'ai été accepté dans l'armée à seize ans, j'avais déjà dirigé ma propre unité de combattants de la résistance pendant deux ans.

— Six ? demandai-je en haletant sous le choc. Comment est-ce même légal d'utiliser les services d'un enfant aussi jeune ?

— Mes parents se souciaient plus de ma sécurité qu'autre chose quand ils m'ont envoyé au campement de la résistance. Ils pensaient que ce serait plus sûr pour moi là-bas que dans notre village, avec la menace constante d'une attaque de *fescods* qui pesait sur nous.

Il termina son fruit, posa ensuite ses bras sur ses genoux et continua :

— Ils avaient raison en fin de compte parce que je suis toujours en vie et qu'ils sont morts.

— Tes parents ont été tués par des *fescods* ?

Il hocha la tête.

— Je suis vraiment désolée, Agan.

J'étais provisoirement sur Tragul, en mission pour le maintien de la paix. Mon contrat se terminait bientôt. Mais cette planète était la maison d'Agan. Les *fescods* avaient depuis longtemps envahi Ravie, son pays. Il avait passé sa vie à se battre contre ces choses. Il avait perdu ses parents à cause d'eux.

— Nous les aurons, affirma-t-il en se levant pour se diriger vers l'eau et se rincer les mains. Les Voraniens les ont chassés de leur planète, et nous allons aussi les expulser de Ravie.

Je le suivis, et me lavai les mains dans le ruisseau.

— Je suis sûre que nous le ferons, Agan.

Il devait y avoir un moyen de mettre fin à cette guerre dévastatrice.

Son torse se souleva lorsqu'il prit une profonde inspiration.

— J'ai juste besoin de revenir à ma taille normale d'une manière ou d'une autre.

— Quelqu'un devrait être capable de résoudre ça, le rassurai-je en voulant lui remonter le moral sans avoir aucune idée de comment le faire dans cette situation. Il doit y avoir un moyen de savoir à quoi sert ce truc.

Je tapotai la poche sur le côté de ma cuisse où le tissu prenait la forme rectangulaire du petit appareil que j'avais pris au labo.

J'avais peur que ce ne soit qu'une télécommande pour faire fonctionner l'équipement du labo. Auquel cas, cela pourrait s'avérer inutile puisque l'équipement en question était resté dans le laboratoire. En revanche, je décidai de ne pas dire cela à Agan, en ne voulant pas le contrarier davantage avec mes hypothèses non vérifiées.

— Les Ravils ne sont pas très forts avec les dernières technologies, admit Agan.

Non, ils ne l'étaient pas. Les décennies de guerre sur leur territoire avaient entravé le progrès économique et technologique de sa nation.

— Mais les humains le sont, lui assurai-je. Pas moi, malheureusement, ni les gars de mon unité. Nous en savons assez pour faire fonctionner l'équipement et le réparer si nécessaire, pas pour désosser une pièce de technologie extraterrestre. Cela dit, nous pouvons envoyer ce truc sur Terre si besoin. Nous avons de brillants scientifiques chez nous. Bien sûr, il faudrait cinq mois à un vaisseau spatial pour atteindre ma planète... Attends, dis-je en le dévisageant alors qu'une idée surgissait dans mon esprit. Le mâle qui a fait fonctionner cette chose était un Voranien.

— Oui.

— Est-ce-que tu le connais ?

Agan secoua la tête puis répondit :

— Je ne l'ai pas bien vu. Je fixais le sol quand je suis rentré. Puis le sol a commencé à bouger sur moi. Les fissures entre les dalles du sol sont soudainement devenues énormes, comme des crevasses dans le désert... Je n'ai vu que son dos alors qu'il s'enfuyait. Ensuite, *tu* es arrivée, grande comme une géante.

Une géante ? Le mot me fit sourire.

— Personne ne m'a jamais qualifiée de grande ou de géante avant.

— Tout a l'air gigantesque, maintenant, confessa-t-il en se frottant le visage. Ça craint.

Je n'avais aucune idée de comment le faire se sentir mieux, à part lui donner de l'espoir.

— Il y a de fortes chances qu'il s'agisse d'une technologie voranienne, dis-je. Les *yirzis* ne créent ni n'inventent jamais rien, pas vrai ? Nous contacterons le gouvernement voranien dès que nous arriverons à la base. Ils devraient pouvoir trouver quelqu'un qui sait quoi faire. Les Voraniens sont nos alliés.

— Alors pourquoi m'ont-ils fait ça ? Le scientifique était voranien.

— Oui, il était voranien.

J'expirai en baissant les épaules. Cela n'avait aucun sens.

— S'ils complotent quelque chose en secret, alors les contacter serait une erreur.

— Tu penses que les Voraniens sont en train de développer une nouvelle technologie ? Peut-être pour aider à lutter contre les *fescods* ? Pour les rétrécir ? suggérai-je, en m'accrochant à n'importe quoi dans ma recherche d'une explication plausible.

— Pourquoi la testeraient-ils sur un Ravil, alors ? Puisqu'il y a des milliers de *fescods* dans la région ?

Il avait raison. Les choses ne collaient pas.

— Nous n'allons pas parler aux Voraniens, Emma. Quand nous arriverons à la base, je demanderai à parler au général Trulgadi, mon commandant d'armée.

Chapitre 7

Emma

Pourrais-je te demander un service ? dit Agan alors que nous entrions dans la grande clairière, et que le haut mur en bois de la base militaire des Ravils apparut au loin. Pourrais-tu me poser maintenant, s'il te plaît ?

L'envie de refuser sa requête était forte. L'espace ouvert autour de nous semblait vide de *fescods* ou de *yirzis* ; en revanche, qui savait quels dangers se cachaient dans l'herbe ? Pour quelqu'un de la taille d'Agan, même un rat de la jungle pouvait faire un ennemi redoutable. Je ne voulais pas qu'il se blesse alors que je pouvais facilement l'éviter en le gardant en sécurité dans mon soutien-gorge.

En même temps, je réalisai qu'Agan ne voulait pas que ses soldats le voient coincé entre mes seins. Le simple fait qu'il arrive dans cet état pourrait déjà le mettre au centre d'une attention indésirable et lui donner des défis additionnels.

Avec un coup d'œil au mur de la base, je hochai la tête à contrecœur puis je balayai rapidement du regard la clairière et le ciel au-dessus, à l'affût de toute créature en chasse.

Tout semblait calme.

— Très bien, fis-je en tendant la main vers mon décolleté pour l'en sortir. Seulement, reste près de moi. D'accord ?

Si mon inquiétude avait agacé Agan, il ne le montra pas. Je le posai avec précaution sur le sol là où l'herbe courte atteignait sa taille. Alors qu'il se dirigeait vers la large porte dans le mur devant nous, je ralentis mon rythme pour suivre le sien.

Il marchait dans l'herbe avec un pas déterminé – si vite qu'il faillit presque se mettre à courir. Malgré cela, je devais encore adopter un rythme tranquille pour lui permettre de me suivre.

Il nous faudrait beaucoup plus de temps pour atteindre la base de cette façon, mais je ne me plaignais pas. J'avais compris combien il était important pour Agan de préserver sa dignité et son indépendance aux yeux de ses camarades.

Quand nous atteignîmes finalement le mur, je frappai avec mon poing sur la porte massive avec une plaque de métal carrée en son milieu.

— Identifiez-vous ! cria quelqu'un en ravil de l'autre côté.

— Lieutenant Emma Nowak, Unité Blindée Spéciale Terrestre.

Je baissai les yeux vers Agan. Sa voix n'était plus assez forte, le garde ne l'entendrait même pas s'il criait.

— Je suis ici avec le lieutenant Agan Drankai de l'armée ravile, criai-je pour lui.

Le carré de métal s'ouvrit avec un crissement, révélant une fenêtre à barreaux. Le beau visage du garde apparut.

— Vous êtes une femme, déclara-t-il, ses yeux couleur eucalyptus s'écarquillant. Êtes-vous une aldraienne ? demanda-t-il alors que son regard glissait sur mon front. Ce n'est pas possible. Leurs femelles ont des cheveux plus foncés et trois paires de seins chacune.

Je me raclai la gorge, en croisant rapidement les bras sur ma poitrine. Je m'étais rendue à cette base à deux reprises, à chaque fois cela avait été des arrêts rapides quand nous ne faisions pas directement le trajet vers ou depuis notre vaisseau spatial en orbite autour de Tragul. Lors de mes visites ici, je portais l'armure. Il me vint à l'esprit que c'était peut-être la première fois que le garde ravil voyait une femme humaine. Et à en juger par ses commentaires et son expression, c'était le cas.

— Non. Je ne suis pas d'Aldrai. Comme je l'ai dit, je suis le lieutenant Emma Nowak, de l'Unité Blindée Spéciale Terrestre.

— Une femme ? Lieutenant ?

Le garde clignait ses longs cils sombres en me regardant avec un choc évident.

— Oui.

Ma réponse était sortie sur un ton sec, cette fois. Je commençais à perdre patience. Les hommes ravils étaient de beaux guerriers courageux qui semblaient être embourbés bien trop profondément dans leurs stéréotypes.

— Je suis une femme lieutenant humaine, dis-je en articulant, avant de me souvenir du nom qu'Agan avait mentionné plus tôt. Le lieutenant Drankai et moi devons voir le général Trulgadi.

— Agan ? Où est-il ?

— Ici, répondis-je en m'accroupissant devant Agan et en lui tendant la main. Puis-je ?

Il serra la mâchoire, en n'ayant pas l'air super ravi, mais grimpa sur ma paume, en me laissant le soulever jusqu'à la fenêtre.

— Salut Zonko, salua-t-il le garde avec un air sombre.

— Agan ? Est-ce toi ? demanda Zonko en le regardant bouche bée. Qu'est-ce que c'est que ce bordel ?

— Exactement, répondit Agan en mettant fin à d'éventuels commentaires. Pouvons-nous entrer ? Avant que les *fescods* ne se montrent ?

Les *fescods* avaient été chassés au nord de la base grâce à l'effort conjoint des forces alliées. Les chances qu'ils nous attaquent si loin au sud étaient minces. Agan voulait évidemment juste mettre fin au regard intense de Zonko.

— Nous devons voir le général Trulgadi dès que possible. C'est une question de la plus haute importance.

— Bien sûr.

Zonko fit bouger les chaînes et les verrous, en ouvrant finalement la porte.

— Par les Abysses de Krokkan, qu'est-ce qui t'es arrivé ? demanda-t-il.

Toute l'attention du garde resta rivée sur Agan quand j'entrai. La nouveauté de rencontrer une femme soldat de la Terre était finalement sans importance en comparaison de voir l'un des siens réduit à la taille d'une main. J'aurais préféré être celle qu'il regardait, car cela aurait épargné à Agan toute cette attention indésirable car il avait l'air extrêmement mal à l'aise sous l'examen minutieux du garde.

— Le général ? incita Agan alors que le garde continuait de le regarder.

— Oh... Oui.

Zonko fit signe à un jeune garçon qui passait par là et l'interpella :

— Vren ! Va trouver le général Trulgadi. Dis-lui que le lieutenant Drankai demande à le voir.

En s'arrêtant en dérapant, le garçon fixa Agan, également la bouche grande ouverte.

— Allez ! cria Agan qui craquait, en envoyant Vren courir dans un sprint à travers la terre battue de la place centrale.

Des centaines de bâtiments en rondins entouraient l'espace ouvert au milieu. La plupart des structures étaient des maisons basses à un étage construites en bois sombre. Pour le matériau des toitures, les Ravils avaient utilisé les branchies des champignons géants qui poussaient dans cette partie de la planète. Aussi dures que le bois, les branchies étaient plus flexibles et complètement étanches, ce qui en faisait de parfaits bardeaux de toit. Presque blanches lorsqu'elles sont sèches, les branchies reflètent également la chaleur du soleil chaud de Ravie, en gardant les habitations plus fraîches à l'intérieur.

Un champignon géant entier, séché et patiné, avait été érigé devant le plus grand bâtiment de l'autre côté de la place principale. Le large chapeau presque plat du champignon servait d'auvent au-dessus du perron.

Je crus voir le bord supérieur de notre vaisseau de transport briller au soleil sur la piste d'atterrissage plus loin en contrebas de la colline derrière les maisons.

— Est-ce que mon unité est toujours là ? demandai-je à Zonko.

Il hocha la tête puis cria à la hâte après le départ du garçon :

— Et dis au capitaine humain que sa femme est là aussi !

Je ne pus pas m'empêcher de lever les yeux au ciel. Bien sûr, selon la vision de Zonko, je *devais* être la « femme » de quelqu'un. En baissant les yeux, je croisai le regard d'Agan. Son expression était plutôt grave alors qu'il me regardait.

— Tu veux que j'attende ici ? demandai-je.

La place centrale était bondée de soldats ravils, tous des hommes, la plupart étant torses nus. Les plastrons qu'ils portaient habituellement au combat avaient maintenant disparu, aucun tissu ne les remplaçant. J'avais appris que le Ravils avait une forte aversion concernant le port de t-shirts.

Certains des soldats étaient assis devant les bâtiments. Plusieurs discutaient en groupes sur la place et autour d'elle. Quelques-uns passaient, en chevauchant leurs montures, les *marids*. À peu près de la taille d'un cheval, les *marids* étaient de magnifiques créatures à six pattes avec une courte fourrure blanche qui brillait comme de l'or sous le soleil du soir.

Les Ravils des environs nous regardaient déjà.

En sentant l'inconfort d'Agan, je le protégeai rapidement avec ma main des regards curieux. Il n'avait pas demandé à être de nouveau déposé au sol. Soit il ne voulait plus attirer l'attention, soit il comprenait le danger très réel d'être piétiné à mort s'il traversait seul la place animée.

— Allons aux quartiers du général, dit Agan en faisant un geste vers le bâtiment tentaculaire en face de la porte, celui avec le champignon géant dressé comme un parapluie à l'entrée.

En le cachant derrière ma main, je me dirigeai par là.

Les Ravils s'arrêtèrent pour nous regarder bouche bée pendant que je marchais, mais ils ne pouvaient pas repérer Agan aussi facilement derrière ma main, et me fixaient à la place.

La seule fois où des femmes étaient venues à la base, c'était lorsqu'elles avaient été sauvées des zones ravagées par la guerre des parties du pays occupées par les *fescods*. Elles avaient utilisé la base de l'armée comme refuge temporaire, sans y rester trop longtemps.

Les femmes mariées et les enfants avaient été rapidement envoyés dans les complexes sécurisés, au plus profond des régions du pays où il n'y avait pas de *fescods*. J'avais entendu dire par les gars de mon unité que l'armée avait envoyé de jeunes femmes célibataires sur Neron, pour y vivre et travailler dans les unités de divertissement. Les soldats ravils venaient souvent sur Neron quand ils étaient en permission, où ils séjournaient également dans les unités de divertissement.

Seules des traces de présence féminine étaient perceptibles à la base de l'armée : de quelques motifs peints sur les portes et les fenêtres de certaines maisons, à la coupe plus voyante de pantalons avec de riches broderies le long des coutures de certains hommes. Les arts et l'artisanat, comme je l'avais appris, étaient principalement les occupations des femmes raviles.

Je me hasardai à lancer quelques regards furtifs sur les pantalons chics que portaient certains soldats. Fille de couturière, j'avais appris à coudre dès mon plus jeune âge. La coupe et la finition des vêtements m'intéressaient, même si je n'avouerais jamais à quiconque ici mon intérêt pour ça. Je n'avais même jamais mentionné mon amour pour la couture aux gars de mon unité. Pas besoin de leur donner plus de matière pour qu'ils me taquinent davantage.

Un grand Ravil sortit du bâtiment à mon approche. Il semblait d'âge moyen, avec des cheveux déjà généreusement parsemés de gris, ce qui donnait l'impression que sa crinière brun clair était saupoudrée de givre. C'était aussi le seul Ravil que j'avais vu qui portait un truc qui ressemblait vaguement à un t-shirt, deux rectangles de tissu du pays reliés par des laçages en cuir sur les épaules et les côtés.

— C'est le général Trulgadi, me dit Agan.

Sa voix était trop faible pour que l'autre homme l'entende. Tout comme le reste des Ravils, le général me fixait, sans prêter attention à ce que – ou plutôt *qui* – je cachais dans mes mains.

— Général. Lieutenant Emma Nowak, Unité Blindée Spéciale Terrestre.

Je le saluai en portant ma main à ma tête. Ce geste avait momentanément exposé Agan. Cependant, le général étudiait mon visage de trop près pour le remarquer.

— Lieutenant ? demanda-t-il en retournant machinalement la salutation à la manière ravile, en plaçant deux doigts sur sa poitrine au-dessus de son cœur.

— Permission de parler en privé, requis-je.

— Pixie ! m'interpella Rick en se précipitant vers nous depuis la maison voisine. Tu as réussi !

— Je ne savais pas que les humains recrutaient des femmes, marmonna le général dans sa barbe.

Le pauvre homme avait visiblement du mal à se remettre du choc de me voir.

J'avais déjà vu le général de loin, mais je n'avais jamais interagi directement avec lui, certainement jamais sans ma combinaison. Aussi troublante que puisse être la réaction des Ravils à mon égard, cela rendait le comportement qu'Agan avait eu un peu plus compréhensible – cela devait être au moins en partie culturel et non personnel.

— Content de te voir de retour.

Hors de son armure, Rick portait la même sous-combinaison blanche que moi. L'excitation et le soulagement jaillissaient de ses yeux gris alors qu'il m'enlaçait.

Je mis mes mains autour d'Agan, de peur qu'il ne soit écrasé entre nous par l'étreinte enthousiaste de Rick.

— Heureuse de te voir aussi, Rick.

Je souris puis me penchai en arrière, en coupant court à l'étreinte en me souciant d'Agan.

Rick ne m'avait pas complètement lâchée, et me tenait par les épaules lorsqu'il dit :

— Qu'est-ce qui s'est passé ? Où étais-tu ?

— Je ferai un rapport complet, capitaine, dis-je en adoptant un ton plus formel en présence du général qui était resté à proximité. Je dois parler au général Trulgadi, pour l'instant.

— Général, dit Rick en saluant tardivement le chef de l'armée ravile. Je vous demande la permission d'être présent à cette réunion.

Je ne savais pas ce que penserait Agan de la présence de Rick. Il pourrait vouloir garder sa situation aussi privée que possible. D'un autre côté, si les Ravils décidaient de contacter les scientifiques de la Terre pour obtenir de l'aide, ils auraient besoin de Rick pour que la communication se fasse.

— Dites au lieutenant Drankai que je le verrai ensuite, dit le général Trulgadi au messager qui s'attardait près de l'entrée.

Le général se retourna pour rentrer à l'intérieur, en nous faisant signe de le suivre.

— Soyons brefs, j'ai un autre rendez-vous.

Puisqu'il n'avait pas encore repéré Agan et que le jeune garçon n'avait pas été censé l'informer de l'état d'Agan ou qu'il avait été lui-même trop abasourdi pour le mentionner, le respectable général ne savait évidemment pas que cette réunion et la suivante étaient en fait une seule et même réunion.

Le sol à l'intérieur de la grande pièce principale de la maison était recouvert d'un épais tapis tressé à partir de lanières de cuir multicol-ores. Le général nous invita à nous asseoir à l'immense table ronde au milieu.

— Exposez-moi les faits, femme... euh, lieutenant, m'ordonna-t-il en prenant place.

— Eh bien... cela concerne le lieutenant Drankai.

Je posai doucement Agan sur la table puis écartai les mains, en le révélant à Rick et au général Trulgadi.

— Qu'est-ce que...

Le général bondit sur ses pieds, en repoussant sa chaise.

Rick hurla, en bondissant lui aussi.

— Qu'est-ce que c'est ? demanda-t-il d'une voix haut perchée à cause de son hystérie.

— Général. Capitaine, les salua tous les deux calmement Agan.

Ses lèvres se serraient pour n'être plus qu'une ligne fine. Il ne voulait croiser le regard d'aucun des hommes.

— Par les Abysses de Krokkan, que vous est-il arrivé ?

Le général avait rugi, en claquant ses mains sur la table avec une force qui la fit vibrer. Agan vacilla sous l'impact, mais retrouva rapidement son équilibre.

— Est-ce qu'il est réel ? demanda Rick en se penchant sur la table, et en louchant sur lui.

Agan serra les poings. Je ne pensais pas qu'il puisse infliger beaucoup de dégâts dans son état actuel, même s'il commençait un combat. Cependant, je croyais aussi que cela blesserait gravement l'ego d'Agan si Rick le balançait à travers la pièce d'une pichenette en réponse à une attaque.

Je décidai d'intervenir.

— Oui, il est réel.

Je me levai, en posant mes mains sur la table.

Agan se rapprocha de moi. En prenant place entre mes bras, il se tourna pour faire face aux hommes qui le regardaient bouche bée.

— Le lieutenant Drankai et moi avons été pris en embuscade par un groupe de *yirzis* dans la jungle ce matin, rapportai-je. Nous avons tous les deux été capturés, avec le lieutenant Drankai...

Je lui jetai un coup d'œil, en me demandant s'il préférerait raconter son histoire lui-même.

— Ils nous ont amenés dans un laboratoire, reprit-il. Situé dans les ruines de l'ancienne ville d'Ellur.

— C'est impossible…, dit le général en se laissant tomber sur sa chaise tout en secouant la tête.

Rick resta debout, une expression de totale perplexité figée sur le visage.

J'étais d'accord avec le général. Ce qui était arrivé à Agan semblait impossible. Pourtant il était là…

— Un scientifique voranien était présent dans le laboratoire, poursuivit Agan. Il a utilisé un équipement que je ne connaissais pas pour… euh, faire ça, dit-il en faisant un geste de la main vers son corps. Le lieutenant Nowak a tenté d'appréhender le Voranien, mais il s'est échappé.

— Un Voranien ? fit Rick en semblant retrouver son sang-froid pendant le rapport d'Agan.

— Était-il seul ? demanda le général.

— Il y avait pas mal de *yirzis*, ajoutai-je. Ils sont restés derrière la vitre, cela dit. Aucun d'entre eux n'a participé activement à l'expérience proprement dite. Le Voranien était le seul à faire fonctionner l'équipement.

— Est-ce que les *yirzis* l'avaient forcé à coopérer ? demanda Rick.

— Ce n'est pas ce qu'il semblait, répondis-je.

— Les Voraniens sont nos alliés, marmonna le général. Cela n'aurait pas dû arriver…

— Savez-vous quelque chose sur le labo, général ?

Maintenant que le choc initial était passé et que la tension dans la pièce s'était un peu apaisée, je me rassis.

Rick suivit, en s'asseyant lui aussi.

— Non, dit le général en secouant énergiquement la tête. Je n'ai connaissance d'aucun labo ici.

— Alors, les Voraniens mènent peut-être des recherches secrètes sur votre planète, conclut Rick en rassemblant ses doigts les uns contre les autres de manière à former une pyramide. Nous devrons le signaler.

— Non, répondit le général en lui lançant un regard. Puisque c'est arrivé dans notre pays et à l'un d'entre nous, c'est un problème interne. Nous allons nous en occuper en local.

Le général voulait-il garder l'affaire secrète pour le bien d'Agan ? Si oui, ne devrait-il pas explorer toutes les ressources disponibles pour inverser ce qui s'était passé, sans essayer de le cacher aux yeux du monde ?

— Avec tout le respect que je vous dois, général, dis-je en me redressant sur mon siège, ce n'est pas vraiment un problème local. D'autres espèces sont clairement impliquées. Je crois que les autorités voraniennes et terriennes devraient être informées. De plus, les humains et les Voraniens sont bien mieux équipés pour comprendre ce qui est arrivé au lieutenant Drankai et, espérons-le, le ramener à sa taille normale. Notre base de connaissances...

— Selon vous, ce sont les Voraniens qui lui ont fait ça.

Le général fit brusquement un geste vers Agan avant d'ajouter :

— Et la Terre est trop loin pour impliquer des humains là-dedans.

Je le regardai avec incrédulité. Le général ne voulait-il pas aider son homme ? Ou peut-être qu'il ne croyait tout simplement pas qu'il soit possible d'avoir de l'aide.

— Le temps de trajet entre nos planètes est de cinq mois, ce n'est pas si loin, insistai-je. Qu'est-ce que cinq mois comparés au fait que le lieutenant risque de passer le reste de sa vie dans cet état ?

Agan chancela sur ses pieds en entendant mes mots, puis il se laissa tomber pour s'asseoir sur la table.

J'essayais d'imaginer ce qui se passait dans sa tête. Pourrait-il vraiment continuer à mener sa vie en étant si petit ? Pour un homme comme lui, ça serait dévastateur. J'espérais pour lui que les effets de l'expérience étaient réversibles.

— Je demande à rester à la base, en service actif, exigea Agan sur un ton grave.

— Absolument, soldat, dit le général en hochant la tête. Votre place est ici.

Ses mots semblaient détendre quelque peu Agan, mais je ne pouvais pas abandonner si facilement.

— Mais s'il y avait un moyen d'inverser cela, Agan ? l'implorai-je. Tu devrais peut-être aller sur Neron ou même sur Terre, pour faire des tests et des examens.

Agan me regarda avec une nouvelle expression dans les yeux. Une expression que je n'avais encore jamais vue, chaleureuse avec un soupçon de tristesse.

— Général, pensez-vous qu'il y ait une chance que cela puisse être inversé ? demanda Agan en gardant son regard sur moi. Ici sur Tragul ?

— Nous explorerons toutes les possibilités pour vous ramener à votre ancienne taille, lieutenant, lui assura le général Trulgadi avec confiance.

Il se leva, en signalant la fin de la discussion.

— J'insiste pour que vous laissiez tous les autres gouvernements en dehors de cela. L'incident s'est produit sur notre planète, et concerne l'un des nôtres. Cela ne concerne en rien les humains. Puisque les Voraniens sont ceux qui ont mené l'expérience, la piste criminelle n'est pas écartée. Pour la protection du lieutenant, il restera à la base, hors de leur portée. Et vous resterez tous silencieux sur tout ce qui s'est passé ici.

Agan

— NOUS ALLONS DEVOIR partir, Pixie, dit le capitaine humain en serrant le bras d'Emma au moment où ils quittaient tous les trois les quartiers du général.

— Puis-je avoir une minute, Rick, s'il te plaît ? demanda-t-elle en jetant un coup d'œil à Agan qui était assis dans sa main. Pour dire au revoir ?

— Bien sûr. Vas-y !

Le capitaine le regarda aussi, comme s'il attendait que quelque chose se produise.

— Rick ? En privé, s'il te plaît ? précisa Emma.

— Oh. D'accord, dit-il en ayant fini par comprendre.

Puis il se dirigea vers la piste d'atterrissage à l'arrière de la base en ajoutant :

— Je vais m'assurer que le transporteur est prêt. Tu as dix minutes.

Dix minutes ?

Agan n'était pas un spécialiste des au revoir, mais dix minutes, ça ne semblait pas suffisant.

Il suivit le regard d'Emma alors qu'elle regardait le capitaine s'éloigner. Le souvenir d'avoir été pris au piège entre leurs corps lorsque le capitaine l'avait serrée dans ses bras tout à l'heure lui revint à l'esprit.

— C'est ton homme ? lâcha-t-il en le regrettant aussitôt.

Voulait-il vraiment connaître la réponse ? Avait-il besoin de la confirmation qu'elle appartenait déjà à quelqu'un d'autre ?

Il repensa à cet endroit chaud entre ses seins où il avait passé la majeure partie de la journée. Être assis là avait été confortable. Ses hanches s'étaient emboîtées parfaitement dans son décolleté, avec ses pieds reposant au milieu de son soutien-gorge. Cependant, la conscientisation croissante de son doux parfum féminin et la sensation exquise de sa peau nue et sans poils avaient été difficiles à ignorer. Malgré ses préoccupations, sa bite était devenue douloureusement dure, rapidement. Heureusement, marcher jusqu'à la porte avait quelque peu calmé son excitation, en lui épargnant l'embarras de se tenir devant son général avec une érection furieuse dans le pantalon.

À présent, il n'aimait pas du tout la possibilité que son corps puisse appartenir à un autre homme, c'était une drôle d'idée, compte tenu de sa situation. La vie personnelle d'Emma aurait dû être le cadet de ses soucis en ce moment.

— Qui ? Rick ? dit-elle alors que son petit nez sans fourrure se fronçait pour former une étrange grimace. Non ! C'est mon officier supérieur au boulot et mon ami en privé. Il joue aussi souvent le rôle de frère aîné, mais ce n'est certainement pas *mon homme.*

Il y avait encore une chance qu'elle appartienne à l'un des autres hommes de son unité. Il se mordit la langue, cependant, en s'empêchant de le lui demander. Si elle avait vraiment un homme, ça ne ferait que le mettre en colère. Si ce n'était pas le cas... Eh bien, il ne pourrait rien faire de toute façon.

— Écoute..., dit-elle en scannant rapidement les environs.

L'heure du dîner était proche et la plupart des guerriers étaient allés dans la zone de restauration située derrière le bâtiment principal. Certains s'attardaient encore, en lançant des regards curieux dans leur direction.

— Devrions-nous aller quelque part ? À l'abri des regards ? poursuivit-elle.

La conscience aiguë de son état actuel lui revint. Quel genre de guerrier pouvait-il être dans cet état ? Comment pourrait-il déchiqueter un seul *fescod* s'il n'était pas plus gros que la paume d'une femme minuscule ?

Le désespoir et la terreur serraient douloureusement son cœur.

— Là-bas, répondit-il en faisant un geste vers le côté du bâtiment, tout en essayant de chasser ses pensées sombres. Allons de l'autre côté. Il y a des rondins sur le sol sur lesquels on peut s'asseoir.

Elle le porta dans l'espace étroit entre les deux bâtiments et hors de vue.

— Eh bien, ce sont des au revoir, alors.

Emma s'était assise sur l'un des gros rondins empilés contre le côté de la maison du général.

Agan s'écarta de sa main et enjamba l'un de ses genoux, en lui faisant face.

—Es-tu... commença-t-elle en en écartant une mèche de cheveux blond clair qui s'était échappée de l'élastique serré à l'arrière de sa tête. Ça va aller, Agan ?

— Bien sûr, dit-il en haussant les épaules, et en s'efforçant d'avoir l'air aussi décontracté et naturel que possible – calme et tranquille – même si ses entrailles se tordaient d'inquiétude et de peur.

Que se passerait-il maintenant ? Avait-il même le droit de rester à la base s'il était inapte à être un guerrier ? Ils pourraient aussi bien l'envoyer sur Neron, pour que les femmes et les enfants de l'unité de divertissement le gardent comme animal de compagnie.

Cette guerre était tout ce qu'il avait connu. Que pourrait-il faire s'il ne pouvait plus se battre ? *Qui* serait-il ?

La peur s'abattit sur lui comme un linceul sombre et lourd, en l'empêchant de respirer. Il ferma les yeux et serra si fort ses poings que ses ongles s'enfoncèrent douloureusement dans ses paumes.

— Agan ? Es-tu sûr que tu ne veux pas considérer..., commença prudemment Emma.

Il devait l'arrêter ou il craquerait ici et en sa présence. De tout ce qui lui était arrivé aujourd'hui, s'effondrer devant cette femme serait la chose la plus horrible.

Il tenta de retrouver son calme.

— Merci pour tout, Eleven, dit-il, en s'efforçant d'adopter un ton neutre. Ce fut un honneur de se battre à tes côtés.

Peut-être que tout n'était pas encore perdu. Il devait faire confiance à son général. Le chef de l'armée ravile avait l'habitude de tenir ses promesses.

— Tu es une vraie guerrière, Eleven. Avec ou sans ta combinaison, ajouta-t-il en lui faisant un clin d'œil et en réussissant même à sourire sincèrement.

Il pensait chaque mot, même si les dire à une femme semblait quand même étrange. Il n'avait jamais rencontré quelqu'un comme Emma auparavant et devoir se séparer d'elle lui faisait maintenant ressentir une tristesse inattendue. Il sentait qu'il y avait davantage chez cette femme, mais maintenant il n'aurait aucune chance de découvrir quoi que ce soit.

— Je n'aurais jamais pensé entendre ça de ta part, dit-elle en lui rendant son sourire.

— C'est vrai. Ça aurait été beaucoup plus difficile pour moi sans toi là-bas. Je suis reconnaissant que tu aies été avec moi aujourd'hui.

Elle le salua, son expression devenant plus sérieuse.

— Ce fut un honneur de combattre à tes côtés aussi, lieutenant.

Incapable de détacher son regard de son visage, il chercha quelque chose à dire, à faire, n'importe quoi pour la retenir plus longtemps.

Que pouvait-il faire, cependant ? Lui dire de demander une permission pour se rendre sur Neron puis aller la voir là-bas ? Et ensuite quoi ? Que pouvait-il offrir à une femme dans son état actuel ? Une autre chance de le porter dans son soutien-gorge pendant qu'il essayait désespérément d'empêcher sa bite de déchirer son pantalon à cause de son excitation ?

Il fit glisser son regard admiratif le long de son corps. Aussi petite et délicate qu'elle avait l'air, il savait pertinemment qu'elle contenait une force et une agilité réelles dans ces petits muscles durs. Il l'avait vue en action. Ses compétences étaient louables, il devait l'admettre.

Un sentiment de fierté réchauffa son cœur, comme s'il avait le droit d'être fier d'elle.

— Si tu as besoin de quoi que ce soit, je... *nous*, eh bien, mon unité est là-haut, dit Emma en faisant un geste vers le ciel où le vaisseau spatial humain, actuellement invisible à l'œil nu, était en orbite autour de la planète. Rick, je veux dire le capitaine Miller, peut contacter la Terre n'importe quand pour toi.

Il ne partageait pas sa préoccupation. Mais cela réchauffa étrangement son cœur de savoir qu'elle se souciait de lui.

—Merci. Je garderai ça à l'esprit.

Elle se mordit la lèvre.

— Agan, je le pense. Si jamais tu as besoin de quoi que ce soit, tu me fais signe, OK ?

Qu'était-il censé faire concernant cette femme ? De toute évidence, elle était déterminée à le faire pleurer.

Il cligna des yeux, en détournant les yeux un instant.

— Ça va aller, Eleven, dit-il en carrant les épaules, et en se redressant sur son genou. Et merci encore. Pour tout, tu sais.

— OK, répondit-elle en soupirant. On se dit au revoir, alors. Je suis reconnaissante de t'avoir eu comme partenaire pendant la mission d'aujourd'hui.

Elle lui tendit la main.

Il entoura le bout de son index de toute sa main et serra fermement.

— Il est temps d'y aller, Pixie, prévint le capitaine indiscret qui avait passé la tête au coin du bâtiment. Le transporteur attend et est prêt à décoller.

Son doigt glissa de la poigne d'Agan. Elle l'enleva de ses genoux et se leva.

Il ne pouvait rien faire pour l'empêcher de partir.

Comment était-il censé retenir cette femme, s'il ne pouvait même pas lui tenir la main ?

Chapitre 8

Emma

Je m'étirai dans le grand lit rond, qui devait être le lit le plus confortable de tout l'univers. Ou du moins, c'est ce que je ressentais après des mois passés dans des capsules de couchage ou dans la couchette de notre vaisseau spatial.

Lorsque Rick m'avait suggéré pour la première fois de prendre quelques semaines de permission après l'incident de Tragul, j'avais décliné. J'étais réticente à l'idée d'abandonner mon unité alors qu'ils étaient tous encore en action. Sa suggestion était devenue un ordre, en me forçant à obéir.

— Tu as besoin de repos, Pixie, avait-il dit. Tu n'as pas eu de repos depuis un moment maintenant. Amuse-toi dans la ville. Voran est plein de célibataires, peut-être que tu auras même un rencard. C'est bientôt la Saint-Valentin, après tout.

Il avait ri, puis ajouté :

— Je ne peux pas t'envoyer au combat sans armure, de toute façon.

Son dernier point était totalement valable. C'était contre le protocole de me déployer sur Tragul sans une combinaison entièrement fonctionnelle. Et il faudrait au moins deux semaines pour que ma combinaison de remplacement soit assemblée et testée.

Le gouvernement voranien m'avait gracieusement proposé de me loger dans un joli studio situé dans le bâtiment du Comité de Liaison Terre-Neron, l'organisme chargé de superviser tous les projets communs entre nos deux planètes.

Le lit était tout simplement merveilleux. Cependant, ma partie préférée était le spacieux patio couvert de verre à côté de la cuisine. Décoré de vignes vivantes et de fleurs vives, c'était une belle oasis intérieure.

Par rapport au calendrier de la Terre, on devrait être début février en ce moment, mais nous étions toujours au plus profond de l'hiver ici dans la Cité de Voran. Une épaisse couche de neige recouvrait tous les espaces extérieurs de la ville. En apportant la verdure de l'été à l'intérieur, les Voraniens pouvaient en profiter toute l'année.

— Bonjour, lieutenant Nowak, m'accueillit Helix, le système d'intelligence artificielle de l'appartement, à travers les haut-parleurs du mur au-dessus du lit.

Son drone vola depuis la cuisine derrière la treille de vigne fleurie qui séparait le lit du reste de l'appartement. Un plateau de petit-déjeuner était accroché aux bras chromés brillants du drone.

Je pourrais vraiment m'habituer à me réveiller comme ça tous les jours.

— Bonjour, Helix.

J'attrapai la tasse avec le thé voranien doux-amer sur le plateau.

— Qu'allons-nous faire aujourd'hui ? demandai-je.

Au cours des six derniers jours que j'avais passés à Voran, j'avais exploré une bonne partie de la ville. Jusqu'à présent, j'étais allée au zoo, dans un immense centre commercial, au musée d'histoire naturelle de Neron et au spectacle d'hologrammes de l'amphithéâtre.

— Je ne suis pas sûre de ce que j'ai envie de faire aujourd'hui. As-tu des suggestions ?

— Le quartier général de l'armée voranienne, dit Helix sur un ton neutre.

— Quoi ? C'est une blague ?

Je louchai vers le drone qui planait au-dessus de mon lit.

— Ce n'est pas une blague, lieutenant. Un ordre vous convoquant à une réunion est arrivé il y a quarante-trois secondes.

Je fronçai les sourcils en posant la tasse de thé sur le plateau.

— Un ordre ? Pour quoi ?

Ma combinaison n'était pas encore prête. Et même si c'était le cas, Rick m'aurait contactée directement. Qu'est-ce que l'armée voranienne me voulait ?

La seule chose à laquelle je pouvais vaguement penser, c'était que cela devait avoir quelque chose à voir avec ce labo secret sur Tragul.

Une sensation désagréable de lourdeur me pesait depuis que j'avais quitté Agan sur sa planète. Il avait choisi de rester, et je n'avais rien pu y faire sauf à le remettre dans mon soutien-gorge et l'emmener avec moi contre son gré.

Une partie de moi avait eu envie de faire un truc comme ça. J'avais vu à quel point Agan était dévasté par les résultats de cette expérience, et je ne faisais pas entièrement confiance au général Trulgadi pour veiller à ses meilleurs intérêts. Le général avait obstinément insisté pour cacher l'incident aux autres nations et pour rechercher une solution en interne, malgré les limitations technologiques des Ravils. Cela ne m'avait pas semblé être un bon plan d'action.

Pendant le vol dans la navette de transport vers mon vaisseau, j'avais eu une discussion approfondie avec Rick, où j'avais exprimé mes inquiétudes. Je lui avais également donné l'espèce d'appareil transparent et rectangulaire que j'avais récupéré dans le labo secret de Tragul, en espérant que quelque chose pourrait être fait pour aider Agan.

Je savais que Rick avait depuis signalé l'incident qui avait eu lieu au labo de Tragul à ses supérieurs sur Terre, parce que son job l'exigeait.

Peut-être que maintenant les Voraniens avaient peut-être aussi découvert quelque chose à ce sujet.

— Quel est le but de cette réunion ? demandai-je à Helix. Est-ce que tu le sais ?

— L'ordre du jour de la réunion n'a pas été divulgué dans le message transmis.

C'était inquiétant. Si les Voraniens avaient travaillé sur des projets secrets derrière le dos d'autres nations, cette convocation pourrait être un piège.

Je devrais d'abord en parler à Rick.

— Qui d'autre sera présent ? Cela a-t-il été divulgué ?

— Oui. Le général Craxus de l'armée voranienne, le représentant Alcus Hecear du Comité de Liaison Terre-Neron, le capitaine Miller de l'Unité Blindée Spéciale Terrestre...

Rick allait être là aussi. Je n'avais pas eu le temps de décider si c'était une bonne ou une mauvaise chose car Helix prononça le dernier nom sur sa liste :

— Et le lieutenant Drankai de l'armée ravile.

Agan.

Mon cœur manqua un battement. Ils l'avaient amené à Voran, et j'avais besoin de savoir pourquoi.

Pendant tout ce temps, je n'avais pas été capable de me débarrasser de mon sentiment d'inquiétude envers Agan. J'étais avec lui quand l'expérience avait eu lieu, et je n'avais pas réussi à empêcher tout ça. Cela me faisait me sentir en partie responsable de ce qui lui était arrivé.

Je devais savoir de quoi il s'agissait.

— La réunion est dans une heure et vingt-quatre minutes, déclara Helix. L'aéronef qui viendra vous chercher arrivera dans cinquante-neuf minutes.

— Ça ne me prendra pas si longtemps.

En rejetant les couvertures sur le côté, je sautai du lit pour me préparer.

ALCUS HECEAR, LE REPRÉSENTANT voranien du Comité de Liaison Terre-Neron me rejoignit sur la plate-forme d'atterrissage du quartier général de l'armée.

— Bonjour, lieutenant Nowak.

Il s'approchait de moi alors que je descendais du petit aéronef deux places qui m'avait amenée ici.

Vêtu de l'uniforme blanc et or du Comité, les longues cornes d'Alcus avaient été peintes avec des motifs de vignes dorées et de fleurs roses. Comme la plupart des Voraniens, il privilégiait évidemment les couleurs vives.

Jusqu'à l'année dernière environ, les principales choses que le Comité avait organisées et supervisées étaient les expéditions scientifiques, les délégations politiques et les accords de mariage entre les femmes humaines et les hommes voraniens. Maintenant, mon unité tombait aussi en partie sous leur juridiction.

— De quoi s'agit-il, représentant Hecear ? demandai-je alors qu'il me conduisait le long de la plate-forme d'atterrissage vitrée sur le toit du quartier général de l'armée voranienne.

— Le général Craxus vous informera, lieutenant Nowak. Je peux simplement vous dire que notre gouvernement a une mission pour vous.

C'était tout à fait inattendu.

— Une mission ? Je ne relève pas directement de votre gouvernement, lui rappelai-je.

— À ma connaissance, vos supérieurs sur Terre ont déjà donné leur autorisation pour votre participation à cette mission.

Rick pourrait le confirmer puisqu'il était censé être à cette réunion également.

— Comment le lieutenant Agan Drankai s'intègre-t-il dans tout cela ? me renseignai-je. Il assiste aussi à cette réunion, n'est-ce pas ? ajoutai-je rapidement.

— Le lieutenant Drankai a reçu une mission spéciale, déclara Alcus alors que nous entrions dans le couloir aux murs blancs situé à côté de la plate-forme d'atterrissage. Il vous a spécifiquement demandé comme partenaire de mission.

— Ah bon ?

Je clignai des yeux, confuse.

Quelque chose a dû se perdre en cours de route dans la traduction. L'Agan que je connaissais n'accepterait pas volontiers d'avoir une femme comme partenaire de mission, à moins qu'il n'y soit forcé. Et même dans ce cas, à son corps défendant, il se battrait jusqu'au bout pour y échapper.

D'un autre côté, il s'était un peu mieux comporté envers moi à la fin de notre calvaire sur Tragul. Ses mots d'adieu étaient la chose la plus gentille qu'un Ravil m'ait jamais dite.

Peut-être que maintenant il accepterait de partir en mission avec une femme. Cependant, j'avais du mal à croire qu'il en ait fait lui-même la requête.

— Comment va Agan... Lieutenant Drankai, je veux dire ? Comment se porte-t-il ?

La douleur familière de l'inquiétude faisait se serrer mon cœur. Il y avait autre chose aussi. Quelque chose qui flottait dans mon ventre et ressemblait à de l'impatience fébrile quand Alcus s'arrêta devant une porte en verre opaque.

— Bien, je suppose, répondit-il vaguement.

Je lissai rapidement mes cheveux tirés en chignon, puis passai mes mains le long de la jupe de mon uniforme.

La nervosité qui flottait dans mon ventre s'intensifia lorsqu'Alcus toucha le bouton sur l'écran de l'intelligence artificielle à l'entrée. Je ne m'étais jamais sentie aussi agitée et anxieuse au moment de recevoir un ordre de mission. Pourquoi l'étais-je maintenant ?

Était-ce parce que je savais qu'Agan allait être dans cette pièce ?

La porte s'ouvrit en glissant, en révélant une pièce brillamment éclairée avec des guirlandes de fleurs suspendues au plafond et drapées sur les murs. Le mur du fond de la pièce était entièrement en verre. Des pots de différentes formes et tailles l'encadraient, et débordaient de fleurs colorées.

— Et voici le lieutenant Nowak, dit Rick en me souriant.

Il était assis à une table hexagonale en verre, en compagnie d'un homme voranien portant l'uniforme gris d'un officier supérieur de l'armée voranienne.

— Général Craxus. Lieutenant Nowak, nous introduisit Alcus.

Le système de classement dans l'armée voranienne différait des autres. Le chef de l'armée avait ici le grade de colonel, les généraux étant en dessous.

Je savais que le colonel Kyradus était actuellement le plus haut fonctionnaire de l'armée voranienne. D'après les insignes sur les épaulettes du général Craxus et les gravures sur sa corne droite, cela dit, le général devait aussi être assez haut sur l'échelle de l'autorité.

— Madame, dit le général en se levant, avec un regard qui cherchait à me jauger.

Relativement modeste par rapport aux vêtements civils de la Cité de Voran, son uniforme gris était orné de broderies dorées et rouges sur les manches et autour de l'encolure. Des gravures formaient une spirale qui s'arrêtait à peu près à mi-hauteur de sa corne droite, affichant ses différents grades durant sa carrière dans l'armée voranienne.

Je redressai les épaules sous l'attention scrutatrice des yeux orange foncé du général et fit mes salutations.

— Général.

Je me tournai ensuite vers Rick :

— Capitaine.

— Asseyez-vous, lieutenant.

Le général désigna une chaise vide à la table.

— Ravi de te revoir, Eleven.

Sa voix calme me parvint dès le moment où je me fus assise.

Mon cœur s'emballa lorsque j'aperçus Agan parmi les tablettes et les papiers éparpillés sur la table. Il était étendu dans un fauteuil rose qui semblait être un meuble de poupée.

Malgré sa petite taille, il n'y avait rien de petit dans sa posture. Assis à son aise sur le fauteuil, il avait l'apparence de quelqu'un qui possédait la pièce et le bâtiment dans lequel il se trouvait, et ce n'était même pas sa planète natale.

Mais j'imaginais ce qu'un homme comme Agan pouvait ressentir en étant si petit. Il devait être mal à l'aise et gêné en ce moment. Pourtant, il le cachait bien.

— C'est très agréable de te voir aussi...

Je souris lorsque nos regards se croisèrent, puis, en me souvenant du protocole, mes paroles furent suivies d'un salut militaire.

— ... lieutenant.

— Nous avons une mission pour vous deux, dit le général en passant directement aux affaires en cours. Nous avons des raisons de soupçonner que le professeur Voltuds conspire avec l'ennemi.

— Je vous demande pardon, dis-je en me tournant vers lui et en arrachant mon regard des yeux verts d'Agan. Professeur qui ?

— Voltuds, répéta le général. Celui qui a réalisé l'expérience illégale sur le lieutenant Drankai.

— Vous avez identifié le scientifique du labo ? demandai-je en haletant alors que le soulagement et l'excitation se répandaient en moi. Cela signifie-t-il que vous pouvez aider Agan... le lieutenant, maintenant ?

— Malheureusement, nous ne nous attendons pas à ce que Voltuds coopère avec nous sur ce sujet, répondit le général en secouant la tête.

Je jetai un coup d'œil à Agan, en remarquant la légère ombre se déplaçant sur ses traits.

— Le travail du professeur dans le labo de Tragul n'a pas été approuvé par notre gouvernement, poursuivit le général Craxus. Il a été interdit de mener des recherches sur Neron il y a quelque temps, en raison de ses méthodes contraires à l'éthique. Nous travaillons toujours à découvrir ses raisons de mener des expériences illégales hors de la planète ainsi qu'à identifier les autres personnes qui pourraient être derrière cela. L'ampleur de son travail sur Tragul a dû nécessiter un investissement considérable. Le professeur n'a pas pu le financer entièrement tout seul.

Tout en écoutant le général, je continuais d'étudier Agan.

Il était torse nu, comme c'était la norme pour les Ravils. Les entailles sur son pantalon en cuir devaient probablement dater de la dernière mission, lorsque nous étions ensemble. Il me vint à l'esprit que c'était probablement le seul pantalon qu'il avait de cette taille. Le reste de ses vêtements serait inutilement trop grand, maintenant.

Je remarquais que des cernes s'étaient formés sous ses yeux depuis la dernière fois que je l'avais vu. Avait-il bien dormi ? L'incertitude concernant son avenir devait être angoissante.

J'étouffai le soupir de compassion qui oppressait douloureusement ma poitrine.

— Quelle est la mission ? m'enquis-je quand le général cessa de parler.

— Le professeur Voltuds est sous surveillance depuis que son rôle dans le... euh, la situation délicate du lieutenant Drankai a été constaté. Nous avons obtenu des informations selon lesquelles Voltuds allait rencontrer un mécène de grande envergure qui soutient ses recherches lors d'un événement chez lui demain. Le lieutenant Drankai et vous avez été sélectionnés pour infiltrer l'événement et identifier ce mécène. En raison de la taille du lieutenant, il est le candidat idéal pour se faufiler dans la réunion privée et obtenir des informations étayées par des preuves. Votre mission personnelle sera de l'amener à l'intérieur de la demeure du professeur pendant l'événement, puis de nous le ramener en toute sécurité.

— De quel événement s'agit-il ? demandai-je.

Tout cela ressemblait à un scénario de film d'espionnage, loin de ce que je faisais comme métier.

— Un bal, pour fêter la nouvelle grossesse de Madame la gouverneur Drustan. Elle et le gouverneur, notre chef d'État, fondent enfin leur propre famille.

Le nombre de naissances de bébés voraniens de sexe masculin étaient plus grand que ceux de sexe féminin. Pour assurer une croissance démographique saine, les femmes mariées portaient souvent des bébés d'hommes célibataires. J'avais entendu dire que Madame la gouverneur avait déjà eu plusieurs grossesses, toutes à la suite d'inséminations artificielles. Elle avait donné naissance à plusieurs enfants pour divers fonctionnaires de l'État. Cette grossesse devait être particulièrement importante, puisqu'il s'agirait des enfants de son propre mari, le gouverneur.

— Le professeur Voltuds a organisé l'événement dans sa propriété, déclara le général.

— Pourquoi ? demandai-je.

— Peut-être pour obtenir quelques faveurs du gouverneur, dit Rick en haussant les épaules.

Je me frottai la nuque, en luttant contre le sentiment d'inconfort qui montait en moi. En tant que soldate, j'avais l'habitude d'obéir aux ordres. Cette situation, cependant, faisait s'agiter des signaux d'alarme en moi. Certaines personnes haut placées étaient impliquées, et tout cela était bien au-delà de mon domaine d'expertise. J'étais une soldate après tout, pas une espionne. Je combattais l'ennemi sur un champ de bataille, pas en menant des opérations secrètes.

— J'agis avec l'approbation directe du colonel Kyradus, le chef de notre armée, ajouta le général, comme s'il devinait mon malaise.

Je n'avais jamais rencontré le colonel Kyradus en personne, mais je savais qu'il était un héros de guerre très respecté, célébré dans son monde et au-delà.

— Le capitaine Miller est ici pour le confirmer. L'ensemble de la mission a également été discuté et approuvé par vos supérieurs. Le lieutenant Drankai vous a proposée en disant que vous étiez le meilleur homme... euh, je veux dire le meilleur individu pour le poste. Êtes-vous en désaccord avec cela ?

J'inspirai longuement, en cherchant la meilleure façon d'expliquer mes réserves.

Agan ne me laissa pas le temps de dire quoi que ce soit lorsqu'il se leva de sa chaise.

— Puis-je parler avec le lieutenant Nowak en privé, s'il vous plaît ? dit-il.

Le général échangea un regard avec Rick, qui hocha brièvement la tête.

— Nous allons faire une pause de trente minutes, concéda le général Craxus.

— ÇA TE VA BIEN DE PORTER une jupe, déclara Agan lorsque nous entrâmes dans la cour verdoyante sur le toit-terrasse couvert du bâtiment du quartier général de l'armée.

J'avais le bras gauche plié et il était assis dans le creux de mon coude, en regardant vers l'extérieur.

— C'est plus féminin qu'une combinaison blindée, hein ? le taquinai-je en le déposant sur l'herbe sous un arbre au tronc enveloppé de vignes.

En prenant place à côté de lui, je lissai la jupe de mon uniforme sur mes genoux.

— Tu as toujours l'air féminine, même lorsque tu portes ton armure, déclara-t-il avec un petit rire. J'ai été idiot de te prendre pour un homme. J'aurais dû réaliser que tu étais une femme dès le premier instant où je t'ai vu éviscérer un *fescod*.

— Qu'est-ce que tu veux dire par là ? Comment est-ce que j'éviscère un *fescod* ?

— Tu l'ouvres très soigneusement, puis tu découpes avec précaution sa grappe de cœurs et tu la places délicatement sous un buisson quelque part, à l'écart, dit-il en riant et en imitant mes mouvements avec ses mains, les deux petits doigts levés pour faire plus d'effet. C'est comme si tu préparais de la volaille pour le dîner, et pas comme si tu éliminais un ennemi. C'est la façon la plus féminine de tuer que j'aie jamais vue.

Son ton était taquin, mais pas insultant. Il disait évidemment cela avec bonhomie, et je ne m'en offusquai pas.

— Hé ! fis-je en riant. De toute façon, ils sont morts. Pourquoi tout dégueulasser en éparpillant les parties de leurs corps partout ?

Deux mâles voraniens passaient. L'un d'eux repéra Agan et tendit le cou dans notre direction, en donnant un coup de coude à son compagnon.

— C'est reparti, grogna Agan en se levant.

Son sourire insouciant disparut de son visage.

En tant que l'une des rares femmes humaines dans cette ville, j'avais été lorgnée sans relâche partout où j'allais. La direction du zoo m'avait même assigné une personne réelle pour faire office de guide touristique lors de ma visite là-bas, au lieu d'un drone IA comme tout le monde.

« *Pour votre confort et votre protection* », avaient-ils dit, et je n'avais pas pris la peine d'argumenter là-dessus, en étant même heureuse d'avoir une vraie personne à qui parler pendant ma visite.

Il était également assez rare de voir des Ravils à Voran. Mais, bien sûr, la taille d'Agan le rendait vraiment unique en son genre dans tous l'Univers. Pas étonnant qu'il attire l'attention de tout le monde. Cependant, cela le mettait évidemment mal à l'aise.

— Tu veux qu'on aille ailleurs ? lui proposai-je. Nous pouvons trouver une salle de réunion vide...

— Non. Ne t'embête pas. Nous finirions par perdre les trente minutes que nous avions à en chercher une, dit-il en grimpant sur ma cuisse puis sur mon bras jusqu'à mon épaule. Voilà, ajouta-t-il.

Il arracha les épingles à cheveux qui retenaient mes cheveux en chignon, en les laissant retomber librement sur mes omoplates.

— Que fais-tu ?

J'attrapai mes cheveux dans une vaine tentative de récupérer ce qui restait de mon chignon soigné.

— Camouflage, expliqua-t-il, en enjambant mon épaule pour arriver à côté de mon cou puis en écartant mes cheveux tout autour de lui, comme un rideau. De cette façon, nous pourrons, espérons-le, parler en paix.

C'était plus facile de l'entendre de cette façon puisqu'il était maintenant assis juste à côté de mon oreille. Je reculai, en m'appuyant contre le tronc d'arbre.

— Les gens vont penser que je me parle à moi-même s'ils ne te voient pas.

— Exactement. Il n'y a rien à voir ici, dit-il en se détendant, son dos contre le côté de mon cou. Tu es juste une étrange femme extraterrestre assise sous un arbre en train d'avoir une conversation avec personne d'autre que toi-même.

Je ris, en reculant un peu mon épaule alors que le bout de sa queue caressait ma nuque.

— Tu n'as aucun respect pour l'espace personnel, n'est-ce pas ?

— Tes préoccupations à ce sujet arrivent tardivement, Eleven. C'est toi qui m'as glissé dans tes sous-vêtements, tu te souviens ?

Il serra mon cou au-dessus du col de ma chemise avec sa queue.

Agan avait sans doute dû faire ça pour mieux garder son équilibre sur mon épaule. Le mouvement de la fourrure douce sur le bout de sa queue, cependant, faisait l'effet d'une caresse sur ma peau. Je luttais contre un frisson de plaisir qui glissait le long de mes bras.

— Je n'avais plus d'espace personnel quand j'étais assis entre tes seins.

Sa voix prit soudain une tonalité plus grave :

— Si près de toi...

Je repensais à lui en train de tuer les *fescods* géants avec facilité, et j'avais du mal à concilier ces premiers souvenirs de lui avec sa taille actuelle. Dans mon esprit, Agan avait toujours été un grand mâle adulte... qui, curieusement, s'était juste retrouvé à s'emboîter parfaitement bien dans mon décolleté.

— Je préfère être proche de toi, Eleven, plutôt que loin, dit-il de manière inattendue.

Mon souffle se coupa. Prise au dépourvu par ses mots, je ne savais pas trop quoi dire, ni même quoi penser. Il n'avait pas l'air d'être en train de me taquiner ni de flirter mais sombre, ce qui rendait ses mots et ce moment plus profonds encore.

Nous avions à peine passé une journée ensemble. La plupart du temps, j'avais été impatiente d'être débarrassée de lui, pour être honnête. Il n'avait pas semblé non plus particulièrement apprécier ma compagnie dans la jungle. À part ses mots d'adieu, il m'avait donné la forte impression qu'il ne m'aimait pas.

À quel point sa vie avait changé à cause de sa taille ? Les notes de nostalgie que j'avais captées dans son ton pouvaient-elles provenir de sa solitude ?

Je pris une inspiration, en reprenant mes esprits, extrêmement sensible au bout soyeux de sa queue qui remuait de haut en bas sur le côté de mon cou.

— Comment vas-tu Agan ? Depuis que nous nous sommes séparés ?

Je m'attendais à moitié à une réponse optimiste de sa part – entre la blague et la provoc comme à son habitude – mais rien ne vint.

Au lieu de ça, le silence s'étira.

— Agan ?

Il bougea sur mon épaule.

— Comment penses-tu que je puisse aller, Emma ? Tout ce que j'ai toujours fait a été de me battre contre les *fescods*. Je ne sais pas quoi faire de moi maintenant. C'est une situation vraiment merdique, et personne n'a de solution.

Je ne savais pas quoi dire pour lui remonter le moral. Des mots d'espoir sonneraient faux après ce que le général Craxus avait dit au sujet du professeur corrompu. La seule chose à laquelle je pouvais penser était de changer de sujet pour, je l'espérais, éloigner ses pensées du désespoir.

— Quand es-tu arrivé sur Neron ?

— Il y a quelques jours. Je suis venu avec la délégation de Tragul. Le général Trulgadi m'a personnellement accompagné ici, ajouta-t-il en ricanant avec autodérision. À cause de moi, le chef de notre armée est ici alors que mon pays a besoin de lui pour mener le combat contre l'ennemi.

— Agan, ce qui t'est arrivé n'était pas ta faute.

— Non, mais les conséquences de tout ça..., dit-il en poussant un soupir, je me sens inutile.

— C'est pour ça que tu as accepté cette mission ? demandai-je quand ça me vint à l'esprit. Pour te sentir à nouveau utile ?

— C'était l'idée, oui, avoua-t-il. Pour être honnête, j'ai été choqué de découvrir qu'il y avait encore quelque chose que j'étais capable de faire. Quelque chose que, comme ils me disent, je pourrais faire encore mieux que n'importe qui d'autre maintenant, grâce à ma taille. J'ai envie de faire ça. Cela dit, je n'ai jamais fait partie d'opération d'infiltration auparavant.

— Je suis sûre que tu t'en sortiras bien, lui assurai-je, en touchant sa jambe sur mon épaule de manière encourageante. Le seul truc à améliorer pour ça, ce serait peut-être de tempérer un peu ta personnalité, assez pour ne pas être détecté, le taquinai-je. Plus de réflexion, moins d'action. Plus de discrétion, moins de brandissement d'armes. Tu vois ce que je veux dire ?

Entendre son rire en réponse était ma récompense pour lui avoir remonté le moral.

— Alors comme ça, tu veux que je vienne avec toi ? demandai-je.

— Eh bien, dit-il avec un sourire dans la voix. Je n'ai vraiment pas envie de m'habituer aux seins de quelqu'un d'autre.

Je pouffai de rire, en le faisant presque tomber.

— Je ne pense pas que ce soit comme ça qu'ils voudront que je te transporte.

— Malheureusement, non, convint-il. Ils ont déjà une sorte de sac à main pour toi à cet effet. Tu entreras en tant que convive, sur invitation. Une fois à l'intérieur, je me faufilerai dans la salle de réunion et m'occuperai de tous les trucs d'espionnage. Tu resteras derrière pour te mêler aux invités. Une fois que j'aurai fini, tu me sortiras de là, dans le sac à main, selon le plan de la mission. Néanmoins, je suis sûr que nous pourrions contourner certaines règles à ce stade. Si tu veux me tenir près ton cœur en sortant, je ne m'y opposerai pas.

Maintenant, il ressemblait plus à l'Agan que j'avais rencontré pour la première fois, arrogant et plus grand que nature.

— Alors, veux-tu venir avec moi, Eleven ?

— J'ai l'impression que je n'aurai pas grand-chose à faire.

— Exactement. Tu n'auras qu'à assister à une fête. Je ne t'aurais pas demandé si c'était plus dangereux que ça.

— Es-tu toujours préoccupé par ma performance dans les situations dangereuses ?

—Ce n'est pas ta performance qui m'inquiète.

Il fit une longue pause, comme s'il réfléchissait à ce qu'il allait dire ensuite, puis il poursuivit :

— Voici le problème, Emma. Quand il s'agit de toi, je suis tiraillé. D'un côté, j'ai cette envie irrésistible de t'envelopper dans une douce couverture et de t'éloigner de tout danger. D'un autre côté, s'il y a une vraie menace, je voudrais t'avoir juste à côté de moi. Comment est-ce possible ?

Aussi incroyable que soit cette idée, il semblait qu'il se souciait de moi, du moins en tant qu'ami. Ses paroles signifiaient aussi qu'il me faisait confiance, ce qui était important entre partenaires de mission.

Je touchai à nouveau son genou.

— Peut-être que c'est parce que tu as pu toi-même directement constater que je peux gérer le danger ?

Je haussai les épaules, en essayant de garder une voix légère et dés-involte pour masquer l'étrange sensation de chaleur dans ma poitrine.

— Oui, tu peux, dit-il en posant sa main sur mon doigt. Et je te respecte pour ça.

Chapitre 9

Emma

Tu es... incroyable, Eleven, marmonna Agan.

Il me fixait alors que je montais à l'intérieur de l'aéronef biplace, le type de véhicule que les voraniens utilisaient comme véhicules personnels, comme nous le faisions avec les voitures sur Terre.

Géré par un ordinateur, l'aéronef devait nous emmener à l'événement sur le toit de la demeure du professeur Voltuds. Le but de notre mission était de rassembler plus de preuves concernant les malversations du professeur qui feraient en sorte qu'il reçoive une peine appropriée après son arrestation. Le général Craxus souhaitait aussi identifier avec certitude le mécène du professeur.

— Très jolie.

Agan restait bouche bée.

— Merci.

Je faisais glisser mes mains le long du corsage bleu poudré de la robe que l'armée m'avait procurée pour la soirée. Son décolleté plongeant était orné de tant de fleurs qu'on aurait dit que j'avais fourré un bouquet dedans.

En m'asseyant, la jupe volumineuse et vaporeuse gonfla sur mes genoux et s'étala sur le siège à côté de moi où Agan était assis sur une pochette de soirée argentée.

L'intensité avec laquelle il continuait de me fixer me fit rougir les joues.

— J'aime cette robe, avouai-je.

Cette tenue de princesse de rêve était très féminine. C'était agréable de s'habiller *girly*, de temps en temps. J'avais apporté quelques jupes et chemisiers dans mes bagages en venant de la Terre. Cependant, je n'avais pu les porter que lorsque j'avais été en permission et loin du vaisseau, ce qui n'avait pas souvent été le cas.

— Il me faudra peut-être un peu d'entraînement pour me souvenir comment marcher avec des talons hauts, dis-je en souriant et en désignant mes escarpins blanc nacré. J'essaierai de ne pas te lâcher même si je tombe.

Il rit.

— Ne tombe pas, je ne pourrai pas te rattraper.

— Tu n'auras pas à le faire, plaisantai-je. Cette robe amortirait n'importe quelle chute. Elle permettrait probablement de planer comme un parachute.

Les nombreuses couches d'étoffe vaporeuse me rappelaient les robes fabuleuses que je faisais pour mes poupées Barbie. Ma mère avait travaillé comme couturière à domicile pendant de nombreuses années, en fabriquant des vêtements sur mesure pour les femmes de notre ville. Elle avait également confectionné la plupart de mes vêtements quand j'étais petite. Dès que j'avais eu l'âge où on pouvait me confier une aiguille, elle m'avait appris à coudre. Nous avions fait ma robe pour le bal de promo ensemble, qui s'était avérée tout simplement incroyable.

Je tournai mon regard en direction Agan et me demandai s'il me permettrait de lui confectionner des vêtements. Son pantalon en cuir avait définitivement connu des jours meilleurs. Il aurait bien besoin d'en avoir un nouveau. Peut-être qu'il me laisserait lui faire une chemise aussi. La vue de ses abdominaux durs et nus était plutôt perturbante, quelle que soit la taille de son torse.

— Je peux te confectionner des vêtements, lâchai-je. Si tu as envie que je le fasse, je veux dire.

— Tu sais coudre ?

Je hochai la tête.

— Je suis même plutôt bonne. Je peux même créer mes propres patrons et tout.

— Évidemment que tu le peux, dit-il en secouant la tête et en riant. Y a-t-il des choses que tu ne sois pas capable de faire ?

— Beaucoup de choses. Marcher en talons hauts avec grâce et reconfigurer des technologies extraterrestres en sont deux exemples parmi d'autres. Mais je sais très bien coudre. J'ai même fait une fois une robe similaire à celle-ci, avec l'aide de ma mère. Je pourrais certainement te fabriquer des pantalons et des chemises.

— Des chemises ? répéta-t-il en haussant un sourcil et en inclinant la tête. Pourquoi aurais-je besoin d'une chemise ?

— Euh, eh bien...

Il n'y avait aucun moyen que j'avoue que regarder son torse nu me donnait envie de le toucher. La fourrure lisse et soyeuse sur les parties plates et saillantes de ses muscles ne demandait qu'à être caressée et choyée.

— Tu n'as jamais froid ? finis-je par demander à la place, en optant pour la première chose qui me vint à l'esprit et que je pensais vaguement appropriée.

— Pas sur Tragul. Le climat est doux en Ravie. Et ici, sur Neron, la plupart des endroits sont recouverts de verre et chauffés, même certains parcs.

— OK, alors.

J'essayais de ne pas fixer son torse. Aussi minuscules soient toutes les parties de son corps, je ne pouvais pas envisager de penser à Agan comme étant quelqu'un de petit. Son attitude et sa personnalité plus grande que nature ne le permettaient tout simplement pas. En même temps, je le trouvais irrésistiblement mignon en ce moment. Je serais partante pour l'attraper à deux mains pour le serrer et le câliner s'il me le permettait. Non pas qu'il autoriserait tout cela, bien entendu.

— Peut-être au moins un pantalon de rechange alors ? demandai-je. Bien sûr, tu peux toujours le faire confectionner par un professionnel...

— Je le ferais bien, mais apparemment, ils auraient besoin de prendre des mesures pour cela, répondit-il en laissant échapper un long soupir. Après tous les tests médicaux auxquels ils m'ont soumis ces derniers jours, je n'ai vraiment plus envie d'être tripoté et regardé sous toutes les coutures.

— Il y a eu des tests ? demandai-je avec espoir.

Il acquiesça.

— Est-ce qu'ils essaient de trouver comment te ramener à une taille normale ? Pour te rendre grand à nouveau ?

— Oui, mais sans grand succès, à ce stade. Le mieux qu'ils aient trouvé est d'attendre et de voir si ça va « se remettre en ordre tout seul ».

— Est-ce que ça pourrait vraiment se produire ?

Il leva une épaule.

— Je ne sais pas. Personne ne sait. Et c'est ça le problème.

Un voyant vert s'éteignit sur le panneau de commande de l'aéronef, signalant que l'atterrissage était pour bientôt.

— Nous y sommes presque, dit Agan en se levant du sac à main que j'avais ouvert pour qu'il puisse grimper dedans.

En me penchant plus près de lui, je dis :

— Fais attention à toi.

— Toi aussi.

Il me regarda droit dans les yeux, les lumières du panneau de contrôle se reflétant avec une douce lueur dans ses yeux vert perle.

— Si quelque chose de mal t'arrive ce soir, Emma, je ne me le pardonnerai jamais.

Ses paroles faisaient écho à mes propres pensées. Aussi petit qu'Agan soit actuellement, il n'avait jamais semblé fragile ni agi comme tel. Pourtant, je m'inquiétais constamment pour lui. Je me souciais de beaucoup de gens dans ma vie. Je m'inquiétais pour chaque homme de mon unité pendant nos missions. Cependant, ce que je ressentais pour Agan était en quelque sorte plus intense.

— Évitons tous les deux les ennuis, conclus-je en tentant de sourire.

Il posa sa main sur le pouce de ma main qui tenait le sac à main.

— Une fois que ce sera fini, j'accepterai peut-être ton offre de me fabriquer un pantalon, dit-il soudainement, un sourire s'étalant lentement sur son beau visage.

Son changement de sujet avait quelque peu calmé ma nervosité, et je lui en étais reconnaissante.

— Qu'en est-il de la partie concernant la prise des mensurations ? Le tripotage et l'examen minutieux sous toutes les coutures ? l'interrogeai-je en haussant les sourcils.

Son sourire s'agrandit.

— Je ne pense pas que ça me dérangerait d'être tripoté si c'était toi. Je suis presque sûr que j'apprécierais même ça.

Il me fit un clin d'œil.

— Fais attention à ce que tu dis, le prévins-je en éclatant de rire. Je n'ai pas ce qu'on pourrait appeler un « doigté léger ».

La maison du professeur s'élevait devant nous sous la forme d'un ensemble de dômes de verre illuminés. La structure entière ressemblait à des bulles de savon géantes qui moussaient au sommet d'un gratte-ciel. Le dôme au-dessus de la plate-forme de stationnement s'ouvrit, en laissant notre aéronef atterrir à l'intérieur.

Je pris une longue inspiration.

— Bonne chance à nous, Agan.

Agan

ALLONGÉ DANS LE SAC à main d'Emma, j'avais vraiment l'impression d'être à l'intérieur d'un cercueil voranien. Les Ravils enterraient leurs morts enveloppés dans un linceul funéraire. Les Voraniens, quant à eux, utilisaient de longues boîtes en carton. Rembourrées et doublées de satin, elles devaient ressembler exactement à l'intérieur matelassé du sac à main dans lequel il reposait tandis qu'Emma le transportait dans la demeure du professeur.

Elle avait un microphone caché à l'intérieur de la somptueuse grappe de fleurs sur son corsage, afin qu'il puisse entendre ce qui se passait à l'extérieur grâce au haut-parleur monté à l'intérieur du sac.

Il captait des morceaux de conversations alors qu'elle se déplaçait dans la fête, mais il n'avait aucun moyen de communiquer avec elle. Tous les appareils de communication portables disponibles s'étaient avérés trop volumineux pour lui. Il avait également été décidé qu'Emma ne devrait pas en porter, pour éviter le risque que quelqu'un le repère dans son oreille. Tout ce qu'il avait sur lui était un appareil d'enregistrement, un long rectangle de métal gris attaché à sa cuisse. Il l'utiliserait s'il entendait quelque chose d'intéressant à enregistrer.

— Madame la déléguée, retentit une voix masculine ravie à travers le haut-parleur dans le sac à main insonorisé. Vous êtes magnifique ! Absolument magnifique !

Elle l'était vraiment. Agan avait été stupéfait quand il l'avait vue ce soir. Drapée de tulle et de satin bleu pâle, ses cheveux blonds mi-longs colorés de mèches irisées et décorés de fleurs, elle était apparue comme l'esprit de la rosée matinale des anciennes légendes raviles — d'une beauté à couper le souffle et presque surréaliste.

— Oh, merci, euh... répondit Emma à l'homme odieux qui l'avait couverte de compliments.

Elle était venue ici sous l'apparence d'une déléguée humaine du Comité de Liaison. L'apparition rare d'une femme humaine lors d'un événement voranien avait sûrement attiré l'attention.

— Je suis le sénateur Caivuk, se présenta l'homme précipitam-
ment. C'est un honneur de vous rencontrer.

— Je suis très heureuse de vous rencontrer aussi, sénateur.
Sauriez-vous par hasard où se trouve notre aimable hôte, le professeur Voltuds ?

— Il était juste là il y a une minute.

L'homme semblait s'être retourné, en cherchant le professeur.

— Il a dû être appelé. Alors, avez-vous pensé à vous joindre au
programme de mariage du Comité de Liaison ? demanda-t-il avec un
intérêt non dissimulé.

— J'aurais adoré, mais je suis déjà fiancée à quelqu'un sur Terre,
déclina rapidement Emma. Je suis sur Neron uniquement pour le travail. Maintenant, si vous voulez bien m'excuser, je vais devoir me rendre à l'endroit réservé aux dames.

— Un endroit réservé aux dames ? murmura le sénateur, confus.
Je ne pense pas qu'il y ait d'endroit réservé uniquement aux femmes
ici.

— Les toilettes, expliqua-t-elle sèchement. Est-ce que vous
sauriez où elles se trouvent ?

— Oh, l'intelligence artificielle de la maison est juste là, je suis
sûr qu'elle saura vous orienter.

— Merci.

Agan laissa échapper un soupir de soulagement, en sentant Emma s'éloigner du sénateur. L'intérêt passionné dans la voix de cet
homme ne lui convenait pas.

Venait-elle de dire qu'elle était fiancée ? L'avait-elle fait juste pour
se débarrasser du sénateur collant ? Ou était-ce vrai ?

Il grogna entre ses dents. L'idée qu'Emma appartienne à
quelqu'un d'autre le tourmentait depuis qu'ils s'étaient séparés sur
Tragul.

Bien sûr, le moyen le plus simple de le savoir avec certitude serait
de lui demander directement.

Mais ensuite quoi ?

Il ne pouvait pas faire tout ce qu'il aurait aimé faire avec elle. Comment était-il censé attirer une femme s'il n'avait rien pour l'impressionner, avec cette taille ? Comment pourrait-il la séduire et la satisfaire s'il ne pouvait même pas être assez haut pour l'embrasser ? Le mieux qu'il pouvait faire était de serrer son doigt dans ses bras – une femme ne trouverait jamais cela érotique ou excitant, n'est-ce pas ?

— Puis-je vous aider ? demanda la voix androgyne d'une intelligence artificielle domestique à l'extérieur du sac à main.

— Oui, répondit Emma, aimablement. Je me demandais où je pourrais trouver le professeur Voltuds. Je tiens à le remercier en personne pour mon invitation à l'événement de ce soir.

Agan sentit une sonnette d'alarme résonner en lui.

Que faisait-elle ?

Le plan était qu'Emma le libère discrètement dans l'un des pots de fleurs ou sur une guirlande de vigne à la sortie de la salle de bal. Il était censé trouver son chemin tout seul vers les quartiers privés du professeur après cela. Quelques endroits pour la réunion avaient été identifiés, et il s'était complètement familiarisé avec les plans de la demeure.

Emma était bien déguisée avec sa tenue et son maquillage plus prononcé. Même Agan aurait eu du mal à la reconnaître comme étant la même femme qui avait été avec lui dans le labo secret de Tragul. Pourtant, il était absolument contre le fait qu'elle s'approche du professeur en risquant d'être reconnue par lui.

— Le professeur Voltuds a été convoqué pour une réunion, l'informa l'IA. Cependant, il reviendra avant l'arrivée du gouverneur et de sa femme.

— Quand sont-ils censés arriver ?

— Ils devraient être là dans vingt-deux minutes.

Après une brève pause, la voix d'Emma marmonna doucement à travers le haut-parleur :

— Agan, je parie que cela signifie que la réunion secrète du professeur aura lieu dans les vingt prochaines minutes. S'il n'est pas déjà en route.

Quelle fille intelligente ! Une fois le gouverneur voranien arrivé, le professeur devrait jouer le rôle d'hôte pour lui et sa femme. Il n'oserait pas se faufiler alors que le couple le plus puissant du pays était chez lui.

Ce serait le bon moment pour Emma de laisser sortir Agan.

— Je vais t'emmener dans ses quartiers personnels, pour que tu aies moins à marcher, chuchota-t-elle dans le micro.

— Emma, non !

Il secouait la tête comme si elle pouvait le voir ou l'entendre.

— Nous n'avons pas beaucoup de temps, ajouta-t-elle.

Elle avait raison. Cela pouvait lui prendre plus de vingt minutes pour examiner tous les endroits identifiés. En raison de sa taille actuelle, sa vitesse était désormais également considérablement réduite. Cela ne voulait pas dire qu'elle devait risquer de s'exposer en essayant de le rapprocher.

Cela avait été une énorme erreur de l'amener seule, réalisa-t-il, la culpabilité s'installant lourdement dans sa poitrine. Il aurait dû la laisser où elle était, saine et sauve. Au lieu de cela, il avait cédé à son désir de la revoir, et maintenant il allait peut-être la mettre en danger.

La vérité était qu'il ne voulait pas faire cette mission avec quelqu'un d'autre qu'elle. Malgré son inquiétude pour Emma, il lui faisait confiance pour bien faire son travail. Il lui faisait entièrement confiance pour surveiller ses arrières également.

Et puis, il appréciait sa compagnie.

Emma était la seule personne au monde en ce moment qui ne le mettait pas mal à l'aise en sa présence. Elle le traitait comme une personne ordinaire, pas comme un être qui aurait survécu à une expérience bizarre. Elle le taquinait pour ce qu'il avait toujours été, pas pour ce qu'il était devenu. Être près d'elle détournait son attention de son avenir sombre, en le faisant presque se sentir à nouveau *normal*.

— Madame ? demanda la voix incertaine de l'IA.

Agan se demanda s'il s'agissait de la même IA qu'Emma avait rencontrée quand elle recherchait la salle de réunion.

— Ce sont les appartements privés du maître de maison. Permettez-moi de vous ramener dans le hall principal où vous pourrez rejoindre le reste des invités.

— Oh, mais je cherche des toilettes adaptées aux femmes terriennes.

Elle était très convaincante en jouant l'innocente.

— À ma connaissance, les femmes de la Terre peuvent facilement utiliser toutes les toilettes voraniennes.

— Ouais, eh bien, cette fausse information a été partagée par erreur. Beaucoup d'entre nous ont besoin d'un aménagement spécial en termes de toilettes. Ce que nous avons entre les jambes en bas n'est pas aussi similaire que ce qu'ont les Voraniennes, en dépit de ce qu'on pense généralement sur Neron.

— J'ai peur de ne pas comprendre, dit l'IA en semblant hésiter. De quel type d'installation avez-vous besoin ?

— Croyez-moi, je le saurai quand je verrai...

Sa voix s'interrompit un instant. Elle poursuivit ensuite sur un ton très différent, un ton soudainement enjôleur :

— Oh, je suis tellement, tellement désolée. Je ne voulais pas vous bousculer comme ça. Je ne vous avais pas vu arriver à l'angle.

— Qui êtes-vous ? demanda une voix masculine sur un ton bourru. Et que faites-vous dans cette partie de la maison ?

— Je suis, euh... Louise. Et qui êtes-vous ? Que faites-vous dans les appartements privés du professeur ?

— Je suis l'assistant de recherche du professeur Voltuds...

— Quel plaisir, roucoula Emma. Quelqu'un vous a-t-il déjà dit que vous aviez les yeux les plus incroyables ? Sur Terre, nous appelons cette couleur « taupe », la couleur de la terre.

— Merci, répondit l'assistant avec une voix plutôt monocorde. Écoutez... Vous ne devriez pas être ici.

— Je sais, je sais. Je me suis perdue.

Elle ouvrit le sac à main. Une lumière vive se précipita à l'intérieur, en aveuglant presque Agan pendant un moment.

— Vous voyez, je cherchais des toilettes, poursuivit-elle en enroulant son bras autour de la taille du Voranien, en se penchant vers lui comme si elle était sur le point de partager quelque chose de confidentiel. L'IA du professeur s'est avérée extrêmement inutile pour m'aider, soit dit en passant. Je vous suggère fortement de mettre à jour son logiciel. Il semble y avoir d'énormes lacunes dans ses connaissances sur la biologie de la femme humaine, ce qui gênerait grandement le professeur s'il devait épouser une femme humaine...

Elle pressa le sac à main ouvert contre le dos de l'homme, et Agan en sortit rapidement et se mit sur le côté. Il s'agrippa à la poche richement brodée du manteau bleu marine de l'assistant, et il serrait fort tandis que le Voranien s'éloignait d'Emma.

— L'IA va vous ramener dans le hall principal maintenant, madame.

Il fit un geste vers le drone planant dans les airs plus loin dans le couloir.

— Mais où allez-vous ? l'interpella-t-elle. Vous ne rejoignez pas la fête ?

— Si. Dans une minute, dit l'homme pour se débarrasser d'elle.

— S'il vous plaît, ne tardez pas, murmura Emma de manière aguicheuse, en agitant ses doigts vers lui. Vous allez me manquer là-bas.

Elle lança un rapide coup d'œil à Agan, comme si les deux dernières phrases lui étaient destinées, et non pas à l'assistant.

— Une épouse humaine ? marmonna l'assistant du professeur dans sa barbe, ses sabots piétinant le large couloir décoré de tapis ornés et de guirlandes de fleurs aux couleurs vives.

Pourquoi un homme voudrait-il avoir une telle nuisance dans sa maison ? continua-t-il pour lui-même.

Il secoua la tête, en croisant les mains derrière son dos. Agan dut sauter pour éviter d'être écrasé.

— Que s'est-il passé là-bas ? J'ai entendu des voix.

Un autre homme se tenait près de la porte vitrée qui semblait mener à un patio extérieur. Le ciel sombre et étoilé était visible à travers la vitre. Agan se déplaça le long du bord de la poche, hors de la vue du Voranien.

— Juste une invitée, professeur. Elle s'est perdue en cherchant des toilettes.

Professeur ?

Ce devait être le professeur Voltuds, alors. Eh bien, Emma lui avait épargné beaucoup de temps et d'efforts en l'amenant directement à leur cible.

Alors que l'assistant s'approchait du mur près de la porte, Agan sauta rapidement de son manteau jusque sur une vigne grimpante.

— Faites en sorte que j'aie une intimité absolue pendant les quinze prochaines minutes, ordonna le professeur en ouvrant la porte.

En descendant rapidement au niveau des genoux du Voranien, Agan sauta de la liane sur le sol derrière la porte.

L'air glacial de l'extérieur se précipita dans ses poumons au moment où il prit sa prochaine respiration. C'était un patio ouvert sans le dôme de verre habituel. Au lieu d'être recouvert d'herbe, des carreaux de mosaïque avaient été posés sur le sol, saupoudrés d'une fine couche de neige qu'Agan n'avait jamais vue qu'à travers une vitre auparavant. Il marcha dessus prudemment, en essayant de ne pas glisser.

Le professeur se dirigea d'un pas lourd vers le patio avec assurance, ses sabots s'enfonçant dans la neige avec un léger craquement. La porte vitrée se referma derrière lui. La lumière du couloir projetait un rectangle oblique sur le sol du patio, en éclairant une partie de l'espace extérieur. Agan appuya son dos contre le mur, en restant tapi dans l'ombre.

— J'ai quinze minutes, faites vite, aboya le professeur en direction d'une silhouette qui était seule, debout près de la balustrade en verre au bord.

Agan n'avait pas remarqué cette personne auparavant. Drapée dans d'une lourde cape sombre, la silhouette n'était qu'une ombre pour ses yeux habitués au couloir brillamment éclairé.

— Plus tôt vous répondrez à mes questions, plus tôt je partirai, résonna une voix familière sous la capuche de la cape.

L'homme debout près de la rambarde retira sa capuche, en révélant son visage. Alors que les yeux d'Agan s'ajustaient à l'obscurité, il ne pouvait pas croire qu'il fixait le chef de l'armée ravile, le général Trulgadi.

Choqué, il faillit oublier de commencer à enregistrer leur conversation.

— Il a été extrêmement difficile d'avoir un entretien avec vous, professeur, déclara le général, et Agan se dépêcha d'allumer l'appareil. Vous avez quitté Tragul trop vite. J'ai fini par vous poursuivre jusque sur Neron. Et même là, j'ai dû demander au gouvernement voranien une invitation à l'événement de ce soir. Si je ne savais pas que vous aviez besoin de l'argent et du silence des Ravils, j'aurais pensé que vous m'évitiez.

Ainsi, le général n'avait pas quitté Tragul simplement pour l'accompagner. Agan s'était senti coupable d'être devenu un tracas pour le chef du parti ravil. Maintenant, il semblait qu'il avait usé d'un prétexte commode pour que le général puisse se rendre sur Neron et rencontrer son complice véreux.

Le Voranien soupira, en croisant les mains sur sa poitrine.

— Général, comme je l'ai expliqué au tout début de notre, euh... partenariat, nous devons faire extrêmement attention à ne pas être vus ensemble. Si quelqu'un du pays Voran découvre mes recherches, les conséquences ne seront pas belles à voir ni pour l'un ni pour l'autre. Vous savez que j'ai perdu mon laboratoire et mon financement dans ce pays.

— Oui.

Le général s'appuya contre la balustrade. Le vent s'engouffrait dans les extrémités de sa cape brun foncé, en la faisant remuer dans l'air froid de la nuit. Il poursuivit :

— Je crois que c'est arrivé parce que vos méthodes de recherche ont été jugées contraires à l'éthique, et maintenant je peux comprendre pourquoi. Après ce que vous avez fait à l'un des miens...

— C'est le résultat d'une expérience réussie, général, l'interrompit le professeur en tapant du sabot. J'ai fait exactement ce pour quoi vous m'avez recruté.

Ils parlaient de lui, réalisa Agan. L'expérience pour le rétrécir avait-elle été planifiée ? Cette pensée lui fit momentanément oublier le froid glacial qui s'insinuait sous sa fourrure à poil court, en refroidissant sa peau.

Son général très respecté semblait non seulement au courant du travail illégal du professeur corrompu, mais il l'avait financé. Avec l'argent des Ravils.

Craignant de manquer un mot, Agan se glissa un peu plus près des deux hommes. Le professeur avait manifestement choisi cet espace extérieur pour cette rencontre pour une raison. Il n'y avait aucun pot de fleurs sur la terrasse d'hiver, aucun meuble d'aucune sorte derrière lequel se cacher. Agan ne pouvait compter que sur l'obscurité de la nuit et sa petite taille pour passer inaperçu.

— Je vous ai engagé pour créer une arme efficace contre nos ennemis ! gronda le général. Quelque chose qui anéantirait les *fescods* et les *yirzis* à vue. Au lieu de cela, vous avez rétréci l'un de mes meilleurs soldats.

— L'idée initiale était de réduire vos ennemis à une taille infiniment petite pour qu'ils deviennent pratiquement inexistants.

Le professeur avait gardé sa voix égale. Cependant, il inclina ses cornes d'un air menaçant dans la direction du général, et sa queue à la pointe en forme de flèche se contracta d'irritation lorsqu'il continua :

— Les rayons que j'ai découverts, cependant, se reflètent sur la peau des *fescods*. Malheureusement, ils n'ont pas bien fonctionné sur les *yirzis* non plus. Les effets n'ont pas duré longtemps puisque les sujets ont retrouvé leur taille initiale en quelques secondes, dit-il en haussant les épaules. J'avais besoin de les tester sur une espèce différente.

— Ou peut-être que vous auriez dû créer une arme entièrement différente, alors ? grogna le général menaçant. Vous ne m'avez jamais demandé la permission de mener des expériences sur des Ravils.

— Vous me l'auriez donnée si je te l'avais demandée ?

— Bien sûr que non ! Je vous paie pour trouver un moyen d'aider les Ravils, pas pour les rétrécir.

— Les grandes prouesses scientifiques s'accompagnent souvent de sacrifices, déclara le professeur en agitant sa main en l'air avec dédain. Les Ravils se sont avérés être les candidats idéaux. Cette expérience a prouvé que j'étais sur la bonne voie dans mes recherches. Le processus a encore besoin d'être peaufiné, bien sûr. Je suis convaincu que je peux comprendre quels ajustements sont nécessaires pour que les rayons fonctionnent sur les *yirzis* et peut-être même sur les *fescods*. Malheureusement, mon sujet s'est échappé avant que j'aie eu la chance d'évaluer correctement les résultats. J'ai besoin de lui.

— Par les Abysses de Krokkan ! rugit le général. Vous devez redonner à mon guerrier sa taille normale.

Un espoir mêlé à de l'inquiétude traversa Agan. La dernière chose qu'il voulait était que le professeur véreux fasse à nouveau des expériences sur lui. Pourtant, le Voranien était probablement celui qui était le plus capable d'inverser cela. Si c'était possible...

— J'ai bien peur de ne pas savoir comment faire, déclara le professeur, en écrasant l'espoir naissant d'Agan avant même qu'il n'ait eu la chance de prendre racine. L'objectif de ma recherche a été de rétrécir un organisme vivant. Je n'ai pas de processus inverse.

Le général serra les poings sur ses côtes.

— Notre accord stipulait que vous feriez des expériences sur les *fescods*, nos ennemis directs. Vous avez pris sur vous de changer de sujet. J'ai aussi entendu dire que vous aviez embauché une bande de *yirzis* dans mon dos.

— J'avais besoin d'aide dans le labo, rétorqua le professeur en haussant les épaules. Qui plus est, je ne vous ai jamais demandé votre avis sur la façon de mener mes recherches. J'ai promis des résultats, et je les ai livrés.

— Ce n'était pas ce sur quoi nous nous étions mis d'accord ! cria le général en se dirigeant vers le professeur, qui élargit sa posture, en plantant fermement ses sabots dans le sol. Vous n'étiez jamais censé toucher à mon peuple. Vous devez trouver comment rendre à mon guerrier l'apparence qu'il avait. Maintenant ! rugit le général à tue-tête.

Le professeur rejeta nerveusement la tête en arrière, en regardant par-dessus son épaule dans le couloir derrière la vitre.

— Exiger que j'augmente la taille de quelqu'un est une modification significative des termes de notre contrat, général.

Le Ravil attrapa le Voranien par la gorge, en le faisant s'étouffer et en l'empêchant de prononcer ce qu'il s'apprêtait à dire ensuite.

— J'ai dit que vous deviez ramener mon lieutenant à sa taille normale !

À bout de souffle, le professeur tendit la main et écarta les longs pans de sa veste. La poignée du pistolet laser fourré sous sa ceinture apparut.

— Pour inverser l'expérience, coassa-t-il à cause de la prise du général sur sa gorge, j'aurais encore besoin de votre guerrier, n'est-ce pas ?

Le général fronça les sourcils, en considérant ses paroles.

— Bien, dit-il en relâchant sa prise.

Le professeur replaça rapidement le manteau sur le pistolet sous sa ceinture, en cachant l'arme.

— Vous devrez revenir sur Tragul avec nous pour continuer votre travail, dit le général. Je vous ai donné beaucoup trop d'argent pour que vous abandonniez vos recherches à mi-chemin.

— Bien sûr, acquiesça le professeur bien trop rapidement. Je suis si proche maintenant, je détesterais laisser les choses inachevées.

— Nous partons pour Tragul demain matin, grinça le général Trulgadi entre ses dents. Soyez prêt.

— Absolument, général, marmonna le professeur d'un ton beaucoup plus agréable qu'auparavant. Maintenant, si vous voulez bien m'excuser, dit-il en ouvrant la porte vitrée pour que le général parte, j'ai quelques invités très importants à saluer. L'IA vous montrera le meilleur moyen de sortir d'ici sans être détecté.

— Demain matin, dit le général pour clôturer la discussion.

Le général Trulgadi sortit du patio d'un pas lourd, les bouts de sa cape fouettant le cadre de la porte.

— Tragul ? Tu parles ! marmonna le professeur au moment où la porte se referma derrière le général. J'en ai assez de cette planète délabrée avec sa population de miséreux.

Le professeur Voltuds arpentait le patio tandis qu'Agan se glissait tranquillement le long du mur en direction de la porte. Toute la conversation entre le professeur et le général avait été enregistrée. Son rapport en tant que témoin oculaire fournirait des preuves supplémentaires. Son travail ici était terminé. Maintenant, il devait trouver un moyen de se faufiler à l'intérieur et de trouver Emma.

— Il y a des acheteurs qui me paieraient bien mieux pour mon travail dans cette Galaxie, marmonna le professeur pour lui-même avant de s'arrêter brusquement dans son élan, comme s'il se souvenait de quelque chose. Le gouverneur doit être là maintenant…, murmura-t-il.

Son regard tomba soudain sur Agan, en le faisant se figer alors qu'il avançait vers la porte.

— Qu'est-ce que tu fais ici ? demanda le professeur en reculant, surpris, avant de se redresser. Le putain de sujet est revenu, tout seul. C'est parfait ! Je n'aurai plus affaire à ton général barbare, lui dit-il.

Le professeur se précipita vers lui, et Agan décolla et commença à sprinter, en échappant de justesse aux mains du Voranien. En courant le long du périmètre du patio, il cherchait une issue.

Ses bottes glissèrent dans la neige, en l'envoyant presque par-delà la terrasse par l'espace sous la balustrade en verre. Son souffle se bloqua dans sa gorge à l'idée terrifiante de tomber du dernier étage du gratte-ciel. À cette hauteur, il ne pouvait même pas voir la rue sombre en contrebas.

— Viens ici !

Le professeur se débarrassa de son manteau puis le jeta sur Agan, en le piégeant sous le tissu lourd.

Brusquement coupé du monde par les couches de tissu épais, Agan entendit le bruit sourd de la porte qui s'ouvrait.

— Où est Agan ?

La voix d'Emma résonnait haut et fort.

L'espoir et la peur se mêlaient dans sa poitrine.

Que faisait-elle ici ? Elle était censée l'attendre à l'entrée de la salle de bal, en toute sécurité. Maintenant, elle était là, face au professeur véreux, toute seule.

Pris de panique, il frappait des deux bras le tissu sombre qui le piégeait, en luttant pour se libérer. Emma avait besoin de lui.

Cette femme était incorrigible. Pourquoi n'était-elle pas restée tranquille ? Par les Abysses de Krokkan, il s'efforcerait d'obtenir un rang plus élevé dans l'armée juste pour pouvoir lui donner des ordres directs. Peut-être qu'alors elle l'écouterait ?

Les bruits de la lutte filtraient à travers le tissu du manteau, des bruits de poings frappant la chair puis le bruit d'un claquement contre quelque chose de dur, peut-être le son du talon de la chaussure d'Emma frappant l'une des cornes du Voranien. Il espérait désespérément qu'Emma était en train de frapper le professeur à la tête, et non l'inverse.

En déchirant frénétiquement le piège en tissu qui l'emmaillotait, il finit par se frayer un chemin et sortir de sous le manteau.

Quand il émergea, Emma était allongée sur le dos sur le sol. Le professeur était assis sur elle, les deux mains autour de son cou.

— Lâche-la ! rugit Agan.

La rage pure le poussait à l'action. Il se précipita vers eux, en ne sachant pas ce qu'il allait faire.

Que pouvait-il faire ? À moins de tirer le professeur par la queue ?

En attrapant la queue du Voranien juste au-dessus de la pointe de la flèche, il fit exactement cela – il tira dessus de toutes ses forces.

Le professeur agita sa queue dans les airs, en le secouant comme une mouche.

Agan roula sur les carreaux de mosaïque enneigés. Sa rage grandit et se mit à bouillir, en remplissant toute la ville, lui semblait-il. Pourtant, la rage seule, quelle que soit son intensité, était inutile quand on était à peine assez grand pour donner un coup de pied à un adulte dans le tibia.

Il ne pouvait pas laisser sa petite taille le retenir quand Emma avait des ennuis. En faisant se promener son regard le long du patio, il chercha une solution. Il avait besoin de quelque chose. Quoi que ce soit. Un pot de fleurs qu'il pourrait laisser tomber sur la tête du professeur. Un bouton d'une intelligence artificielle quelconque sur lequel il pouvait appuyer pour appeler à l'aide.

Avec un bruit étranglé, Emma libéra une jambe de la jupe de sa robe, en donnant un coup de genou au professeur dans l'entrejambe. Il gémit, en desserrant sa prise un instant. Elle retira ses mains de son cou. Et, en roulant hors de sa portée, elle rassembla ses bras et ses pieds sous elle, prête à se lever.

Le professeur planta son sabot dans ses côtes, en la renversant et la faisant à nouveau rouler sur le dos.

— Donne-moi Agan et je partirai, grinça-t-elle en se redressant sur ses coudes.

Le Voranien sortit le pistolet laser de sa ceinture et le braqua sur elle.

— J'ai plus besoin de lui, dit-il.

En appuyant ses mains sur le sol, elle souleva rapidement ses hanches et donna un coup de pied, en faisant tomber le pistolet de sa main. L'arme glissa sur le sol enneigé.

L'instant d'après, elle était de nouveau debout.

— Saloperie de femelle, cracha le professeur entre ses dents.

Sa queue se déchaînait, en fouettant ses jambes et en la faisant tomber au sol.

Agan se précipita sur l'arme. Cette fichue chose s'avérait incroyablement lourde parce qu'il était pathétiquement petit et d'une faiblesse infinie.

Il n'y avait pas moyen qu'il puisse soulever l'arme du sol, même d'un cheveu. En rassemblant toutes ses forces, il leva l'arme à la verticale, en calant le canon oblong sur le sac à main qu'Emma avait laissé tomber. En serrant la poignée avec ses bras, il appuya sur la gâchette à deux mains, et tira vers l'endroit le plus haut qu'il puisse viser – les fesses du fichu professeur.

L'explosion transperça le pantalon du Voranien. L'odeur de fourrure brûlée empesta l'air glacial du patio.

Le professeur hurla de douleur, en cambrant le dos et en attrapant ses fesses, sa queue s'agitant sauvagement.

— Éloigne-toi de moi ! hurla Emma en ramenant ses jambes contre sa poitrine puis en enfonçant ses deux pieds dans la poitrine du Voranien.

Il recula en titubant.

Agan laissa rapidement tomber le pistolet sur le côté. Il atterrit sous l'un des sabots du professeur.

Il trébucha, perdit l'équilibre et tomba à la renverse, par-dessus la balustrade de verre et dans l'abîme sombre de la nuit en contrebas.

— Oh non ! cria Emma.

En repoussant les couches vaporeuses des jupons de sa robe, elle se leva d'un bond, puis se précipita vers la balustrade.

Les cris du professeur s'affaiblirent en descendant, puis s'arrêtèrent complètement.

— Merde, je suppose qu'il est pour ainsi dire mort maintenant, dit-elle lentement. Quelle est la hauteur de ce bâtiment ?

— Aucune idée. Mais je suis à peu près sûr qu'on ne peut pas survivre à une telle chute.

Il ne pouvait pas regarder par-dessus la balustrade. Il n'essaya même pas de regarder dans le vide en dessous non plus, en se concentrant sur elle à la place.

— Comment ça va ? lui demanda-t-il.

— Foutus jupons ! s'exclama-t-elle en rabattant les couches de tissu bouffant autour de ses jambes. Cette robe est clairement une catastrophe pour le combat au corps à corps, dit-elle en soupirant. Je vais également demander plus d'entraînement pour me battre avec des adversaires qui ont une queue.

Elle pensait visiblement qu'elle avait mal fait, alors que son torse se gonflait de fierté envers elle. Il n'avait jamais vu une femme se battre à mains nues auparavant. Il n'avait tout simplement jamais laissé cela se produire en sa présence. Avant Emma, il s'était battu *pour* des femmes, pas *avec* elles.

La voir affronter un adversaire beaucoup plus grand et plus fort comme le professeur l'avait rempli de terreur à l'idée qu'elle puisse être blessée. Une fois que c'était fini, cependant, et qu'elle était en sécurité, penser à elle en action était exaltant et étrangement... excitant. Ce n'était pas une réaction appropriée vis-à-vis d'une partenaire de mission, mais ce n'était pas la première fois que sa bite palpitait en présence d'Emma.

Il pouvait contrôler ses désirs – il était adulte après tout. Mais pourtant, le large éventail d'émotions qu'il ressentait envers Emma était beaucoup plus difficile à contrôler ou même à clairement identifier.

— Es-tu blessée ?

Elle fit rouler ses épaules puis étira son cou. En grimaçant, elle se frotta le flanc, à l'endroit où le professeur lui avait donné un coup de sabot.

— Je vais bien. Rien de bien grave.

Elle laissa échapper un long soupir, puis glissa jusqu'au sol, et s'adossa contre la balustrade.

— Et toi ? lui demanda-t-elle.

Il répondit d'un geste dédaigneux de la main.

— Tu étais censée m'attendre dans la salle de bal près de l'entrée, lui rappela-t-il sur un ton bourru.

La cacophonie de sentiments qu'il ressentait envers Emma était déroutante.

D'un côté, une profonde gratitude l'envahissait. Elle l'avait empêché de passer le reste de sa vie en tant que sujet d'expérience du professeur véreux – un destin potentiellement pire que la mort.

D'un autre côté, une colère contre elle, parce qu'elle s'était mise en danger pour lui, commençait à grandir. Et puis, le sentiment atroce de constater sa propre impuissance à cause de son état le torturait aussi.

— Tu n'as pas respecté le plan, grogna-t-il.

— Ouais, eh bien si je ne l'avais pas fait, tu aurais été emporté dans la poche du professeur.

C'est vrai, mais les choses auraient pu finir beaucoup plus mal pour elle aussi.

— Tu aurais pu être blessée ou... tuée. Pourquoi es-tu venue ici ?

— Je suis venue pour toi. Le gouverneur est arrivé avec sa femme et le professeur n'était nulle part en vue. J'ai suspecté que quelque chose n'allait pas et je suis revenue dans ce couloir, à ta recherche. Puis j'ai vu, à travers la vitre, le professeur chasser quelque chose... eh bien, quelqu'un.

Il aurait préféré qu'elle reste en sécurité, même au détriment de sa propre sécurité. Cependant, s'il avait été à sa place, il aurait fait la même chose. Il serait venu la chercher aussi.

Emma n'était pas n'importe quelle femme, elle était aussi sa compagne d'armes – un concept entièrement nouveau pour lui. Il avait besoin d'apprendre à concilier les deux d'une manière ou d'une autre.

— Eh bien, merci de m'avoir sauvé, marmonna-t-il.

Elle lui adressa un long regard en guise de réponse. Une vague de chaleur parcourut ses cuisses sous son regard. La sueur glissait sur la fourrure de son dos malgré le froid, et quelque chose à l'intérieur de sa poitrine lui faisait mal.

— De rien. Merci aussi de m'avoir sauvée, dit-elle avec un petit rire. Je ne peux pas croire que tu lui aies tiré dans les fesses.

Il sourit en retour, en se détendant un peu.

— C'était le plus haut que je puisse atteindre.

Il grimpa sur sa cuisse et dans le nuage des jupons sur ses genoux. S'il avait eu sa taille normale, il l'aurait embrassée, là tout de suite. En fait, le mieux qu'il pouvait faire pour se rapprocher un peu était de s'asseoir sur sa jambe.

— Nous formons une bonne équipe, Agan, fit-elle remarquer en plaçant sa main sur sa cuisse derrière son dos, pour qu'il puisse s'y appuyer. Cela s'est avéré être un rendez-vous de *Saint-Valentin* plutôt tranquille, gloussa-t-elle doucement, comme pour elle-même.

Son cœur battait fort. Est-ce qu'elle venait de parler d'un *rendez-vous* ? Ou son traducteur s'était-il trompé en utilisant un mot avec une connotation romantique ? Le mot qui le suivait était incompréhensible.

— De quoi tu parles ? demanda-t-il, en souhaitant que ses mots aient effectivement eu un sens romantique.

— Oh, je viens de penser à quelque chose que Rick, mon capitaine, a dit avant mon départ ici. C'est le 14 février aujourd'hui, expliqua-t-elle. C'est ce jour-là que certains pays célèbrent la *Saint-Valentin* de retour sur Terre. Une fête idiote, vraiment.

Elle leva les yeux au ciel, en frottant son bras avec sa main libre.

— Tu as froid ?

Bien sûr que oui – elle n'avait pas de fourrure. Il se maudit d'avoir oublié cela.

— Nous devons rentrer, dit-il.

Il sauta de ses genoux.

— Bien. Le professeur est mort. Nous aurons des explications à donner, n'est-ce pas ?

Elle attrapa son sac à main par terre.

— Alors, tu vas à un rendez-vous ce jour-là ? demanda-t-il rapidement, avant qu'il ne soit obligé de retourner dans le satané sac à main.

— Un rendez-vous ? À la *Saint Valentin* ? Oui. C'est l'objet de cette journée. Les couples sortent dîner, vont voir un spectacle ou danser. Ils s'offrent des fleurs et du *chocolat*, c'est... euh, comme un dessert sucré – des friandises. Ensuite, ils...

Elle lança un rapide coup d'œil dans sa direction, une rougeur inattendue se répandant sur ses joues et elle poursuivit :

— Ils font l'amour.

— Ils ne peuvent pas faire ça n'importe quel jour ? demanda-t-il, un peu perplexe. Pas seulement une fois par an ?

— Bien sûr que si, répondit-elle avec un petit rire qui semblait plutôt nerveux. Tu vois ? Je t'avais dit que c'était une fête idiote, sans réel intérêt. Prêt ? dit-elle en ouvrant le sac à main, et en le posant sur le sol pour qu'il puisse y monter. À plus tard, Agan, dit-elle doucement avant de refermer la pochette comme une sorte de cercueil autour de lui.

Chapitre 10

Emma

Je rêvais de lui deux nuits plus tard. Dans mon rêve, Agan était son vieux moi massif et arrogant. Et il était extrêmement méchant avec moi, en se moquant de moi sans répit.

Je me réveillai en colère, en ressentant une envie de le frapper s'il avait été à proximité.

Malheureusement, il n'était nulle part. J'étais allongée seule dans mon lit, dans le petit appartement de la Cité de Voran. Ma colère se transforma rapidement en mélancolie alors que je commençais à passer en revue tout ce qui s'était passé entre nous.

Malgré nos débuts difficiles, Agan et moi avions réussi à construire une assez bonne complicité. J'adorais la synergie que nous avions lorsque nous travaillions ensemble. J'avais ressenti ça quand nous étions en train de nous échapper du labo sur Tragul, puis pendant la soirée dans la maison du professeur.

Sous la pression, Agan et moi étions devenus les yeux et les oreilles de l'autre, nos esprits semblaient être synchronisés. Nous étions devenus la force de l'autre.

Cela ne m'était jamais arrivé auparavant avec quelqu'un d'autre, et notre connexion me manquait à présent.

Il me manquait.

Serait-il possible pour nous d'atteindre une harmonie similaire dans la vie de tous les jours ? Sans avoir d'ennemis communs à combattre ou de situation dangereuse à fuir ?

— Puis-je vous suggérer de faire un tour au centre commercial du Centre aujourd'hui ? proposa Helix après le petit déjeuner. Il est réputé comme étant encore plus spectaculaire que le centre commercial de l'Est de Voran.

Je m'étais bien reposée après la mission au bal du professeur il y a deux jours. Selon Rick, le gouvernement voranien était satisfait de notre travail.

Le général Trulgadi et l'assistant du professeur Voltuds avaient tous les deux été arrêtés et interrogés. Rick avait dit que l'assistant serait jugé. Il risquait une peine de prison s'il était reconnu coupable. Le général Trulgadi serait probablement extradé sur Tragul pour que les Ravils décident de son sort. Quelles que soient ses véritables motivations, en traitant secrètement avec quelqu'un comme le professeur Voltuds, il avait brisé la confiance de son peuple. Le gouverneur Eehie, le chef du gouvernement ravil, avait déjà été notifié lui aussi.

Je soupçonnais qu'Agan finirait par retourner sur Tragul également. Il y aurait très peu de chance pour moi de le croiser à nouveau pendant l'une de mes autres missions sur sa planète puisqu'il ne combattait plus les *fescods* dans la jungle.

— Je n'ai pas envie de sortir aujourd'hui, dis-je à Helix. Je pense que je vais juste rester à la maison et regarder la télé. As-tu des films de Tragul ? Faits par des Ravils ?

Un écran blanc opaque descendit du plafond du salon de mon appartement, et je pris place sur le canapé ovale vert devant.

— Non, répondit Helix d'une voix mesurée, comme s'il pouvait prédire ma déception. L'industrie du cinéma est pratiquement inexistante sur le territoire de Ravie. Le développement technologique de ce pays a été considérablement entravé par la guerre. Les ressources sont utilisées pour les industries vitales, avec des fonds extrêmement limités disponibles pour le divertissement. Je peux localiser quelques documentaires réalisés par l'armée ravile ou des films réalisés par des Voraniens qui présentent des personnages Ravils ou se déroulent sur Tragul. Est-ce que cela vous intéresserait ?

— Je vais prendre ce qui est disponible.

Je m'installai plus confortablement sur le canapé.

Helix mit un film voranien tourné sur Tragul. C'était bien fait et avait évidemment été tourné sur place. Je reconnaissais les sables rouges et la jungle verte et luxuriante de cette planète.

Pendant mon séjour sur Tragul, j'avais eu très peu de temps pour m'arrêter et admirer le paysage. Pourtant, même d'après le peu que j'avais pu voir, l'endroit était d'une beauté à couper le souffle. Maintenant, dans la sécurité de l'appartement sur Neron, je pouvais pleinement apprécier les magnifiques images à l'écran. S'il n'y avait pas les *fescods* déchaînés et les *yirzis* qui parcouraient la planète, Tragul serait sûrement une destination de voyage pour toutes les autres races de la Galaxie.

Je ne pouvais pas non plus m'empêcher de penser à un Ravil en particulier en regardant le film sur son monde natal.

Agan et moi nous étions séparés assez brusquement. Après avoir quitté la maison du professeur, nous étions retournés au quartier général de l'armée voranienne où nous avions été séparés. J'avais fait mon rapport et regagné cet appartement, sans avoir eu l'occasion de revoir Agan ni de lui dire au revoir.

— Helix, y a-t-il un moyen de contacter quelqu'un au Voran si je n'ai pas les coordonnées de sa tablette ou son numéro d'identification IA ?

Je ne pouvais plus lutter contre mon envie de parler à Agan. Nous avions traversé beaucoup de choses ensemble ces derniers jours. Ce ne serait pas bizarre si je l'appelais juste pour lui dire bonjour, n'est-ce pas ?

— Avez-vous le nom de la personne que vous souhaitez contacter ?

— Oui. Agan Drankaï. Il est lieutenant dans l'armée ravile. Je crois qu'il est peut-être encore en Voran.

Il devrait y être, au moins pour les prochains jours. Rick m'avait dit que la délégation ravile n'était pas partie pour Tragul le lendemain matin comme le général Trulgadi l'avait prévu. Depuis sa détention, le reste des responsables ravils étaient restés au Voran pour terminer l'enquête initiale qui était en cours.

— Le lieutenant Agan Drankai est enregistré comme membre de la délégation ravile de Tragul. Il séjourne à la base militaire ravile juste à l'extérieur de Voran. Souhaitez-vous que je vous mette en relation avec lui ? Je vais mettre votre film en pause pour utiliser le téléviseur pour l'appel vidéo.

— Oui, s'il te plaît, me dépêchai-je de répondre, en ne me donnant pas la chance de trop réfléchir ou de changer d'avis.

En me redressant sur le canapé, je lissai mon chemisier bleu marine à pois blancs, en me demandant brièvement si j'aurais dû me changer pour mettre quelque chose de plus joli. Peut-être que j'aurais dû aller au centre commercial en premier, après tout. Les femmes voraniennes portaient des robes adorables avec des jupons évasés aux couleurs vives, décorés de nœuds, de volants et de dentelles. J'avais l'intention d'en acheter quelques-unes comme ça pour moi avant de quitter Neron...

L'écran de la télé clignota, en chamboulant mes pensées. Puis, le visage agréable d'une femme y apparut.

— La base de l'armée rav..., s'interrompit-elle en me regardant, la bouche grande ouverte.

Je devais avoir une expression similaire lorsque je sentis ma mâchoire tomber. Je n'avais jamais parlé à une femme ravile auparavant, et je ne m'attendais certainement pas à en voir une en appelant Agan.

Sa crinière couleur caramel encadrait son joli visage avec des boucles épaisses et dégradées qui atteignaient ses épaules. Ses grands yeux oblongs vert jade étaient d'une beauté sans pareille. Plusieurs colliers de perles rouges et brillantes entouraient son long cou gracieux. Au lieu d'une chemise ou d'un chemisier, elle n'avait qu'une écharpe brodée de couleurs vives avec une longue frange nouée autour de sa poitrine.

Elle retrouva ses esprits la première.

— Je suis tellement désolée, dit-elle d'une voix mélodieuse. Je n'avais jamais rencontré d'humain auparavant. C'est ce que vous êtes, n'est-ce pas ? Une humaine ?

— Oui, répondis-je en ajustant nerveusement le foulard rose que j'avais noué pour retenir mes cheveux relevés en un chignon désordonné. Je, euh... Désolée, c'est probablement un mauvais numéro. Mon IA a dû faire une erreur.

— C'est l'unité de divertissement de l'armée ravile en Voran. Y a-t-il quelqu'un en particulier avec qui vous souhaitiez parler ?

L'unité de divertissement ? Pourquoi Helix m'avait-il mis en relation avec eux ? Cela n'avait aucun sens.

— Oui, marmonnai-je. Le lieutenant Drankai. Mais il ne doit pas être là.

Le pourrait-il ?

Ce *devait* être une erreur.

— Si, il est là, acquiesça énergiquement la femme ravile, en faisant ondoyer sa crinière de boucles autour de sa tête. J'aurai juste besoin d'une minute pour le trouver...

— Non ! dis-je en bondissant du canapé. S'il vous plaît, ne faites rien. Je rappellerai plus tard...

Pendant que je pensais à Agan pendant tout ce temps, j'aurais peut-être dû réfléchir à la raison pour laquelle il ne m'avait jamais appelée lui-même.

— Helix, déconnecte-moi, s'il te plaît, ordonnai-je rapidement à l'IA.

« J'aurai juste besoin d'une minute pour le trouver. »

Où aurait-elle été chercher Agan ? Je redoutais de penser que ça aurait pu être dans le lit d'autres femmes.

Cela ne faisait aucune différence qu'il soit actuellement plus petit qu'un écureuil. Quelle que soit sa taille, c'était un homme adulte et viril. Je l'avais trouvé physiquement attirant dès le moment où nous

nous étions rencontrés. Je n'avais aucun doute sur le fait que beaucoup de femmes pourraient aussi le trouver attirant, peu importait sa taille.

Je me souvins de ce que j'avais entendu de sa bouche au sujet des unités de divertissement de l'armée ravile. Il avait parlé comme quelqu'un qui y allait souvent. J'aurais dû savoir que ses habitudes ne changeraient pas du jour au lendemain simplement parce que son corps avait changé.

— Voulez-vous reprendre le visionnage de votre film ? demanda Helix.

— Non.

Je ne pouvais plus me concentrer sur ce qui se passait à l'écran.

L'idée qu'Agan passe ses journées en compagnie de femmes dont le travail était de divertir les soldats m'énervait bien plus que cela ne l'aurait dû. Je comprenais que je n'avais pas le droit de lui dicter comment passer son temps, mais c'était douloureux juste de penser à ce qu'il pouvait faire en ce moment.

Des vrais rapports sexuels n'étaient peut-être pas possibles pour Agan dans son état actuel, mais ce n'était pas l'idée qu'il ait des relations sexuelles qui me torturait le plus.

Quand je l'imaginais assis sur les genoux d'une autre femme, ou sur son épaule, en lui caressant le cou avec sa queue et, pire que tout, en ayant une de ces conversations amusantes et fluides comme celles que nous avions eues, j'étais jalouse Je ne m'étais jamais sentie comme cela auparavant, comme si mon cœur avait été brûlé par de l'acide.

J'avais peut-être pensé de lui qu'il était un connard arrogant auparavant, mais maintenant je souhaitais en quelque sorte qu'il puisse être *mon* « connard arrogant ». Une idée stupide, impossible, puisqu'il ne pourrait jamais y avoir d'avenir entre nous, de toute façon. Légalement, un humain et un Ravil ne pouvaient pas être ensemble – il n'y avait pas d'accord de mariage entre la Terre et Tragul.

Ni lui ni moi n'avions eu le temps d'avoir même une simple petite aventure. Ma permission était bientôt terminée. Et il... Eh bien, il avait manifestement déjà trouvé une façon agréable d'occuper son temps, sans moi.

J'aurais aimé n'avoir jamais tenté de le contacter.

— Une livraison pour le lieutenant Nowak, annonça soudain Helix, en me sortant de mes tristes pensées.

— Une livraison ? Où ?

— Un colis est là pour vous. À la porte d'entrée, expliqua Helix. Voulez-vous l'accepter ?

— Bien sûr, répondis-je en hochant la tête, perdue en pensant à ce que cela pouvait être.

La porte de mon appartement s'ouvrit et l'un des drones IA de l'immeuble entra. Il tenait une boîte carrée rose dans ses fins bras chromés.

— De qui est-ce ? demandai-je.

J'appuyai mon pouce sur le pad du drone, comme preuve de livraison.

— Le nom de l'expéditeur est Valentin. J'espère que vous l'apprécierez, lieutenant Nowak.

Le drone fit demi-tour pour passer par la porte et redescendit le couloir commun à l'extérieur de mon appartement.

— Attends quoi ? Comment avez-vous dit qu'il s'appelait ? lui criai-je après.

— Valentin, répondit Helix en me venant à l'aide, tout en faisant glisser la porte pour la fermer.

Ce devait être une blague, fomentée par les gars de mon unité, sans aucun doute. Rick avait mentionné quelque chose à propos de la Saint-Valentin avant mon départ, n'est-ce pas ? Seulement, il était en retard de deux jours. La Saint-Valentin était passée.

Abasourdie, je fixais la boîte dans mes mains. Elle était rose bonbon, avec des motifs en dentelle blanche avec les mots *Cupcakes de la*

Terrienne imprimés dessus. Un ruban de satin était noué en un joli nœud sur le dessus, avec un petit bouquet de fleurs parfumées niché en dessous.

Je sortis le petit bouquet, en inhalant son parfum doux et frais.

— Qu'est-ce que c'est ? demandai-je à Helix.

— Des fleurs d'*Orli*. Elles ne sont pas originaires de Neron. Elles poussent dans la jungle de Ravie sur Tragul.

— Tragul ?

Maintenant, je reconnaissais les délicats pétales roses et violets des petites fleurs. Je les avais vus sur le sol de la jungle. Avec le nombre de plantes plus grandes et plus brillantes, cependant, celles-ci avaient été difficiles à repérer.

Je doutais que Rick et les gars se soient donné la peine de commander des fleurs d'une autre planète juste pour me faire une blague.

Un soupçon s'éveilla en moi.

— Peux-tu les mettre dans un vase sur la table de nuit à côté de mon lit, s'il te plaît ?

Je plaçai le bouquet dans la pince au bout d'un des bras chromés du drone de Helix.

Puis, je repérai une carte sous le ruban qui était recouverte par les fleurs auparavant. En plaçant la boîte sur l'un des larges accoudoirs du canapé, je m'assis et ouvris la carte. C'était écrit dans une langue que je ne pouvais pas lire, les caractères ronds et en spirales me semblaient à première vue être des décorations.

— Helix, quelle langue est-ce donc ? demandai-je quand le drone revint. Du ravil ?

— Oui. Voudriez-vous que je le lise à haute voix, pour que votre traducteur vous en transmette le sens ?

— Oui, s'il vous plaît.

— *Joyeuse Saint-Valentin en retard,* lut Helix. *Puisses-tu avoir tout ce qu'il convient pour ce jour : des friandises, des fleurs et un rendez-vous.* Il n'y a pas de signature, lieutenant Nowak.

— Ce n'est pas nécessaire.

Je laissai tomber mes mains sur mes genoux.

La boîte devait provenir d'Agan. Je lui avais parlé de la Saint-Valentin chez le professeur. Il l'avait probablement envoyée parce que nous n'avions pas eu l'occasion de nous dire au revoir ce jour-là. Et maintenant, nous ne le ferions jamais.

— Je sais de qui ça vient, dis-je en tirant sur le bout du ruban pour dénouer le nœud.

Il semblait qu'Agan avait réfléchi à ce cadeau.

— Cela vient du lieutenant Drankai. C'est sa façon de dire au revoir, je suppose.

N'allais-je plus jamais revoir Agan ? Un étrange sentiment de nostalgie fit écho à cette pensée.

— *Cupcakes de la Terrienne*, lus-je à haute voix. L'écriture était dans ma langue, avec la traduction voranienne imprimée en haut. Ce sont de vrais cupcakes, tu penses ? dis-je en soulevant le couvercle.

— Enfin ! s'exclama soudainement une voix à l'intérieur de la boîte.

La trouille me traversa comme un éclair.

Je criai, en lâchant le couvercle et en tombant presque du canapé moi-même.

— Vraiment ? Agan !

— Ça commençait à devenir franchement étouffant là-dedans.

Il se fraya un chemin entre les quatre cupcakes avec du glaçage rose et sortit de la boîte sur le canapé à côté de moi.

— Tu as failli me faire avoir une crise cardiaque ! dis-je en essayant de reprendre mon souffle, en pressant mes deux mains contre ma poitrine.

Il m'adressa un sourire.

— Joyeuse Saint-Valentin, Eleven. Tu es surprise ?

Il grimpa sur ma jambe, à cheval sur mon genou comme à son accoutumée.

En luttant pour rassembler mes pensées et retrouver mon sang-froid, je réussis seulement à dire :

— Joyeuse Saint-Valentin, Agan.

— Es-tu heureuse de me voir ? demanda-t-il en inclinant la tête.

Je me frottai les tempes.

— Bien sûr.

Je réalisai que ce n'était pas un mensonge. Agan n'avait pas forcément ce qu'on pourrait appeler « une personnalité joviale », mais sa soudaine apparition chez moi l'avait en quelque sorte égayée. Ma mélancolie antérieure se dissipait comme le brouillard dans le vent.

Peut-être était-ce à cause du sourire qu'il arborait parce qu'il était heureux ? Ou parce que son odeur, sucrée et vanillée, me donnait l'eau à la bouche ?

Agan avait manifestement fait un effort pour s'arranger avant cette visite. Les vieilles taches de sang et de saleté avaient disparu de son pantalon, bien que les coupures et les entailles soient restées. Ses cheveux épais et ondulés avaient été lissés en arrière et ses pattes semblaient fraîchement coupées.

Il avait l'air immensément content de lui et... heureux. Je ne l'avais jamais vu avec un sourire aussi large auparavant.

Il était impossible de rester en colère contre lui. Et je ne pouvais pas retenir mon propre sourire.

— Je suis contente de te voir, Agan. Cependant, tu m'as foutu une peur bleue.

— J'ai cet effet sur toi, n'est-ce pas ? dit-il en me faisant un clin d'œil, en ne semblant même pas un tout petit peu pris de remords. Ce n'est pas la première fois que je te fais crier.

La dernière fois avant aujourd'hui, c'était quand je l'avais pris pour un rat dans le labo de Tragul. Je pouffai de rire à ce souvenir.

Puis je me suis souvenue d'où il venait. Le sourire se figea sur mon visage.

— Agan... Qu'est-ce que tu fais ici ? demandai-je prudemment.

— Je suis venu te souhaiter une joyeuse Saint-Valentin, répondit-il en haussant les épaules. En personne.

— Pourquoi ?

Il resta immobile pendant un moment, seul le bout de sa queue avec la touffe de fourrure au bout battait rapidement contre ma jambe, en me révélant à quel point il devait être nerveux.

— Eh bien, en fait, commença-t-il en jetant un regard sur le côté et en brisant le contact visuel. J'attendais que ça..., poursuivit-il en faisant un geste vers lui, ça soit réglé bientôt, pour que le cauchemar se termine, mais il ne semble pas que ce sera résolu dans un avenir proche. Personne ne sait comment inverser cela.

Une ombre sombre estompa son sourire avant de l'effacer complètement. Mon cœur se serra en voyant partir son sourire.

— Et l'assistant de Voltuds ? Est-ce qu'il refuse de coopérer ?

— Oh non, au contraire, il dévoile avec empressement tous les secrets du professeur en échange d'une peine plus légère. Le problème est qu'il n'a pas beaucoup participé à la recherche proprement dite. Il a surtout aidé Voltuds avec des trucs administratifs tout en trahissant Ravie et son propre pays. Apparemment, Voltuds avait été en contact avec des organisations illégales de la Terre, en négociant pour leur vendre les résultats de ses recherches.

— De la Terre ? haletai-je. Mais les humains ont besoin de rétrécir quoi ?

— Pas quoi, *qui*. D'autres humains. Pour créer des espions particulièrement discrets, je suppose, dit-il en haussant les épaules. Quoi qu'il en soit, avec ce connard qui est mort maintenant, les chances que je revienne un jour à mon ancien moi sont plus minces que jamais.

Il passa sa main sur ses cheveux soigneusement coiffés.

— Je suis vraiment désolée de l'entendre, Agan.

— Ouais, alors, j'ai réfléchi à ce que je pourrais faire, au genre d'avenir que j'avais devant moi. Et j'ai décidé que je ne pouvais pas passer le reste de ma vie à attendre qu'un miracle se produise en me ramenant peut-être à mon état d'origine. Je ne peux pas laisser ce truc m'affecter plus qu'il ne l'a déjà fait.

Agan venait d'une culture qui, historiquement, valorisait les attributs physiques tels que le pouvoir et la force. Ce qui lui était arrivé devait être vraiment dévastateur, mais j'étais heureuse d'entendre de l'optimisme dans sa voix.

— C'est une bonne façon de penser, Agan. Malgré ce qui s'est passé, tu es toujours toi, jeune, apte et en bonne santé. Et tu as toute la vie devant toi.

Je souris avant de dire :

— *La taille n'a pas d'importance*, comme on dit sur Terre.

— Ah bon ? fit-il en haussant un sourcil. Je pense que j'aime déjà cette planète.

— La Terre a pas mal de bon côté... beaucoup, en fait. Tu devrais venir la visiter quand tu en auras l'occasion.

— Je devrais..., dit-il, l'air un peu distrait avec la queue qui tremblait encore nerveusement. C'est ce que j'ai décidé, Emma, ma taille n'a pas d'importance. Je pourrais me laisser aller à m'apitoyer sur mon sort, en regardant la vie se dérouler autour de moi, devant moi et sans moi.

Il leva son regard vers le mien avant de poursuivre :

— Je pourrais laisser la fille la plus incroyable que j'aie jamais rencontrée retourner un jour sur sa planète natale, en sachant que je ne la sortirais jamais de ma tête aussi longtemps que je vivrais. Ou je pourrais faire ce que j'aurais fait si j'avais toujours ma taille habituelle.

— Qu'aurais-tu fait ? demandai-je doucement en retenant mon souffle.

Les palpitations dans mon estomac que j'avais tendance à avoir quand j'étais près de lui devenaient si vives qu'elles ressemblaient presque à des crampes.

— En fait, si j'avais eu ma taille normale, je t'aurais embrassée dès le lendemain de notre rencontre, sans perdre trop de temps à discuter.

Il fit rouler ses épaules en arrière, me lançant un regard taquin, avant de continuer :

— Bien sûr, tu m'aurais très probablement giflé alors...

— Probablement.

Je riais, en pensant à combien j'avais eu envie de le gifler dans la jungle – à cause de ses mots. S'il avait ajouté un baiser non désiré en plus, les choses entre nous se seraient soldées par une vraie bagarre.

— C'est pour ça que je pense que ma taille actuelle est en fait à mon avantage... elle m'oblige à parler avant d'agir. L'avantage supplémentaire est que tu ne giflerais pas quelqu'un d'aussi petit, n'est-ce pas ?

Il inclina la tête d'une manière adorable.

J'essuyai une tache de glaçage sur sa cuisse avec mon doigt puis le léchai tandis qu'il suivait mon geste du regard.

— N'essaye pas d'utiliser ta taille comme excuse pour t'en sortir, dis-je en le pointant du doigt en signe d'avertissement, même si un sourire s'étirait sur mes lèvres. Crois-moi, ça ne m'empêchera pas de te gifler si tu te comportes comme un connard.

— Tu vois, c'est une des choses que je trouve si irrésistible chez toi, Emma, tu me traites comme si j'étais... normal. Je me sens *moi-même* avec toi. C'est seulement quand je suis avec toi que je réussis à me détendre un peu. Le stress et la tension en moi s'atténuent, avoua-t-il en poussant un grand soupir. Quoi qu'il en soit, c'est pour ça que je suis ici.

— Pour te relaxer ?

— Non, dit-il en grimaçant. Putain, je suis nul pour parler, n'est-ce pas ? Je n'ai jamais autant dû compter sur les mots, je n'ai jamais eu à le faire. Quoi qu'il en soit, je suis ici, parce que je ne veux pas rater ma chance avec toi juste parce qu'une crapule a décidé de me miniaturiser au mauvais moment. J'ai envie d'avoir un rendez-vous avec toi, Emma, et ta *Saint Valentin* semblait être une bonne opportunité pour cela.

— Tu veux un rendez-vous avec moi ?

— Exactement, comme tu m'as expliqué qu'on faisait sur Terre : des fleurs, des friandises, un dîner au restaurant et du sexe.

— Waouh ! fis-je en manquant de m'étouffer à cause de ce dernier mot. Tu as tout prévu, n'est-ce pas ? dis-je en riant nerveusement. Ne penses-tu pas qu'il puisse y avoir quelques soucis avec un élément de cette liste ?

Il se frotta la nuque.

— Oui bien sûr. Sortir pour dîner peut présenter un problème. Nous attirerions tous les deux trop d'attention alors que je préférerais t'avoir pour moi tout seul lors de notre premier rendez-vous. Je suggère que nous restions ici pour éviter cela.

Je louchai sur lui.

— Et c'est le *seul* problème que tu peux voir ? Vraiment ?

Il se pencha en arrière, en s'appuyant sur ses bras.

— Tu en vois d'autres ?

— Euh, eh bien...

Je ne savais pas s'il avait été sérieux quand il avait mentionné le sexe, mais il y avait quelques autres trucs que je devais clarifier en plus de ça.

— Je n'ai pas encore dit oui pour un rendez-vous avec toi.

— Tu n'en as pas envie ? demanda-t-il.

Un éclair de vulnérabilité passa sur ses traits, sa posture confiante vacilla pendant une fraction de seconde. Il retrouva rapidement son sang-froid, en redressant son dos et déclara :

— Laisse-moi une minute pour te convaincre.

— Juste une minute ? l'interrogeai-je en clignant des yeux.

Il m'adressa un sourire en coin.

— J'aurais besoin de beaucoup moins de temps que ça si je pouvais atteindre tes lèvres et te prendre dans mes bras.

Le souvenir de son poids sur moi dans la jungle entraîna une vague de picotements chauds qui courait le long de ma peau. Que se passerait-il si je me penchais, assez près pour qu'il puisse atteindre mes lèvres ?

Je clignai à nouveau des yeux, en chassant mon idée soudaine, et m'éloignai un peu de lui à la place.

— Dis-moi quelque chose, dis-je, ma voix prenant une tonalité rauque de façon inattendue. Est-il vrai que tu séjournes dans l'unité de divertissement de l'armée ravile ici sur Neron ?

— Oui, répondit-il simplement, son expression immuable.

— Pourquoi es-tu là-bas ?

— Pourquoi pas ? rétorqua-t-il en haussant un sourcil, innocemment. Cela fait partie de notre base militaire. Je connais bien toutes les filles et je me sens mieux en restant là-bas, bien mieux que dans n'importe quelle autre partie de la base, compte tenu de ma situation.

— Pourquoi est-ce mieux ?

Et que voulait-il dire en disant qu'il « connaissait bien toutes les filles ». La jalousie était une nouvelle émotion pour moi. Je ne comprenais même pas pourquoi je la ressentais – Agan et moi n'étions pas en couple – mais je ne pouvais pas supporter ce sentiment désagréable.

— Parce que les femmes sont... Eh bien, elles ont généralement tendance à être plus compatissantes et tolérantes que les hommes, du moins, que les hommes ravils que je connais. Les guerriers à la base ici sont bien intentionnés, mais leurs taquineries m'énervaient au bout d'un moment. D'ailleurs, c'est moins gênant de demander à un enfant de prendre quelque chose sur une étagère inaccessible qu'à un adulte.

— Un enfant ?

Est-ce que je l'avais bien entendu ? Ils employaient des enfants dans ces unités ? Une sensation de malaise me montait à la gorge.

— Oui, continua Agan. J'ai été surpris de découvrir à quel point les enfants acceptent mieux quelqu'un de plus petit qu'eux-mêmes. Ils sont désireux d'aider sans jugement. Les hommes adultes ne peuvent s'empêcher de faire des blagues chaque fois qu'ils me voient, dit-il en haussant les épaules. Non pas que je les blâme. J'aurais fait la même chose à leur place.

— Attends une minute, exigeai-je en lui faisant un geste des deux mains. Pourquoi y a-t-il des enfants dans le bordel ?

Ses sourcils se froncèrent.

— Voudrais-tu, s'il te plaît, ne pas appeler l'unité de divertissement un bordel ? Qu'est-ce qui t'a donné cette idée ?

— Certains commentaires que j'ai entendus.

Agan n'avait pas explicitement contredit cela non plus.

— Tu as toi-même admis que des relations sexuelles se passaient là-bas, continuai-je.

— Est-ce que ça ne se produit pas partout ? Ou est-ce que toute ton armée a fait vœu de chasteté ?

— Non, mais notre armée n'encourage pas le sexe en créant des unités spéciales à cet effet. En fait, le sexe pour de l'argent est illégal...

— Emma. Arrête-toi tout de suite ! s'exclama-t-il en levant les deux mains en l'air. Je n'ai jamais rien dit concernant du sexe contre de l'argent dans nos unités de divertissement.

— Contre quoi est-il échangé alors ? demandai-je, même si l'oppression dans ma poitrine s'était déjà relâchée en entendant ses mots.

— Rien. De l'affection mutuelle, peut-être ? Si une femme de l'unité et un guerrier en permission veulent avoir des relations sexuelles, personne ne les en empêchera, mais le sexe n'est *pas* une exigence professionnelle pour les femmes qui y travaillent.

— Ah bon ?

C'était vraiment un soulagement d'entendre cela, surtout pour le bien des femmes et des enfants vivant dans ces unités.

— Tu imaginais que le sexe était exclusivement réservé au divertissement des hommes, n'est-ce pas ?

— Eh bien...

La plupart des nations avaient des entreprises qui proposaient des services sexuels sous une forme ou une autre. Ici, sur Neron, j'avais vu des « spas » dans le centre commercial où les services sexuels étaient payés à l'heure, et étaient fournis par des machines spéciales dans des capsules.

Quoi qu'il en soit, je me sentais stupide d'avoir émis ces hypothèses sur les unités de divertissement raviles et pleine de remords d'avoir tiré des conclusions trop rapidement.

— Je suis désolée. Tu as raison, j'ai jugé trop vite. Je ne sais vraiment pas grand-chose sur les femmes raviles ou sur le mode de vie de ceux qui ont échappé à Tragul.

Il posa une main sur ma cuisse.

— Pour être honnête, je ne connais pas grand-chose sur les femmes non plus. À part ma mère quand j'étais très jeune, je n'ai jamais partagé de maison avec une femme. J'ai rencontré des femmes qui s'étaient réfugiées sur notre base militaire de Tragul, et j'ai quelques amies à l'unité de divertissement ici, mais c'est à peu près tout.

— Juste *amies* ? demandai-je en ne pouvant pas m'empêcher de clarifier.

Il me regarda, comme s'il essayait d'anticiper ma réaction.

— Certaines d'entre elles étaient plus que des amies, à certains moments dans le passé.

— As-tu quelqu'un de spécial à l'unité, en ce moment ?

Je me fichais de son passé, mais il me semblait important de connaître son présent.

— Non, répondit-il alors qu'une chaleur bienveillante se mélangeait au vert de ses yeux dirigés sur moi. Le *quelqu'un de spécial* est juste ici.

Maintenant, mon visage se réchauffait aussi, et je laissai tomber mon regard sur mes genoux, en marmonnant :

— Tu sais y faire, Agan. Et toi qui disais que tu étais nul avec les mots.

Il ne répondit pas. Je sentais son regard sur moi mais je n'osai plus croiser le sien, en craignant que des étincelles ne jaillissent. Et si les étincelles prenaient feu ? Que se passerait-il alors ?

— Juste, euh... dis m'en plus au sujet des femmes raviles, demandai-je, incapable de supporter plus longtemps cette tension silencieuse.

Il s'éclaircit la gorge.

— À cause de la guerre, commença-t-il, la voix un peu plus profonde que d'habitude, les hommes et les femmes ravils vivent pour la plupart séparément. Les femmes et les enfants sont évacués des zones dangereuses du pays. Ils passent ensuite leur vie dans des installations sécurisées et gardées au plus profond de Ravie ou hors de la planète – incluant les unités de divertissement de nos bases militaires – pendant que leurs maris et pères restent sur Tragul et combattent les *fescods*.

— Est-ce que les maris et les femmes peuvent se voir ?

— Chaque fois que les hommes mariés sont en permission sur Tragul, ils voyagent à l'intérieur des terres pour voir leurs familles. Ces conditions de vie sont comme ça par nécessité. Elles sont à l'encontre des traditions raviles. Historiquement, les Ravils vivaient dans des communautés soudées, en élevant leurs familles ensemble. Un mari et une femme dormaient dans le même lit, chaque nuit, dit-il avec une mélancolie qui remplissait sa voix. La guerre a rompu de nombreux liens familiaux, mais le besoin d'avoir une partenaire de vie et une compagne est dans le sang des Ravils. C'est ainsi que les unités de divertissement sont nées. Elles nous donnent l'impression de rentrer chez nous puisque la plupart d'entre nous n'ont plus de vraie maison. Elles nous rappellent que nous appartenons à un groupe. Et elles fournissent aux guerriers ravils une compagnie féminine, dont nous avons grandement besoin après une longue période passée dans la jungle. Je ne parle pas nécessairement de sexe. Parfois, le simple fait d'entendre la voix d'une femme quand elle chante ou parle nous rappelle pourquoi nous nous battons.

Je comprenais ce désir. J'avais passé ma vie sur des vaisseaux et des stations spatiales, si loin de mon propre monde et de mes parents.

— Visiter les unités te donne le sentiment d'être chez toi et en famille. Cela t'éloigne des champs de bataille pendant un certain temps, commentai-je.

— Physiquement et mentalement, dit-il en acquiesçant. Lorsqu'il est en permission, une chambre, dans la partie de l'unité réservée aux hommes, est attribuée au guerrier, il peut profiter des repas faits maison et du plaisir de la compagnie féminine dans les espaces communs. Les femmes qui travaillent dans l'unité sont tenues d'assister aux dîners et aux célébrations communautaires. Leur travail consiste à chanter, danser ou faire tout ce qu'elles aiment faire – beaucoup sont des artistes et des artisanes talentueuses. Elles se mêlent aux hommes, discutent avec eux. Certains finissent par sortir ensemble, mais cela ne fait *pas* partie de leur travail.

— Est-ce que tu te rends souvent dans les unités ?

— J'avais l'habitude de m'y rendre. Chaque fois que j'avais une permission hors planète, j'allais à celui d'ici.

— Je parie que les femmes ne pouvaient pas garder leurs mains éloignées de toi, lui dis-je avec un clin d'œil.

Mon sentiment désagréable de jalousie avait disparu depuis longtemps.

— Évidemment ! répondit-il en riant. J'étais le roi de la fête. Personne ne pouvait me résister.

— Avec qui habites-tu, maintenant ?

— Personne. En raison de ma condition particulière, on m'a donné une chambre du côté réservé aux femmes de la base. Normalement, les hommes ne sont pas autorisés à entrer dans cette zone. Des femmes et des enfants secourus de la zone de guerre y sont parfois hébergés, ainsi que les femmes qui travaillent à l'unité. Il est important pour chacun d'eux de se sentir en sécurité et à l'aise. Non pas que les hommes ravils leur fassent du mal, mais nos mâles peuvent être bruyants et exubérants. Je suppose qu'en raison de ma taille, j'ai été considéré comme « innocent » comme un enfant. Ils m'ont permis de rester dans la zone des femmes, cette fois.

Il regarda mon corps d'une manière que je considérerais tout sauf « innocente ».

— Alors, dit-il en haussant un sourcil. Acceptes-tu ce rendez-vous avec moi, maintenant ? Ou as-tu d'autres questions ?

La façon dont il me demandait ça ressemblait tellement au vieux Agan – arrogant et plein d'assurance. Sauf que je connaissais maintenant suffisamment le *vrai* lui pour trouver cela attachant plutôt qu'énervant.

— Où est-ce que nous irions ? demandai-je sur le même ton.

— À la table de ta cuisine.

Il sauta de ma jambe pour atterrir sur le canapé puis descendit rapidement sur le sol, avant de finir :

— Pour prendre un thé avec ces fameux *cupcakes*.

— Oh, j'ai une magnifique terrasse pour le petit déjeuner ici, dis-je avec enthousiasme. Avec beaucoup de fleurs.

— Évidemment, il y a des fleurs, rétorqua-t-il en se dirigeant nonchalamment vers le mur de verre avec la porte du patio. Nous sommes au Voran après tout.

Chapitre 11

Emma

Alors, est-ce que tu aimes ça ? demandai-je à Agan en enfournant dans ma bouche le deuxième cupcake de la boîte.

Leurs saveurs étaient remplies de souvenirs qui me rappelaient la maison.

— C'est tellement bon, gémis-je. Qu'en penses-tu ?

Agan avait mentionné que les Cupcakes de la Terrienne était une boulangerie dirigée par une femme humaine qui avait épousé un Voranien et avait déménagé sur Neron. Elle venait peut-être de la même région que moi parce que les cupcakes me rappelaient tellement chez moi. Quoi qu'il en soit, elle avait fait un excellent job en recréant ces saveurs familières.

Agan était assis sur la table, les jambes croisées. Je lui avais mis un petit morceau de cupcake sur un bouchon de bouteille au lieu d'utiliser une assiette. J'avais également lavé le dé à coudre de mon nécessaire de couture que je transportais dans mes bagages partout où j'allais et je l'avais rempli de thé pour lui.

— C'est délicieux, répondit-il en prenant une autre grosse bouchée de sa miette de cupcake. Est-ce ta nourriture préférée sur Terre ?

Je dus réfléchir un instant. Il y avait tellement de choses que j'aimais chez moi et dont je n'avais pas idée jusqu'à ce que je quitte la Terre et que ça commence à me manquer.

— L'une de mes favorites, c'est sûr.

Je fourrai le reste du cupcake à la vanille dans ma bouche.

Il me regarda lécher le glaçage qui était sur mes lèvres, un doux sourire jouant sur son visage.

— Je vais voir si je peux trouver un coquillage d'*ozeah* ici en Voran. J'adorerais te cuisiner mon plat préféré ravil un jour.

— J'adorerais ça.

Je n'avais aucune idée de quand ou même si cela lui serait possible de faire quoi que ce soit pour moi. Mais saisir l'opportunité d'un autre repas avec lui me tentait beaucoup.

Agan essuya les miettes de son pantalon, son doigt se prenant dans l'une des nombreuses entailles sur le cuir.

— Je devrai peut-être accepter ton offre de me confectionner un pantalon, dit-il en inspectant l'entaille. C'est mon pantalon de combat. Il est parfait pour la jungle mais ce n'est pas le vêtement idéal pour le Voran.

— Je pourrais le faire cette semaine, dis-je en prenant une gorgée de mon thé. Même demain si tu veux. Je n'ai pas grand-chose à faire ici, de toute façon. On peut aller au centre commercial pour acheter du tissu... Ou je pourrais utiliser un t-shirt à moi ou quelque chose comme ça.

Je pourrais littéralement lui faire un vêtement entier à partir de quelque chose d'aussi petit qu'un mouchoir.

— Tu vas me faire un pantalon avec un t-shirt à toi ? demanda-t-il en riant. Ce ne serait pas la première fois que j'aurais quelque chose de toi autour de mes hanches.

Je ricanai, en renversant presque le thé de ma tasse.

— Ça me suivra toute ma vie de t'avoir fourré dans mon soutien-gorge, n'est-ce pas ?

— Clairement, répondit-il en souriant. Comment pourrais-je jamais oublier la sensation exquise de rebondir entre tes seins ?

— Tu as aimé la balade, hein ?

Je me penchai en avant, en repliant mes avant-bras sur la table, puis posai mon menton sur mes mains. Cela m'amena au niveau des yeux d'Agan alors qu'il était assis sur le dessus de la table. En étant plus proche, je pouvais mieux voir son visage maintenant.

Il leva les genoux, en plaçant ses avant-bras dessus. Sa queue enroulée autour de l'une de ses chevilles.

— J'ai bien peur de ne pas avoir pleinement apprécié la position dans laquelle tu m'avais mis... ou *fourré*, à l'époque.

Le bout de sa queue glissa lentement jusqu'à son genou, puis redescendit jusqu'à sa botte. Son mouvement me rappela le moment où il me caressait le cou au quartier général de l'armée voranienne. Des picotements chauds se répandaient sur ma peau à ce souvenir.

— Tu avais menacé de déposer un signalement de harcèlement contre moi, lui rappelai-je.

J'avais gardé un ton léger – tant que ce n'était que des blagues et des taquineries, je savais comment gérer cela. Sinon, je n'avais aucune idée d'où ça pourrait nous mener ni même où cela *pourrait* mener tout court.

— Je ne me plaindrais pas un seul instant si tu recommençais, me lança-t-il avec un sourire arrogant. C'est promis !

— Mais pas besoin de le faire maintenant.

— Oh, si..., dit-il avec une voix qui devenait plus grave alors qu'il écartait un peu plus ses jambes. Un besoin puissant, en fait.

La note douce et grondante de sa voix fit vibrer quelque chose en moi. Je déglutis difficilement, en me déplaçant sur mon siège. Une sensation de chaleur se précipita dans mon corps, en s'accumulant dans mon ventre. Mon sourire s'effaça de mon visage. « Prendre les choses à la légère » n'était soudainement plus possible.

Je ne trouvais rien à dire en réponse.

— Tu sais comme c'est difficile, Emma, d'essayer de séduire une femme quand tu dois grimper pendant une éternité juste pour atteindre sa bouche pour un baiser ?

L'humour était toujours présent dans les yeux vert vif d'Agan, en masquant l'intensité brûlante derrière eux. Comme il l'avait fait sur Tragul, Agan utilisait ses mots pour cacher ses sentiments.

Dans cette position, je me disais qu'il n'avait pas du tout besoin de grimper. Il n'aurait qu'à s'approcher pour m'embrasser. Je ne savais pas si un baiser était possible puisque nous étions si différents en taille, mais je me demandais ce qui se passerait s'il essayait.

Il intercepta mon regard. Un coin de sa bouche se souleva en un demi-sourire, en faisant apparaître le bout de sa canine pointue d'une manière irrésistiblement prédatrice. Puis, il se mit rapidement sur ses pieds, en marchant vers moi sur la table.

L'humour avait disparu de ses yeux alors qu'il s'approchait, leur couleur s'assombrissant pour devenir vert sapin sous ses paupières à demi-fermées.

Je levai brusquement la tête, en reculant rapidement dans ma chaise pour être hors de sa portée.

— Agan... Ça ne marchera pas.

— Me laisserais-tu essayer ? me demanda-t-il en s'arrêtant juste devant moi.

Je joignis nerveusement mes mains sur mes genoux, rattrapée par des doutes de dernière minute.

— Je ne pense pas que ce soit possible.

— Mais le voudrais-tu si c'était possible ?

Il n'abandonnerait pas.

— Peut-être, dis-je lentement.

— Pas « peut-être », Eleven, répondit-il en secouant la tête. « Peut-être » n'est pas suffisant pour moi. Je ne peux pas te jeter par-dessus mon épaule là tout de suite et t'emmener au lit où je te convaincrai de remplacer ton « peut-être » par un « oui » franc et massif. J'ai besoin que tu sois pleinement d'accord.

— Tu veux m'embrasser ? murmurai-je à moitié.

Mon désir sincère d'être embrassée par lui était en conflit avec mon doute et mon appréhension. Je ne savais tout simplement pas *comment* cela pourrait être possible.

— Oui ou non, Emma, demanda-t-il, sans me donner d'autre alternative.

Comment se faisait-il qu'il ne soit pas intimidé par cette différence entre nous ?

— Ça ne te fait pas peur du tout, Agan ? Comment pourrais-tu embrasser une « femme géante » ?

Il appuya ses poings sur ses hanches et élargit sa posture, comme s'il acceptait un défi. Sa détermination était admirable et j'enviais sa confiance inébranlable.

— Emma, je peux faire plus que t'embrasser, crois-moi. Dis simplement « oui » et je te ferai crier pour une bonne raison, pour une fois.

Je me mordillais la lèvre, en regardant ses quinze centimètres de haut. Ce n'était pas beaucoup, mais sa confiance compensait sa petite taille.

C'était tellement tentant d'essayer. Tout ce que j'avais à faire était de lui faire confiance.

— D'accord, Agan, dis-je alors qu'un désir chaud, qui me donnait des frissons, m'envahissait. Essayons, alors.

Il fit un large sourire puis pointa du doigt l'endroit sur la table devant lui, en m'ordonnant :

— Reviens ici, ma femme géante.

Je plaçai mes mains sur la table, l'une sur l'autre, puis je posai mon menton dessus. Il était à quelques centimètres de mon visage.

Il me regarda un instant en silence, d'un air songeur.

— Tu as des yeux incroyables, Emma. Ils sont exactement de la même couleur que le ciel. Si je te regarde droit dans les yeux comme ça, j'ai presque l'impression de voler.

La chaleur pulsait dans mes veines. Mon cœur s'emballait et ma respiration s'accélérait. Je bougeai sur mon siège.

— Restes exactement là où tu es, dit-il en tendant la main, et en caressant ma pommette. Dis-moi si tu n'aimes pas quelque chose que je m'apprête à faire. Aide-moi à faire mieux. Mais, s'il te plaît, ne m'arrête pas.

« *Je ne le ferai pas* », résonna dans ma tête, mais j'avais peur d'émettre un son. Les mots semblaient inutiles en ce moment, voire dangereux car ils pouvaient potentiellement briser ce moment qui semblait si incroyablement fragile.

Avec cette proximité, je pouvais sentir sa tension derrière son bouclier de confiance. L'excitation vibrait dans l'air entre nous. Je voulais tellement que ça marche.

En faisant passer son regard de mes yeux à ma bouche, il tomba à genoux devant mon visage. J'écartai mes lèvres, et il posa son front contre celle du bas, en prenant une minute.

Ma peau picotait à ce contact. Ma respiration faisait bouger ses cheveux. Il glissa ses mains le long de ma lèvre, la caressant. En se penchant, il posa sa bouche fermée sur elle, sans retirer ses mains.

J'inspirai un souffle tremblant, en fermant les yeux et en me perdant dans la sensation.

Agan m'embrassait, en utilisant ses lèvres, ses dents et... ses mains. C'était le baiser le plus inhabituel, le plus tendre que j'aie jamais reçu. Et je souhaitais que ça ne s'arrête jamais.

J'en voulais plus.

Peu importait combien il me donnait, cependant, tout finirait quand nous finirions inévitablement par nous séparer.

Agan était sorti de nulle part alors que je ne cherchais même pas mon « quelqu'un de spécial ». Nous avions passé peu de temps ensemble, mais il signifiait déjà quelque chose pour moi. Comment pourrais-je lui dire au revoir la prochaine fois ? Car tôt ou tard, il faudrait se dire à nouveau au revoir.

Cette pensée était terrible. Je m'éloignai doucement de lui, en rompant notre baiser.

Il s'assit sur ses hanches, en me regardant dans les yeux. Ses cheveux étaient ébouriffés maintenant, son regard brûlant.

— J'ai envie de plus, Emma, dit-il avec une voix rauque. Un baiser ne suffira jamais.

— Qu'est-ce que tu entends par plus, Agan ? chuchotai-je. Une nuit ? Une semaine ? Cela ne pourra pas être beaucoup plus que cela.

Oh, comme j'aurais aimé que nous puissions en avoir plus. Son baiser, aussi bref soit-il, avait fait faiblir mes genoux et m'avait envoyé une vague de chaleur entre les cuisses. Je n'avais toujours aucune idée de comment quelque chose de *plus* serait possible, avec notre si grande différence de taille, mais je souhaitais que nous puissions tout essayer pour que ça marche.

— Qu'est-ce qui serait suffisant, Agan ? Parce que ça devra se terminer bientôt, et tu le sais.

Il inspira.

— Je ne veux pas que ça se termine avant même que nous ayons commencé, Emma. Donne-moi ce que tu peux, et je prendrai tout.

Il ne demandait pas toute une vie, juste une petite aventure pendant ma permission – une sorte d'amourette de vacances. Pourrais-je faire ça ? Pourrais-je être capable de maîtriser ce que je lui donne et ce que je garde pour moi ? Et donner à Agan le reste de mon temps en Voran, mon lit, mon corps, même un peu de mon affection ? Mais ne pas lui donner mon cœur ?

Je n'avais jamais eu de relations occasionnelles auparavant.

— J'aurai besoin de temps pour y réfléchir, confessai-je avec un long soupir. Laisse-moi dormir là-dessus.

Il inclina la tête.

— Puis-je « dormir là-dessus » avec toi ?

— Que veux-tu dire ?

Il haussa les épaules avec un sourire détendu.

— Il est trop tard pour organiser la livraison pour me renvoyer à l'unité.

— Je ne vais pas t'expédier comme de la marchandise ! dis-je en éclatant de rire. Tu peux passer la nuit ici. Ça te va de dormir sur mon canapé ?

— Partout où tu voudras me mettre. Tu sais, je n'ai pas besoin de beaucoup de place.

ALORS QUE LA NUIT ÉTAIT tombée derrière les portes vitrées de mon patio, Helix nous servit le dîner à Agan et moi.

Ensuite, nous regardâmes tous les deux le reste du film que j'avais commencé plus tôt dans la journée. Avec les commentaires d'Agan, cela s'avérait être une expérience beaucoup plus excitante.

Après le film, je mis des draps sur le canapé pour Agan, puis j'allai me coucher derrière le paravent en treille de vigne recouvert de guirlandes de fleurs.

J'eus toutes les difficultés du monde à m'endormir cette nuit-là. Ce qui me gardait éveillée n'était pas des pensées cohérentes mais plutôt une sorte de sentiment de fébrilité – un mélange d'inquiétude et d'excitation. Comme si quelque chose allait se passer, une chose à la fois effrayante et troublante.

Je n'entendis aucun bruit de pas, seulement le bruissement du tissu alors que quelqu'un grimpait sur le lit.

— Agan ?

Je m'assis rapidement, en ramenant la couverture sur ma poitrine. Le geste était instinctif, je dormais dans un long t-shirt qui couvrait déjà la majeure partie de mon corps.

La lueur du clair de lune filtrait à travers le patio, et traversait la pièce. Agan passa par-dessus les couvertures jusqu'à moi, en ne portant rien d'autre que le mince et court morceau de tissu qui était enroulé autour de ses hanches que les Ravils portaient à la place des sous-vêtements. Avec les reflets argentés du clair de lune dans sa fourrure courte sur son corps fort et bien bâti, il ressemblait à une statue miniature d'un dieu fantasmatique.

— C'est moi, Eleven, annonça-t-il nonchalamment, comme s'il était tout à fait normal qu'il se promène la nuit sur mon lit. Tu ne peux pas dormir, affirma-t-il sans que ce ne soit une question. Moi non plus, poursuivit-il. Puis-je rester avec toi ?

— Hé bien...

— Je te promets que je ne tenterai rien, ajouta-t-il rapidement, en s'arrêtant près de mon coude. Nous parlerons jusqu'à ce que tu commences à t'endormir, puis je partirai.

— OK.

Je reposai ma tête sur l'oreiller, contente d'avoir sa compagnie.

Il resta debout près de mon bras.

— Ça te dérangerait si je me rapprochais ? demanda-t-il.

— Si tu te rapprochais jusqu'où ?

Je tournai la tête pour lui faire face.

— Comme ça.

Il grimpa sur mon bras puis sur ma cage thoracique et sur mon sternum.

— Je passe tellement de nuits tout seul, dit-il en se mettant à l'aise entre mes seins. Je ne veux pas rester seul quand je suis chez toi, Emma.

Je pensais aussi à toutes les nuits que j'avais passées seule. Cela faisait si longtemps que je n'avais pas été physiquement proche de quelqu'un comme ça. À part Agan, je ne pouvais même pas me rappeler exactement quand c'était arrivé la dernière fois. J'inspirai profondément, en le faisant monter sur ma poitrine.

Il interpréta mal mon soupir.

— Dis-moi si tu veux que je parte.

Je secouai rapidement la tête.

— Non. Reste s'il te plaît, dis-je en arrangeant le coin de ma couverture sur lui, en l'enroulant autour de ses jambes. As-tu souvent du mal à dormir ?

Il rit doucement.

— Non. Normalement, je m'endors au moment où ma tête touche l'oreiller, ou n'importe quel truc que j'utilise comme oreiller, toutes les nuits.

J'imaginais que ses habitudes de sommeil avaient changé depuis l'expérience. La première fois que je l'avais vu après ça, il avait l'air de manquer de sommeil.

— As-tu déjà été avec un homme, Eleven ? demanda-t-il de façon inattendue.

— Moi ?

Était-ce *cela* qui l'avait empêché de dormir ce soir ?

— Oui, répondis-je.

Un muscle de sa mâchoire se contracta.

— Qui était-ce ? Un humain ?

— Oui. J'ai eu des petits amis, Agan. Quelques-uns. Est-ce que cela te dérange ?

— Non, pas ceux que tu as eus avant. Je veux savoir s'il y a un homme sur ton vaisseau ou sur Terre qui t'attend, en ce moment.

Je secouai la tête.

— Je ne t'aurais jamais laissé m'embrasser s'il y en avait eu un.

Son expression se détendit alors qu'il expira un long soupir.

— Je suppose que j'aurais dû demander plus tôt, au lieu de me rendre fou en pensant que tu étais peut-être la femme d'un autre homme.

— Pourquoi n'as-tu pas demandé ?

— Parce que je ne voulais pas que ta réponse m'empêche de venir ici ce soir.

— Mais et si j'avais eu quelqu'un ?

Il haussa les épaules sans vergogne.

— Je me disais que si tu avais un homme et que tu tenais à lui, tu n'accepterais pas d'avoir un rendez-vous avec moi. Et que, si tu étais d'accord, alors qui que ce soit, il n'était manifestement pas l'homme qu'il te fallait.

— C'est une logique intéressante.

— Alors, j'ai commandé des *Cupcakes de Saint-Valentin*, et je me suis fait livrer sur tes genoux. Littéralement.

Il s'appuya contre mon sein droit, en l'utilisant comme un oreiller ou un pouf. Je lui jetai un coup d'œil mais je le laissai faire – il semblait trop à l'aise pour le faire bouger.

— Comment as-tu eu cette idée ?

— Ce n'est pas comme si j'avais eu beaucoup d'options, dit-il en haussant les épaules. Je ne peux pas me déplacer dans la ville comme les autres. Je ne peux même pas commander un aéronef pour qu'il me conduise jusqu'ici. L'ordinateur de bord ne me reconnaîtrait pas en tant que passager, je ne suis ni assez lourd ni assez grand. Les Cupcakes de la Terrienne appartiennent à une femme humaine, alors j'ai pensé que tu aimerais leurs pâtisseries. J'ai d'abord commandé pour recevoir une livraison à la base de l'armée ravile, puis j'ai changé la destination pour mettre ton adresse, que j'ai obtenue du Comité de Liaison. Ensuite, je suis monté dans la boîte avant le départ du drone.

— Et les fleurs ? La note et le ruban ? Qui a fait ça pour toi ?

— J'ai demandé à Inzea, une fille de l'unité.

— Inzea ? Est-ce la femme qui a répondu à mon appel ?

L'image des magnifiques yeux verts de l'élégante femme ravile me vint à l'esprit. *Inzea*. Même son nom était joli.

— Inzea est une fillette de sept ans, déclara Agan. Certainement pas encore une femme. Nous sommes devenus de bons amis ces derniers jours, bien qu'elle me traite parfois comme un jouet ou un animal de compagnie et essaie de m'emmailloter dans des couvertures et de me nourrir à la main, dit-il en penchant la tête avec une lueur taquine dansant dans ses yeux. Tu étais jalouse, Eleven ?

— Non, dis-je rapidement en détournant le regard. Bien sûr que non. Pourquoi ?

Il y avait définitivement une sorte de possessivité dans mes sentiments envers Agan, que je le veuille ou non.

— Parce que ça m'aurait plus, dit-il.

— Tu aurais aimé que je sois jalouse ?

— J'aurais aimé que tu me considères comme tien, dit-il lentement.

Je réalisais à quel point je le voulais aussi. Je souhaitais qu'il m'appartienne, même seulement pour un court moment.

— Pourquoi as-tu appelé l'unité, Emma ? Tu as dit qu'on avait répondu à *ton* appel.

Bien. Ça m'a échappé, n'est-ce pas ?

— Tu me cherchais ? insista-t-il.

— Eh bien... oui...

— Pourquoi ?

— Euh... je voulais juste parler, voir comment tu allais, marmonnai-je, en hésitant sous son regard inquisiteur.

— Est-ce que je t'ai manqué ? continua-t-il, en me regardant avec impatience. Admets-le.

— Eh bien, nous ne nous sommes jamais dit au revoir la dernière fois que je t'ai vu, et j'ai pensé... Pour être tout à fait honnête, j'ai aimé la façon dont nous nous sommes entendus lorsque nous avons travaillé ensemble. Et ça m'a manqué.

Je poussai un soupir avant de dire :

— Oui, Agnan. Tu m'as manqué.

Il répondit à mes paroles avec un sourire satisfait.

— Bien, dit-il en posant la tête et en fermant les yeux, comme si entendre ma réponse lui permettait enfin de se détendre complètement. Tu m'as manqué aussi, Eleven. Tellement, ça a même commencé à faire mal. Ici, dit-il en se frottant la poitrine.

— Ça faisait mal ?

Je caressai doucement son bras avec mon doigt.

— Plus maintenant, répondit-il en bâillant, en s'enroulant autour d'un côté de ma poitrine. Pas quand je suis avec toi.

Je tirai la couverture plus haut sur lui, en remarquant que la blessure sur son épaule avait bien cicatrisé. Une fine couche de fourrure avait déjà poussé sur la cicatrice claire.

Les dessins colorés de ses tatouages semblaient gravés dans la peau de ses épaules et de ses bras. La fourrure ne poussait pas sur l'encre, en donnant à son body art un effet 3D, comme si les motifs avaient été gravés dans ses muscles.

— Que signifient tes tatouages ? demandai-je doucement, en me demandant s'il s'était déjà endormi.

— Ils n'ont pas de signification. J'aimais juste les dessins..., répondit-il avec une voix qui semblait somnolente. Je pensais qu'ils étaient cool, comme moi, termina-t-il.

L'art de la vanité – c'était tellement comme Agan. Et ça ne me dérangeait pas du tout. Il y avait en lui une certaine vanité, une confiance arrogante qui frisait parfois l'arrogance. Ça avait eu l'habitude de m'agacer. Mais maintenant, j'avais appris qu'Agan possédait aussi suffisamment de qualités dignes d'admiration : la loyauté, le courage, l'honnêteté. Je savais qu'il se sentait parfois effrayé et vulnérable, et j'adorais la façon dont il gérait ça – avec humour. Il n'avait pas peur de rire de lui-même.

Agan ne laissait pas ce qui lui était arrivé faire de lui une personne moins bien. En fait, je croyais même qu'il avait appris à être meilleur.

— Ce sont des tatouages cool, dis-je.

Mais il ne répondit pas, en ronflant déjà doucement enroulé autour de ma poitrine.

Au bout d'un moment, je me levai et le déplaçai de l'autre côté du lit. En enroulant une couverture en forme de bûche, je la plaçai comme séparateur entre nous, en craignant de me retourner accidentellement et de le blesser dans mon sommeil autrement. Puis je pris un de mes foulards en soie et je le couvris, en l'utilisant comme une couverture.

— Bonne nuit, Agan, murmurai-je.

Chapitre 12

Emma

S'il te plaît, pour l'amour de tous les saints, essaie de rester immobile, gémis-je, exaspérée. Tu n'arrêtes pas de bouger.

C'était le lendemain de notre rendez-vous de la Saint-Valentin en retard, et j'avais décidé de tenir ma promesse de confectionner un pantalon à Agan. Il ne semblait pas pressé de quitter mon appartement de sitôt, et j'aimais beaucoup trop l'avoir ici pour le questionner à ce sujet.

Le mètre ruban que j'essayais d'aligner sur le côté d'Agan glissa une fois de plus de sa hanche alors qu'il se penchait pour regarder ce que je faisais.

— Tu vois ?

J'ajustai le mètre une fois de plus puis j'écrivis rapidement le numéro sur mon vieux cahier.

— Je suis immobile. C'est quelque chose d'autre qui tremble, marmonna Agan.

Il se tenait sur la table pendant que je le mesurais. Le fin pagne, drapé autour de ses hanches, dissimulait peu son début d'érection.

— Euh…, fis-je en mordant le bout de mon pouce, en essayant de trouver comment prendre les mesures autour de cette chose. J'ai juste besoin de mesurer la couture intérieure, et nous en aurons terminé.

— Qu'est-ce que tu entends par couture intérieure ? demanda-t-il en me regardant avec méfiance.

— C'est la longueur de ta jambe. À partir de l'intérieur.

— De l'intérieur ?

— Oui. D'ici..., dis-je en me penchant plus près, en touchant l'intérieur de sa cheville. Jusque... euh, jusqu'en haut de l'intérieur de ta cuisse.

Je glissai mon doigt sur sa jambe nue. Au moment où je passai devant son genou, il recula d'un pas, en évitant mon contact.

— Peut-être que nous devrions d'abord aller au centre commercial pour acheter le tissu, suggéra-t-il, avec un air sombre. Ou peut-être que je devrais demander à un tailleur voranien de le faire après tout.

— Tu préférerais que quelqu'un d'autre te confectionne un pantalon ?

— Quelqu'un qui ne me fait pas bander quand je le regarde ? répondit-il sur le même ton que moi.

Je me mordis la lèvre.

— Est-ce que c'est ce qui est en train de se passer ?

— Oh, Eleven.

Il étira son cou, en se dirigeant vers l'endroit où son vieux pantalon reposait sur la table, avant de dire :

— Tu n'as pas idée. Je suis dur depuis presque le moment où je t'ai rencontrée.

— Attends, dis-je en l'empêchant de mettre son pantalon. Il y a quelque chose que nous pouvons peut-être faire à ce sujet, n'est-ce pas ?

— Comme quoi ? demanda-t-il en me jetant un coup d'œil par-dessus son épaule.

— Eh bien, j'ai promis de réfléchir à la proposition que tu m'as faite hier soir durant la nuit.

— Tu as réfléchi.

— Oui.

— Et ? m'interrogea-t-il dans l'expectative. Est-ce que tu l'acceptes ?

Je hochai la tête avec un sourire.

— On dit qu'il vaut mieux avoir eu quelque chose et le perdre que de ne rien avoir eu du tout, paraphrasai-je grossièrement la célèbre formule d'Alfred Lord Tennyson, « *Mieux avoir connu l'amour et l'avoir perdu que de ne jamais avoir aimé du tout.* »

Je n'allais pas prononcer le mot « amour », quel que soit le contexte, pour le moment. Je pensais que ce serait mieux si nous laissions l'amour complètement en dehors de ça.

— Ce qui veut dire que c'est mieux de t'avoir pour un petit moment que de ne pas t'avoir du tout, Agan.

Il m'adressa un sourire des plus incroyables.

— Tu as fait ton choix.

— Oui.

Il avait l'air si heureux, comme si je venais d'accepter sa demande en mariage, pas simplement d'accepter de passer quelques jours ensemble. Quelque chose de grand et de merveilleux s'agitait dans ma poitrine en réponse à son bonheur, mais je le refoulai rapidement – c'était une brève amourette de vacances, rien de plus.

—Viens ici, maintenant, exigeai-je en posant mon menton sur ma main qui était sur la table. Laisse-moi t'aider avec ce petit problème.

— Qu'est-ce que tu veux dire ? demanda-t-il, son sourire faiblissant.

— Laisse-moi te montrer exactement où se trouve la couture intérieure.

Je haussai les sourcils.

Pourtant, il resta là, hésitant.

— Qu'est-ce qui ne va pas, Agan ? Tu as dit que tu aimerais faire plus que m'embrasser ?

— *Te* faire plus de choses, répondit-il avec fougue. Je voulais te faire beaucoup de choses. En fait, je voulais m'occuper de *toi*.

—*Juste* moi ?

Le plaisir que je ressentais en entendant son aveu me réchauffait le cœur, mais son hésitation me laissait perplexe.

— Ne devrait-il pas s'agir de nous deux ? lui demandai-je.

Il m'avait embrassée, alors que je ne pensais pas que ce serait possible. Ce que je lui offrais maintenant me paraissait facile. Je pouvais le toucher, le goûter, le lécher, et j'avais envie de faire tout ça.

— Nous pouvons commencer par moi faisant quelque chose pour toi d'abord, n'est-ce pas ? proposai-je. Ou y a-t-il une raison pour laquelle tu ne veux pas que ma bouche soit sur toi ?

Peut-être avait-il peur que je lui fasse du mal ?

Il prit une profonde inspiration, son érection grossissant davantage.

— Putain, Eleven... Il n'y a rien dont j'aurais plus envie.

Je léchai mes lèvres.

— Alors approche-toi. S'il te plaît ? implorai-je. Allez, je veux voir ce que tu caches sous ce pagne.

Je n'avais jamais vu Agan avoir l'air aussi peu sûr de lui auparavant. Il passa les doigts d'une main dans ses cheveux, l'autre poing serré sur le côté.

— Crois-le ou non, dit-il avec un bref ricanement. Je ne pense pas être dans la meilleure forme pour défiler nu devant une femme en ce moment.

— Même si la femme c'est moi ? demandai-je doucement.

— *Surtout*, si c'est toi. Toi, parmi toutes, est celle que j'aimerais vraiment impressionner, dans tous les domaines.

— Tu es l'homme le plus impressionnant que j'aie jamais rencontré, Agan, dis-je en posant mes coudes sur la table, et en posant la tête sur mes mains. Tu as suscité mon attention dès le premier instant où j'ai posé les yeux sur toi – pas toujours pour les bonnes raisons, je dois l'admettre. Mais plus j'apprends à te connaître, plus je trouve des choses que j'aime chez toi, continuai-je en inclinant la tête avec le sourire le plus tendre que je puisse faire. Je suis sûre que j'aimerai aussi *cette* partie de toi. Crois-moi, j'aime déjà ce que je peux entrevoir d'ici.

Il poussa un soupir.

— Et maintenant, tu me taquines à nouveau.

— Non, répondis-je en secouant la tête. Pas à propos de ça. Jamais.

Je rapprochai mes coudes de lui, en me penchant sur la table, avant de poursuivre :

— Ce sont des circonstances inhabituelles, Agan, mais ne laissons pas cela gâcher le peu de temps que nous pouvons passer ensemble, dis-je en croisant les mains devant moi et en plaçant mon menton dessus de façon à amener mon visage au niveau de ses yeux. Je veux que tu profites de ton temps avec moi. S'il te plaît, laisse-moi te toucher.

— Tu as vraiment envie de faire ça ?

Son expression dure s'adoucit un peu.

— Énormément, répondis-je en lui adressant un large sourire.

Il s'avança vers moi.

— Bien, dit-il en élargissant sa posture. Mais pas de taquineries et pas de moqueries.

— C'est promis.

Avec une expression dure et résolue, il arracha son pagne. Son érection se libéra.

Je haletai, en me reculant.

— Bon sang... Merde, Agan ! Qu'est-ce qui te rends timide ?

Il baissa les yeux vers son impressionnante érection qui était maintenant érigée devant lui.

— Ce n'est même pas la taille de ton petit doigt, se moqua-t-il.

— Oh, allez. Si c'était la taille de mon petit doigt, tu ne pourrais pas marcher ni même te tenir debout. Proportionnellement, c'est énorme.

Il jeta un autre regard plus appuyé sur son entrejambe, comme s'il essayait d'évaluer son organe de mon point de vue.

— Agan, je ne pense pas que j'aurais été capable de faire grand-chose avec cette chose si tu n'avais pas rétréci.

J'essayais d'estimer la longueur et la largeur qu'elle devait avoir quand il avait sa taille normale mais je finis par abandonner – cela aurait probablement été hors des limites que je pouvais supporter, de toute façon.

— Ça devait être gigantesque avant que tu ne rétrécisses. Ou crois-tu, peut-être, qu'elle n'a pas rétréci autant que le reste de ton corps ?

Il me lança un regard soupçonneux.

— Eh bien, maintenant tu me taquines définitivement.

— Désolée, dis-je en lâchant un petit rire. Juste un peu. Puis-je te toucher maintenant ?

Je tendis le doigt.

Il hocha la tête en silence, en regardant le bout de mon doigt se connecter avec son corps. Je caressai lentement son torse et ses abdominaux saillants.

La fourrure courte et soyeuse qui le recouvrait en grande partie devenait encore plus douce et plus fine sur le bas de son ventre. Sur sa hampe, il était aussi fin que de la soie pure. Il prit une inspiration alors que je caressais sa bite, jusqu'à son gland gonflé.

— C'est... voluptueux, soupirai-je, fascinée par la sensation.

En me penchant plus près, je tendis la langue. Mon nez heurta son torse. Avec un grognement étranglé, il tomba à la renverse sur ses fesses.

— Oups ! fis-je en reculant. Je suis vraiment désolée. Est-ce que ça va ?

— Je vais bien, mais pas moyen que je me relève, dit-il en riant, allongé sur le dos, les bras croisés sous la tête. Fais ce que tu allais faire, ma femme géante.

— Je serai plus prudente, promis-je.

En tirant la langue, j'hésitai à lécher sa bite en érection.

Il émit un râle, en cambrant le dos et en soulevant ses hanches sous ma caresse. Je m'écartai un peu, en craignant de lui faire mal. L'idée de lui faire du mal me terrifiait. Aussi coriace qu'était Agan, la différence de taille physique entre nous était énorme.

Après avoir léché le bout de mon doigt et de mon pouce, je les fis soigneusement glisser le long de sa bite dure, puis j'enroulai tendrement les doigts autour, en le faisant gémir.

— Tu aimes ça ? murmurai-je en sortant ma langue pour humecter mes lèvres.

Il gémit seulement en guise de réponse, et je pris doucement sa bite dans ma bouche.

Un rugissement vibra au fond de sa gorge, en résonnant dans sa poitrine comme un ronronnement alors que je faisais rouler son membre entre mes lèvres. Je plaçai ma main à côté de lui, et il saisit mon doigt, en faisant bouger ses hanches avec des grognements tandis que son orgasme le submergeait.

Avec quelques derniers coups de langue, j'avalai les gouttes salées de son éjaculation puis le laissai glisser hors de ma bouche, en provoquant un autre frisson dans son corps.

Penchée sur lui sur mes coudes, je le regardai ouvrir les yeux, sa poitrine se soulevant et s'abaissant rapidement.

— Alors ? demandai-je, en me sentant un peu nerveuse intérieurement. Comment était-ce ?

Un immense sourire se dessina sur son visage.

— Alors... bizarre, dit-il en clignant des yeux, et en secouant la tête. C'est probablement l'expérience la plus extraordinaire que j'aie jamais vécue.

— Alors, as-tu aimé te faire sucer par une femme géante ? demandai-je en riant.

— J'ai adoré me faire sucer par *toi*, corrigea-t-il. C'est ce qui est le plus merveilleux, en fait.

Il continuait de sourire – heureux et détendu – les bras écartés.

— Dois-je prendre cette dernière mesure maintenant ? dis-je en inclinant le menton vers le mètre ruban jeté à proximité.

Il suivit mon geste des yeux, puis éclata de rire.

— Maintenant, je suis vraiment content de ne pas être allé chez un tailleur !

— C'est clair, dis-je en riant aussi. Je pense que tu n'aurais pas obtenu *ce* type de service là-bas.

Il se redressa sur ses coudes, en rapprochant son visage du mien. Son sourire laissa place à une expression plus sérieuse.

— Tu es la seule qui me donne un sentiment de normalité, Emma. Quand je suis avec toi, même le plus sombre de mes soucis s'évanouit.

— TU VEUX QUE JE DÉTACHE mes cheveux ? Pour que tu te caches dessous ? demandai-je à Agan sur le parking du centre commercial du Centre.

Nous avions réservé un aéronef pour nous y rendre cet après-midi, après que j'avais finalement réussi à prendre toutes ses mesures.

Il était assis sur mon épaule, en portant toujours son vieux pantalon de combat. Nous étions venus au centre commercial pour acheter du tissu pour son nouveau pantalon. J'aurais pu l'acheter sans Agan, mais il s'était porté volontaire pour m'accompagner.

Je savais qu'il devait avoir des appréhensions quant à l'attention qu'il était sûr de recevoir dans un lieu public comme celui-ci. Je pouvais le mettre dans mon sac à main, il était assez grand pour contenir un chat. Cependant, j'avais le sentiment qu'Agan n'aimerait pas ça. Ce n'était pas un chat, après tout.

— Allez, dis-je en saisissant mon élastique à cheveux.

— Non, m'arrêta-t-il en me touchant la main. Je ne peux pas me cacher éternellement. Ça ne me dérange pas d'être regardé. Si tu peux y faire face, moi aussi.

— Comme tu veux.

Je laissai mes cheveux tels quels, attachés en queue de cheval, et descendis la passerelle en verre qui reliait la plate-forme d'atterrissage au dôme de verre principal du centre commercial du Centre.

— As-tu même le droit de sortir ? demandai-je.

J'imaginais que les autorités pourraient vouloir garder l'existence d'Agan secrète aux yeux du grand public, ne serait-ce que pour l'utiliser pour d'autres missions d'infiltration à l'avenir.

— Est-ce que ça risque de t'attirer des ennuis avec l'un ou l'autre des gouvernements ? ajoutai-je.

— Aucun des gouvernements ne peut me rendre mon ancienne vie, répondit-il amèrement. S'ils essaient de m'empêcher d'avoir une vie, ils peuvent aller se faire foutre.

Je comprenais son désir de vouloir faire des choses ordinaires librement, et comme tout le monde.

Le centre commercial était bondé cet après-midi. Les Voraniens passaient devant nous à la hâte, en lançant des regards curieux dans ma direction. Certains repéraient Agan sur mon épaule, en étant coupés dans leur élan. Je faisais de mon mieux pour les ignorer, en me déplaçant le long de la large allée avec des magasins de chaque côté.

— Où devrions-nous aller en premier ? demandai-je à Agan en cherchant l'un des drones d'information qui planaient normalement près de l'entrée. Je dirais que d'abord nous achetons le tissu pour toi. Ensuite, j'aimerais acheter quelques-unes de ces jolies robes qui sont à la mode dans la Cité de Voran, si cela ne te dérange pas de rester ici un peu plus longtemps.

— J'adore les robes sur toi.

Agan se rapprocha de mon cou, en enroulant sa queue autour. Le chatouillement maintenant familier de la pointe duveteuse m'envoya une chair de poule de plaisir sur les bras.

— Excusez-moi, dit une femme voranienne en s'arrêtant devant moi.

Elle inclina la tête, en fixant Agan. Des chapelets de perles colorées pendaient de ses longues cornes polies. Je glissai un regard d'admiration sur sa robe rose avec une jupe évasée jusqu'aux genoux et un ruban argenté en guise de ceinture.

Avec un taux de natalité naturel d'une femme pour dix hommes, les femmes étaient une minorité en Voran. Ici, dans le centre commercial, cependant, il y avait presque autant de femmes que d'hommes.

— Puis-je vous demander où vous avez eu cela ? dit-elle en désignant Agan avec une griffe noire soigneusement limée et vernie avec des points argentés. Est-ce un jouet électronique ou mécanique ?

— Aucun des deux, répondis-je en rougissant violemment, extrêmement offensée pour Agan. C'est...

— Je suis une IA, m'interrompit Agan, sur un ton joyeux. Une intelligence artificielle. Un drone de nouvelle génération, exporté de la planète Terre.

— Est-il disponible à la vente quelque part au Voran ?

La femme le regardait bouche bée en me parlant.

— Il n'est pas à vendre.

J'enroulai mes doigts autour de la jambe d'Agan, comme si la femme était sur le point de l'arracher de mon épaule.

— Pas encore, déclara Agan, en ajoutant délibérément une note mécanique à sa voix. L'accord d'exportation est encore au stade des négociations tarifaires.

— Oh, comme c'est dommage ! s'exclama la femme avec une nette déception. Il est tout simplement adorable. Un Ravil miniature ! s'extasia-t-elle. J'espère qu'ils les fabriqueront aussi dans d'autres espèces. J'aimerais avoir un petit mâle humain. Vos hommes ont l'air si mignons et vulnérables sur les photos que j'ai vues d'eux, complètement imberbes et sans cornes ni griffes.

Alors qu'elle s'éloignait enfin, je marmonnai dans ma barbe :

— Nous n'irons peut-être pas très loin si c'est comme ça que ça doit se passer.

— Hé, on peut s'amuser, dit Agan avec un air songeur alors que je continuais dans l'allée principale du centre commercial, à la recherche d'un magasin de tissus. La prochaine fois, dis-leur que je suis un animal exotique, élevé selon tes spécifications. Ou que je suis ton petit ami humain modifié qui a subi une série de procédures invasives pour avoir une taille de voyage pour que tu puisses me mettre dans ton bagage à main lors de tes voyages sur Neron. La fourrure et la queue s'étant avérées être les effets secondaires.

Je passai l'angle d'une allée latérale et je contournai un grand belvédère drapé de vignes et de fleurs. Plusieurs Voraniens se prélassaient dans des chaises en osier à l'intérieur. Les drones du centre commercial leur servaient du thé. De petits oiseaux aux ailes de papillon colorées et aux longues queues raffinées voletaient parmi les fleurs.

La scène appartenait plus à une garden-party qu'à un centre commercial. Mais depuis que les Voraniens avaient ramené leurs jardins à l'intérieur, la plupart des espaces intérieurs ressemblaient à cela dans la Cité de Voran.

— Oh, je sais, dit Agan qui n'abandonnait pas. Dis-leur que je suis un hologramme ou, mieux encore, le fruit de leur imagination. Seulement dans ce cas, tu devras t'enfuir rapidement avant qu'ils ne commencent à me toucher pour savoir si c'est vrai.

— Tu es juste une source inépuisable de nouvelles idées, n'est-ce pas ? répondis-je en consultant l'écran d'un drone d'information pour me diriger vers le magasin de tissus le plus proche. Un hologramme aurait au moins un bouton pour le mettre en mode silencieux, j'espère.

— Un hologramme ne te ferait pas prendre ton pied au lit, plaisanta-t-il. Ce que j'ai bien l'intention de faire ce soir, au passage.

— Agan !

Je balayai du regard les Voraniens autour de nous, en essayant de jauger si quelqu'un l'avait entendu, ce qui n'était bien sûr pas possible à cette distance, mais quand même...

— Pas de bavardages dans le centre commercial ! exigeai-je.

— Eh bien, dit-il avec un sourire qu'on pouvait percevoir dans sa voix. J'ai la position parfaite pour ça ici, juste à côté de ton oreille.

— S'il te plaît, ne me fais pas rougir en public..., le suppliai-je.

— Hé, je la connais ! retentit une voix grave retentit sous l'immense dôme de verre du centre commercial.

Un groupe de soldats ravils sortait de l'établissement le plus proche – une maison de thé.

Ils étaient six. Gigantesques et bien sûr torse nu, ils m'encerclèrent rapidement de tous les côtés.

— Tu fais partie de l'Unité Blindée Spéciale Terrestre, n'est-ce pas ? Eleven ? dit l'un d'eux avec enthousiasme. Je t'ai vue à la base militaire de Tragul, sans ta combinaison.

De nombreux soldats ravils m'avaient vu le jour où Agan et moi avions eu notre conversation avec Rick et le général Trulgadi. Personne ne m'avait approchée à ce moment-là – nous étions partis rapidement après la réunion.

— Salut. Je m'appelle Emma, dis-je en tendant la main au soldat ravil.

Il la regarda fixement pendant un moment, puis appuya deux doigts sur le côté gauche de sa poitrine, en me faisant à la place le salut de l'armée ravile.

— Je suis Aeveas. Tu es en permission, toi aussi ?

— Elle est ici avec moi, résonna la voix d'Agan de mon épaule, calme mais ferme.

— Qu'est-ce que...

Avec un doux juron dans sa barbe, Aeveas recula devant nous, tout comme les deux autres qui se tenaient plus proche de moi.

— Agan ? dit l'un d'eux en louchant sur mon épaule. Est-ce toi ?

— Qui d'autre ? répondit Agan avec un lourd sarcasme dans la voix. Pour autant que je sache, je suis le seul dans mon Unité très Spéciale d'Espions petits et Discrets.

Un éclat de rire général éclata, les six riaient alors qu'ils se rapprochèrent à nouveau.

— Par les Abysses de Krokkan ! hurla l'un d'eux, en se saisissant les côtes tellement il riait fort. Tu es encore plus petit que ta bite ne l'était !

Cela semblait mesquin, mais je me mordis la lèvre, en retenant une réponse cinglante. Je ne faisais pas partie de ce groupe et je ne pouvais pas savoir ce qui était acceptable. Pour l'instant, je laissai Agan s'en occuper.

— Es-tu en train de dire que tu as mesuré la bite d'Agan, Hahlut ? le taquina un autre.

— Non, mais elle n'aurait pas pu être plus petite que ça !

— Hé, sa taille l'a amené dans les quartiers réservés aux femmes de l'unité de divertissement, j'ai entendu dire, dit l'un d'eux en donnant un coup de coude au mâle appelé Hahlut. Certaines femmes doivent aimer leurs hommes au format de poche.

— C'est juste, déclara Agan catégoriquement. J'ai de la chance.

— Cela est certainement vrai ! ricana Hahlut. Écoute, Emma te laisse la chevaucher en public. Je ne peux qu'imaginer ce qu'elle te laisse faire en privé.

Agan bondit soudain sur ses pieds sur mon épaule.

— Ferme ta putain de gueule ! rugit-il. Retire ça ! Maintenant !

Hahlut leva les mains dans un geste apaisant.

— Ooooh. Ne me fais pas de mal, Agan, gémit-il en prenant un air dramatique, avec un sourire moqueur. S'il te plaît. J'ai si peur.

Je mis mon sac à main en toile sur mon autre épaule pour libérer mes mains.

— Puis-*je* lui faire du mal ? demandai-je à Agan, en lançant un regard à Hahlut. S'il te plaît ?

J'avais vu des soldats ravils se bagarrer suffisamment de fois pour savoir que c'était culturellement acceptable entre eux. Cependant, je ne voulais pas commettre une erreur qui pourrait conduire à plus de taquineries ou à tourner Agan en ridicule.

Il s'agrippa à mon oreille pour garder l'équilibre.

— Vas-y, Eleven.

Je marchai sur la botte de Hahlut avec ma chaussure de tennis, en déplaçant tout mon poids sur ce pied. En me dressant sur la pointe des pieds pour rencontrer son regard, je l'attrapai par la gorge.

— C'était irrespectueux et injustifié, dis-je en enfonçant mes doigts plus profondément dans son cou épais. Présente tes excuses, ou *je vais* te faire mal. En public.

Plusieurs Voraniens autour de nous avaient ralenti, en observant ce qui se passait – une petite femme humaine tenant un guerrier ravil, qui faisait deux fois sa taille, par la gorge. Cela pourrait sembler comique pour une personne extérieure, pas que je m'en soucie. J'étais déterminée à faire du mal à ce connard s'il disait encore un mot méchant à mon adresse ou celle d'Agan.

Les yeux de Hahlut regardèrent tour à tour les badauds et moi puis revinrent sur moi. Sa queue s'agitait entre ses jambes.

— C'était une blague, croassa-t-il.

— Elle n'était pas drôle.

Je le secouai, c'était comme essayer de faire vaciller une montagne. Son expression était cependant beaucoup moins stable.

— Présente tes excuses, exigeai-je.

— Désolé. Je suis désolé, marmonna-t-il. OK ?

Il semblait plus choqué et confus que vraiment effrayé par moi, mais c'était le résultat final qui comptait.

— C'est mieux.

Je le lâchai, reculai et ajustai mes vêtements – une blouse imprimée en cachemire et un jean.

— Excuses acceptées, dis-je.

Le reste d'entre eux s'était rapidement remis de leur choc initial et pouffait de rire de façon hystérique, en se tenant à nouveau par les côtes.

— Hé, je l'aime bien ! annonça l'un d'eux tout en riant, avec un clin d'œil à Agan.

— Je l'aime encore plus, dit Agan en tirant doucement sur le lobe de mon oreille. Heureusement pour vous, elle est de bonne humeur aujourd'hui.

— Nous devons y aller maintenant, dis-je en leur faisant un rapide signe de la main. C'était agréable de vous voir.

— Où vas-tu ? demanda Aeveas.

— Faire du shopping, répondit lapidairement Agan.

— Vous nous rejoignez pour boire un verre plus tard ?

— Ou pour boire *une goutte*, dans le cas d'Agan ? plaisanta quelqu'un, et tout le groupe éclata à nouveau de rire.

— Une autre fois, déclara Agan calmement alors que je m'éloignais rapidement, avec les mains qui me démangeaient à l'idée de balancer des coups sur tout le monde.

— Quelle bande de connards, marmonnai-je dans ma barbe, plus offensée par le fait qu'ils se soient moqués d'Agan que par ce que Hahlut avait dit à mon sujet. Je crève tellement d'envie de blesser tous ceux qui ont ri.

— Tu es plutôt du genre sanguinaire dans ta vengeance, n'est-ce pas ? gloussa doucement Agan. Calme-toi, Eleven. Ils ne sont pas méchants, juste stupides parfois, surtout quand ils essaient d'être drôles.

— Ils devraient *essayer* moins, car il n'y a rien de drôle à se moquer d'un ami. Tu es leur ami, n'est-ce pas ?

Il lâcha mon oreille, en s'asseyant à nouveau sur mon épaule.

— Tu sais ce qu'il y a de plus triste, Emma ? Si les rôles avaient été inversés, j'aurais peut-être été là avec eux, en me moquant du petit gars assis sur l'épaule d'une nana.

— Est-ce que tu penses qu'il y a de quoi se moquer de toi, toi aussi ?

— Probablement, oui. Je peux voir à quel point ma situation peut paraître comique d'un point de vue extérieur.

J'agrippai les poignées en corde de mon sac à main en toile que je portais sur mon autre épaule. Mon côté protecteur se renforçant encore en moi.

— Je ne vois rien de drôle dans ce qui t'est arrivé, Agan.

— C'est parce que tu vois ça de l'intérieur, avec moi. Ta taille n'a pas changé, mais tu es avec moi depuis le tout début et tu *comprends*.

Il se tut un instant pendant que je réfléchissais à ses mots. Depuis l'incident du labo, je me sentais plus proche d'Agan, en prenant ses problèmes à cœur comme s'il s'agissait des miens. L'expérience du professeur ne m'avait pas affectée physiquement, mais je ressentais profondément en moi les conséquences sur Agan.

— Peu importe, dit-il en balayant l'ambiance plombée. Ce n'est pas facile d'être petit, mais tant que ça ne *te* dérange pas que je sois « au format poche » ...

— Agan, dis-je en souriant et en secouant la tête. Tu ne pourras jamais être vraiment « minuscule », même si tu essayais. Ta taille est peut-être petite physiquement, mais tout ce qui te concerne reste plus grand que jamais.

— Ah ouais ? Comme quoi ?

— Ta confiance, ta loyauté, ton optimisme, ton courage, ta personnalité, dis-je en lui jetant un coup d'œil de côté. Combien d'hommes dans ta situation auraient le courage d'inviter une femme à sortir avec lui ?

— Eh bien, cela a pas mal aidé que la femme soit toi. J'ai su que tu m'aimais bien dès le moment où nous nous sommes rencontrés, déclara-t-il avec cette assurance arrogante qui lui était propre.

— Vraiment ? dis-je en riant. Je déteste blesser ton ego sur ce coup-là, mais j'ai vraiment commencé à t'apprécier seulement après que tu as été rétréci.

— Alors, c'est vrai ce que Hahlut a dit alors, certaines femmes aiment les hommes minuscules ?

— Ou peut-être que j'ai juste un faible pour toi, personnellement, répondis-je en caressant sa cuisse avec mon doigt, et en ajoutant doucement :

— Mon minuscule géant.

Chapitre 13

Emma

Emmène-moi au lit, Emma, demanda Agan peu de temps après que nous avons dîné chez moi ce soir-là. Je veux tenir ma promesse de te faire crier.

Assise à table avec lui, je tripotais le bord de mon chemisier. Une chaleur d'excitation me parcourut à ses mots, mais l'inquiétude l'emporta.

— Euh... Comment comptes-tu faire ça exactement ?

— Viens et je vais te montrer, murmura-t-il sur un ton séducteur.

— Tu sembles avoir un plan.

C'était toujours le cas, et j'aimais ça chez lui.

— Emma, je meurs d'envie de savoir si je suis assez grand pour sucer ton téton. Et je n'attendrai pas une minute de plus.

J'émis un petit rire nerveux.

— Oh mon Dieu, Agan ! Les trucs que tu dis...

Mais cela étant dit, mes tétons picotaient quand je pensais aux lèvres d'Agan sur eux.

— Je ne sais jamais ce qui va sortir de ta bouche, ajoutai-je.

— C'est ce qui va y entrer qui est le plus important là tout de suite, n'est-ce pas ? me taquina-t-il.

Mon visage s'échauffait alors que je fixais sa bouche. Je ne pouvais pas m'empêcher de me demander ce que cela me ferait ressentir. Il n'avait ni barbe ni moustaches, mais ses pattes étaient longues et semblaient si douces. Il avait laissé ses cheveux en bataille aujourd'hui. Les épaisses mèches ondulées encadraient son visage, en s'enroulant au-dessus de ses oreilles et en s'étalant sur son front d'une manière ébouriffée et très sexy. Qu'est-ce que ça me ferait comme effet contre l'intérieur de mes cuisses s'il ...

— Je t'ai fait réfléchir, n'est-ce pas ? demanda-t-il en m'adressant un sourire complice.

Je clignai des yeux, perdue dans mes pensées cochonnes.

— Emmène-moi au lit, Emma.

— DÉSHABILLE-TOI, ORDONNA Agan, assis sur la table de nuit près de mon lit rond blanc.

— Euh, tu veux que j'enlève tout ?

Je me tenais au pied du lit, face à lui.

— Oui. Soit tu les enlèves, soit *je* te les arrache.

Je ne pensais pas qu'il lui était physiquement possible de m'arracher mes vêtements, mais le ton autoritaire qu'il utilisait me fit croire qu'il trouverait un moyen de le faire. La simple idée de cela envoya une grosse vague d'excitation déferler dans mon corps.

Je soupirai et j'ouvris le bouton du haut de mon chemisier.

— Un petit peu plus vite.

Il passa son bras autour de son genou plié, en s'installant confortablement pendant qu'il me regardait.

— Mais pas trop vite, ajouta-t-il.

— Comme ça ?

J'ouvris le deuxième bouton puis glissai ma main vers le suivant, sans le quitter des yeux.

— Exactement comme ça..., répondit-il en hochant lentement la tête. Maintenant, montre-moi mon endroit préféré dans le monde, ma belle.

— Ici ? dis-je en faisant courir mes doigts le long de mon décolleté. C'est ton endroit préféré, maintenant ? Pourtant, tu donnais des coups de pied et tu criais quand je t'ai mis là pour la première fois.

— Je ne savais pas à quel point c'était bon jusqu'à en être privé, dit-il en ayant l'air sincèrement plein de remords. Maintenant, il faut que tu m'en montres plus !

Je respirais plus vite, ma poitrine se soulevant. L'excitation bourdonnait en moi comme une charge électrique. Après avoir ouvert le reste des boutons, je fis glisser les deux parties de mon chemisier sur le côté, en exhibant mon soutien-gorge en dentelle blanche en dessous.

— Enlève ça aussi. Je veux les voir à l'air.

Je déglutis difficilement, en faisant glisser le chemisier de mes épaules, puis je dégrafai la fermeture de mon soutien-gorge dans le dos.

— Est-ce que les femmes raviles aiment être touchées de la même manière que les humains ? demandai-je, en essayant de calmer ma nervosité.

La tension chargeait l'air entre nous alors qu'il faisait avidement parcourir son regard sur mon corps.

— Je suis sur le point de le savoir.

Il se déplaça sur la table de nuit, en écartant un peu plus ses jambes et en ajustant son nouveau pantalon que je lui avais confectionné plus tôt dans la soirée.

— Retire-le, exigea-t-il en désignant mon soutien-gorge avec impatience.

Je fis glisser les bretelles de mes bras, en laissant le soutien-gorge tomber à mes pieds.

— Magnifique.

Il s'appuya sur ses bras, en profitant de la vision du moi torse nu.

— Encore mieux que ce dont j'avais rêvé, avoua-t-il.

Mes tétons durcirent sous son regard et mes joues s'échauffèrent à cause de ses compliments.

— Tu préfères qu'un homme te lèche les tétons, les pince ou les morde ? demanda-t-il d'une voix profonde et rauque.

Ma respiration devint un peu saccadée. Qui pouvait demander ces choses ?

— Eh bien...

Chacun de ses mots envoyait une petite décharge électrique jusqu'au bas de mon ventre. Au mot « mordre », l'appréhension avait vibré dans ma poitrine, ce qui avait rendu mes seins plus lourds.

— Emma ? demanda-t-il, en attendant manifestement une réponse.

— Rien..., croassai-je.

Tout.

Une sensation de picotement se répandit dans tout mon corps, en se concentrant au bout de mes seins et entre mes jambes. Tous ces endroits chauffaient et palpitaient, avec le désir d'un contact physique, et maintenant !

Mes doigts se contractèrent pour faire exactement cela, pour me toucher.

— Enlève ton pantalon, ordonna Agan.

J'obéis, en enlevant avec empressement mon jean suivi rapidement de ma culotte en dentelle noire.

— Et pour *ça*, tu m'écoutes, marmonna-t-il dans sa barbe, un sourire satisfait jouant sur ses lèvres. Est-ce que j'ai un rang plus élevé que toi dans la chambre ? demanda-t-il en riant.

Je lui fis un haussement d'épaules en guise de réponse. Suivre ses ordres dans la chambre m'excitait. Cela ne me dérangeait pas du tout.

— Allonge-toi, exigea-t-il en faisant un geste vers le lit. Genoux levés, jambes écartées. Ne te touche pas. Laisse-moi m'occuper de tout.

Je m'allongeai sur les couvertures en faisant ce qu'il avait dit, complètement nue.

L'excitation vibrait en moi. L'appréhension était toujours là aussi, mais j'avais confiance en Agan. Sa confiance inébranlable se révélait être contagieuse. Mon désir pour lui me faisait espérer que tout était possible.

— Maintenant, quoi ?

— Maintenant, tout ce que tu as à faire est de rester immobile.

Il retira rapidement ses bottes, puis sauta sur le lit et grimpa sur mon bras.

— Aussi longtemps que tu le peux, bien sûr, ajouta-t-il avec un sourire en coin.

J'eus du mal à contrôler ma respiration saccadée.

Il marcha le long de ma clavicule, en caressant le bord de ma mâchoire avec sa main. En se penchant, il déposa un rapide baiser au coin de ma bouche, puis se dirigea vers ma poitrine, en longeant la vallée entre mes seins.

Arrivé au bout de mon sternum, il se retourna et regarda longuement ma poitrine. Ma peau picotait d'une nouvelle vague d'excitation qui me rendait sensible.

L'admiration réchauffait son visage.

— Ils sont aussi beaux que la sensation qu'ils m'ont fait ressentir.

Il tomba à genoux puis écarta les bras pour me caresser les deux seins.

Ma poitrine se soulevait et s'abaissait avec des respirations peu profondes. L'excitation me picotait partout et allumait un feu entre mes jambes.

Agan tourna son attention vers mon sein droit. En glissant les deux mains vers la pointe, il serra mon téton entre ses paumes, en le malaxant fermement.

Des frissons s'abattirent sur mon corps avec une autre charge de chaleur. Je relâchai brusquement un souffle, et il sortit avec un léger gémissement à la fin.

— Tu aimes ça ? murmura-t-il, en serrant ses mains un peu plus fort.

Il se rapprocha, en plaçant ses genoux de chaque côté de ma poitrine, en jouant avec mon téton.

La sensation se concentrait sur cet endroit-là, en devenant plus intense à chaque pression de ses mains. Des vagues de désir se propageaient dans tout mon corps, en s'accumulant entre mes jambes. Je relevai mes genoux plus haut, en cambrant le dos.

— Est-ce que nous devrions essayer ça ? dit Agan en se penchant plus près, et en ouvrant la bouche.

Ses lèvres épousaient parfaitement la pointe dure de mon téton. Chaude et humide, sa langue effleura l'extrémité de la pointe.

— Oh mon Dieu, Agan..., gémis-je en faisant rouler ma tête sur l'oreiller.

La chaleur inonda mon bas-ventre, qui palpitait de désir entre mes cuisses. Je dirigeai une main tremblante vers cet endroit, en ayant besoin de faire quelque chose pour soulager cette douloureuse tension.

Il leva brusquement la tête, le téton sortant de sa bouche.

— Non, dit-il en me fixant. Je t'ai dit de ne pas te toucher. Les mains derrière la tête !

Sur le point d'enfreindre son ordre, j'obéis sans un mot, en glissant les deux mains sous ma tête sur l'oreiller.

Il hocha la tête, satisfait.

— Maintenaaant, dit-il en faisant traîner le mot, son ton s'adoucissant. Je ne peux pas oublier cette beauté ici.

Il tourna son attention vers mon sein gauche, en mettant sa bouche autour de son extrémité.

Le raclement de ses crocs ne pouvait être empêché – mon téton remplissait toute sa bouche, en se pressant contre ses dents. Le léger picotement de ses canines acérées, cependant, ne faisait qu'ajouter au frisson attisant mon désir.

— S'il te plaît..., gémis-je, en étirant tout mon corps alors qu'une autre vague d'excitation me parcourait.

— Eh bien, puisque tu le demandes si gentiment.

En lâchant mon sein, il s'assit au milieu de ma poitrine.

— Pourrais-tu t'asseoir, s'il te plaît, ma femme géante ? dit-il avec un clin d'œil. Ce sera plus rapide comme ça.

— M'asseoir ?

Je me levai mes coudes et il glissa le long de mon ventre, en utilisant mon corps comme un toboggan.

— C'est agréable ! cria-t-il en riant. À plus d'un titre !

Il sauta sur les draps puis se tourna pour me faire face. En appuyant ses mains sur mes cuisses, il les maintint ouvertes.

Complètement exposée comme ça, je combattais l'envie de serrer les jambes, de peur de l'écraser entre elles.

— Garde tes mains au-dessus de ta tête tout le temps, m'avertit-il sur un ton sévère. Ou je vais les attacher à ce pot de fleurs là-bas.

— Oui, Agan, soupirai-je.

L'excitation et la mortification faisaient guerre en moi. J'essayais de ne pas penser à la vue dégagée de la partie la plus intime de mon corps qu'il avait actuellement.

— Tellement magnifique, murmura-t-il, en passant ses doigts dans les poils taillés entre mes jambes puis en m'écartant largement pour son plus grand plaisir.

Je sentais ses doigts traîner doucement le long de mes plis puis effleurer mon entrejambe.

Son admiration évidente soulagea la conscience que j'avais de moi-même dans cette position, en ne laissant que le plaisir de son toucher.

— Qu'as-tu prévu de faire ? Ah...

L'air quitta mes poumons en un clin d'œil alors qu'il plaçait ses mains sur l'endroit chaud et palpitant entre mes plis.

— Ça, ronronna-t-il en y frottant les mains, doucement d'abord puis en augmentant la pression. C'est ce que je vais faire jusqu'à ce que tu cries.

— Oh..., fis-je alors que ma tête roulait sur l'oreiller.

La chaleur augmentait entre mes jambes alors que le plaisir se propageait dans mon corps en vagues toujours croissantes.

— Chut, dit-il.

Il se baissa, en attrapant une partie de l'humidité luisante qui s'échappait de moi, puis continua à frotter, en alternant légèrement la force et le type de mouvements.

— N'essaie pas de parler, ma douce. Concentre-toi simplement sur ce que tu ressens.

Lui obéir était si facile. Je fermai les yeux, en abandonnant mon corps à ses mains.

— ... Et gémis, ajouta-t-il. Gémis, Emma. Fais-moi savoir quand je te fais du bien.

Tout ce qu'il me faisait me faisait du bien. Tellement, tellement de bien. Les sensations avaient augmenté, en atteignant un niveau insupportable.

— Serre tes seins entre tes mains pour moi, ordonna Agan d'une voix rauque. Caresse tes tétons, Emma.

À l'aveuglette, j'attrapai mes seins, puis pinçai mes tétons avec mes pouces. Mes hanches bougèrent de manière erratique avec une nouvelle charge de plaisir intense qui me traversa.

— C'est bien, ma grande, marmonna doucement Agan, en pressant plus fort ses mains et en accélérant sa vitesse.

Le plaisir arrivait à son point culminant, en atteignant son apogée. L'extase explosait en moi, inondant mon corps de bonheur. Mes hanches tressautaient à chaque vague orgasmique qui me traversait. Encore et encore.

— Chut. Redescends, roucoula Agan d'une voix apaisante, en éloignant ses mains de l'endroit qu'il avait rendu hypersensible.

À la place, il me massa doucement autour de cet endroit jusqu'à ce que les derniers frissons de mon orgasme s'atténuent enfin.

Puis, il remonta sur mon corps alors que je haletais encore à cause de toutes les sensations incroyables qu'il m'avait fait ressentir.

— C'était bien ?

Accroupi sur mon épaule, il écarta une mèche de mes cheveux de mon visage, le foulard que j'avais utilisé pour les retenir était depuis longtemps perdu quelque part derrière l'oreiller.

— C'était..., commençai-je en tournant la tête vers lui. Contre toute attente, c'était incroyable, Agan.

— Contre toute attente ? répéta-t-il en penchant la tête, un véritable intérêt mêlé à de l'humour brillant dans ses yeux. À quoi t'attendais-tu ?

Indépendamment de ses expériences antérieures ou des miennes, ce qui venait de se passer était quelque chose qu'aucun de nous n'avait jamais fait auparavant.

— Aucune idée, honnêtement. Tout cela est si nouveau.

Je souris paresseusement.

La béatitude post-orgasmique envahissait mon corps, en rendant mes bras et mes jambes lourds et chauds. Je n'arrêtais pas de sourire, détendue et me sentant bien. C'était peut-être la nuit la plus étrange de ma vie, mais c'était peut-être aussi la plus heureuse, réalisai-je.

— Combien de temps exactement restes-tu en Voran, Eleven ? demanda-t-il soudainement, en me tirant hors de mon état de béatitude en me forçant à penser à la réalité.

— Dix jours de plus.

Les deux semaines de ma permission initiale étaient presque terminées. Cependant, comme l'opération dans la maison du professeur avait eu lieu durant cette période, Rick m'avait accordé une semaine supplémentaire. Au départ, j'avais prévu de la refuser. Ma nouvelle combinaison était presque prête, et je savais qu'on avait besoin de moi sur Tragul.

— Et toi ? lui retournai-je la question.

— Je ne sais pas. Pour l'instant, ils veulent que je passe des évaluations médicales. Pour me surveiller...

— Quand sont ces évaluations ?

Je sentis son haussement d'épaules alors qu'il passait de mon épaule au creux de mon bras.

— Tous les jours.

— Aujourd'hui aussi, alors ?

— Je n'y suis pas allé aujourd'hui. C'était beaucoup plus amusant de faire fabriquer le pantalon, dit-il avec un sourire qui filtrait dans sa voix.

Je pouvais voir qu'il préférait ma prise de *mesures* plutôt que d'être examiné au labo.

— Vas-tu bientôt devoir retourner à l'unité de divertissement ? demandai-je.

— Je ne veux pas y retourner. Être taquiné ne m'offense pas, mais ça devient répétitif et me fatigue. Je veux rester avec toi. Au moins aussi longtemps que tu es encore sur cette planète. Est-ce que je peux, s'il te plaît ?

Là tout de suite, je pensais qu'Agan avait encore plus besoin de moi que Tragul.

— Bien sûr, Agan. Tu peux rester aussi longtemps que je suis ici.

J'essayais de ne pas penser à ce qui se passerait après, quand je devrais partir.

Il se blottit plus profondément dans le creux de mon coude, en glissant sa main sur les poils fins et blonds de mon avant-bras.

— Tu as de la fourrure, Eleven, dit-il. Dans pas mal d'endroits.

Son sourire ravi me fit rire.

— Et ça te rend heureux ?

— Je te prendrai de toutes les manières possibles, fourrure ou pas, répondit-il en déposant un doux baiser sur mon bras « velu ». Bonne nuit, Eleven. Dors bien.

Chapitre 14

Emma

Lieutenant Drankai ? s'enquit l'écran de l'IA attaché à un chariot flottant dès qu'Agan et moi entrâmes dans la zone de réception du quartier général de l'armée voranienne.

Enfin, pour être plus juste, j'y entrai, et Agan était sur mon épaule.

Les examens qu'Agan était censé subir quotidiennement se déroulaient ici dans le labo militaire.

— Oui. Je suis le lieutenant Drankai, dit Agan en feignant un salut à l'écran. Je suis là pour être piqué, sondé et palpé.

— Vous ne vous êtes pas présenté hier, lieutenant.

Un Ravil de grande taille entra dans la zone de réception. Étant donné le pantalon de combat et le plastron qu'il arborait, il appartenait sans aucun doute à l'armée ravile.

— À partir de maintenant, nous vous logerons dans ce bâtiment, pour assurer votre présence à l'avenir, poursuivit-il.

— Putain non ! dit Agan en se levant d'un bond sur mon épaule. Je ne resterai pas ici. Je n'échange pas un labo contre un autre. Et qui êtes-vous, de toute façon ?

— Je suis le général Hicrai, le nouveau chef de l'armée ravile. Calmez-vous, lieutenant, et montrez un peu de respect.

Alors que le général Trulgadi déchu s'apprêtait à faire face à un tribunal, cela n'avait été qu'une question de temps avant que quelqu'un d'autre ne prenne sa place. En regardant l'expression sévère du nouveau chef, je craignais que le changement ne soit guère pour le mieux.

Il n'avait pas considéré ma présence.

Agan salua rapidement son nouveau chef puis se laissa tomber sur mon épaule.

— Je ne resterai pas ici, marmonna-t-il, obstiné.

— En tant que votre supérieur, je vous ordonne de rester au laboratoire.

— Général..., commençai-je.

Je fis un salut puis posai la main sur mon épaule. Agan attrapa rapidement l'un de mes doigts. Puis, je continuai :

— Monsieur, s'il vous plaît, ne retenez pas le lieutenant Drankai. Sa qualité de vie...

— Et qui êtes-vous ?

Il me jaugeait du regard, de mes escarpins noirs jusqu'à mon chignon blond. Comme les évaluations avaient eu lieu au quartier général de l'armée, je portais mon uniforme de cérémonie pour cette visite.

— Je suis le lieutenant Nowak, de l'Unité Blindée Spéciale Terrestre. J'étais présente au laboratoire de Tragul lorsque l'expérience qui a rétréci le lieutenant Drankai a eu lieu.

— Ah, vous êtes *la* femelle, dit-il.

Je refoulai l'irritation qui montait en moi en entendant son ton dédaigneux.

— S'il vous plaît, Général, dis-je en gardant ma voix aussi calme que possible. Le lieutenant Drankai a rencontré quelques... euh, problèmes de transport hier. C'est pour cette raison qu'il a manqué les évaluations. En raison de sa taille très réduite, il ne peut pas commander seul un aéronef. Je l'aiderai à partir de maintenant. Je promets de l'amener ici tous les jours, et à l'heure. Il ne manquera plus jamais un rendez-vous.

Le ressentiment persistant dans les yeux jaune-vert du général ravil ne me donnait pas beaucoup d'espoir.

Le général Craxus de l'armée voranienne entra à ce moment, suivi d'un autre mâle voranien dans une combinaison de laboratoire blanche.

— Général Craxus, l'interpellai-je en me précipitant vers lui. Le lieutenant Drankai souhaite résider à l'extérieur de ce bâtiment.

— Est-ce vrai, Lieutenant ? demanda le Voranien en rivant son regard orange foncé sur mon épaule.

— Oui, répondit Agan en se levant de nouveau.

— Il ne s'est pas présenté hier, intervint le général Hicrai en se plaçant devant moi, visiblement irrité d'avoir été outrepassé.

Les deux officiers de l'armée étant du même rang et ayant des egos aussi grands, la situation était délicate. Dans l'armée ravile, le grade de général était plus élevé que dans l'armée voranienne. Le général Hicrai avait plus d'autorité, étant le chef de toute l'armée ravile. Cependant, depuis que nous étions en Voran, le général Craxus détenait plus de pouvoir localement.

En tout cas, il y avait décidément trop de généraux dans la salle à mon goût.

— C'est de ma faute si le lieutenant ne s'est pas présenté à son évaluation hier, dis-je en ne mentant presque pas puisqu'Agan avait passé la journée avec moi. Cela ne se reproduira plus.

— Emma, me gronda doucement Agan en me tirant l'oreille. Général, le lieutenant Nowak n'est en aucun cas responsable de mes actions. J'ai peu confiance en l'idée d'autres procédures de labo et je ne souhaite pas faire l'objet d'autres évaluations, d'autant plus qu'il n'y a aucune garantie que cela m'aide à retrouver ma taille originelle.

Le général Hicrai lui fit face.

— Nous pensons que les évaluations médicales sont dans l'intérêt de l'armée ravile. En tant que guerrier ravil, il est de votre devoir de vous y soumettre.

— Avec tout le respect que je vous dois, général, objectai-je. Puisque les évaluations sont effectuées par le gouvernement voranien...

— Je vous suggère fortement de rester en dehors de cela, me coupa le général Hicrai. Rien de tout cela ne relève de la juridiction de la Terre. En fait, il n'y a aucune raison pour que vous soyez ici.

— Le lieutenant Nowak m'a amené ici, général, dit Agan plus fort. C'est elle qui me fera sortir d'ici quand tout ça sera fini.

Je ne savais pas ce qui constituait une insubordination caractérisée dans l'armée ravile, mais j'étais certaine que si Agan n'avait pas encore franchi cette ligne, il s'en approchait très certainement dangereusement. Si son comportement entraînait des sanctions disciplinaires à son encontre, nous risquions d'être séparés d'une manière ou d'une autre.

— Je vous demande pardon, tout le monde, mais nous devons commencer, intervint le Voranien en combinaison blanche.

Les deux généraux le dévisagèrent puis leurs regards revinrent sur Agan et moi.

— Avant que quoi que ce soit ne commence, j'ai besoin de savoir que je serai autorisé à partir dès qu'il en aura fini avec moi.

Agan fit un geste vers l'homme en combinaison.

— Ce n'est pas vous qui prenez les décisions ici, répondit sèchement le général Hicrai.

Je touchai doucement le pied d'Agan sur mon épaule.

— Eh bien, dit-il en croisant les bras sur sa poitrine. Si jamais vous envisagez de m'utiliser à nouveau pour une mission...

Le général Craxus l'arrêta d'un geste puis échangea un regard avec le général ravil.

— Promettez-moi que vous serez ici à la même heure demain, exigea le général Craxus.

— Si vous me laissez partir aujourd'hui, je reviendrai demain, concéda Agan, sans grand enthousiasme.

— Nous sommes prêts pour vous, lieutenant, dit celui qui ressemblait à un technicien de laboratoire en bougeant rapidement, impatient d'y aller.

Le général Hicrai lança un regard noir aux deux Voraniens mais ne les contredit pas. Au lieu de cela, il cracha à Agan :

— À partir de maintenant, assurez-vous d'être à l'heure, lieutenant Drankai. Tous. Les. Jours.

Je le contournai en me dirigeant vers la civière flottant à proximité.

— Asseyez-vous, s'il vous plaît, invita Agan le Voranien en combinaison.

Je tendis la main en la gardant droite, en permettant à Agan de marcher dessus, puis je la baissai sur la civière où il passa de ma main à la surface rembourrée blanche.

Avec un léger bourdonnement, la civière se mit en mouvement, en glissant vers les doubles portes grandes ouvertes. Je m'avançai pour la suivre, mais le général Craxus m'arrêta en posant sa main sur mon épaule.

— Je vais vous demander de rester ici, dit-il.

— Pourquoi ?

Je jetai anxieusement un coup d'œil par-dessus son épaule, en gardant un œil sur Agan.

— Pour plusieurs raisons. La principale étant que votre présence dans le laboratoire est totalement inutile.

Il avait raison, bien sûr. Je n'étais ni une scientifique ni une professionnelle de la santé. Je n'étais pas non plus une parente d'Agan pour insister pour l'accompagner.

— Agan ! l'appelai-je alors que la civière était sur le point de disparaître par les portes. Je t'attendrai ici. D'accord ?

— Ça va aller, Eleven.

Il leva une main, en me faisant un signe de la main.

Mon cœur battait follement dans ma poitrine alors que je le regardais disparaître. Ce n'était pas la première fois que nous nous séparions, mais je détestais plus que jamais la sensation de le voir partir.

J'attrapai la combinaison blanche du Voranien par la manche avant qu'il n'ait lui aussi la chance de franchir les portes.

— Combien de temps cela va prendre ? lui demandai-je.

— Euh, environ une heure, répondit-il en clignant des yeux puis en les baissant vers mes doigts qui agrippaient le tissu de sa manche. Peut-être deux.

— Comment vous appelez-vous ?

— Moi ? demanda-t-il en fronçant les sourcils. Pourquoi ?

— Au cas où.

Au cas où j'aurais besoin de le retrouver pour exiger des réponses si le général Hicrai réussissait à assouvir son désir de détenir Agan ou si quelque chose d'autre n'allait pas.

— Je suis le professeur Kidreks, dit-il en redressant le dos et en libérant sa manche de ma prise. Je suis le chef de l'équipe chargée d'examiner les recherches menées par le professeur Voltuds, y compris l'expérience qu'il a réalisée sur le lieutenant. Maintenant, si vous voulez bien m'excuser, j'ai du travail à faire.

Avec un bref signe de tête, le professeur Kidreks suivit la civière qui avait emmené Agan.

Le général Craxus partit également.

— Madame Nowak..., commença le général Hicrai qui se rapprocha de moi dès que les portes derrière se furent refermées.

— *Lieutenant* Nowak, le corrigeai-je machinalement, le regard rivé sur les portes blanches qui nous séparaient désormais, Agan et moi.

— Peu importe, soupira le général en se penchant sur moi. Je ne sais pas quel genre de relation vous entretenez avec le lieutenant Drankai ou pourquoi il conclurait un quelconque accord avec vous. Cependant, je voudrais vous rappeler que vous n'avez absolument aucune autorité sur l'un de nos guerriers. Il n'y a aucun accord entre Tragul et la Terre – mariage ou autre. Le contrat de maintien de la paix sous lequel vous travaillez vient de l'accord militaire signé entre la Terre et Neron. Vous n'avez aucun droit sur Tragul et ne pouvez avoir aucune prétention envers un membre du peuple ravil.

Le général me remettait à ma place. Malheureusement, il avait raison sur tous les points.

Je carrai les épaules, en le regardant droit dans les yeux, même si je devais incliner la tête complètement en arrière pour cela. Comme tous les Ravils, il était tellement plus grand que moi.

— Je n'ai aucune prétention envers Agan, général, dis-je d'une voix ferme. Il est et a toujours été maître de sa personne. Mais je vous promets, dis-je en levant le doigt pour souligner mon point, si quelque chose de mal devait lui arriver à cause de vos mauvaises décisions ou de votre négligence, je n'aurais pas besoin de me référer à des accords. Je vous tiendrai personnellement responsable, l'alertai-je en lançant mon doigt dans l'air vers son plastron. Et ce serait regrettable.

— EST-CE QUE ÇA VA ? demandai-je à Agan quand nous fûmes enfin de nouveau seuls.

Un aéronef de location nous ramenait au bâtiment du Comité de Liaison et à mon appartement.

Il me donna un haussement d'épaules évasif en guise de réponse.

De toute évidence, il n'était pas d'humeur à parler. En temps normal, je renoncerais et le laisserais se taire pendant un moment si c'était ce qu'il voulait. Mais en considérant qu'Agan venait d'endurer une évaluation médicale après l'expérience bizarre qu'il avait subie, je ne pouvais pas rester silencieuse. Je devais savoir ce qui le tracassait et si je pouvais l'aider de quelque manière que ce soit.

— Comment était-ce ? demandai-je.

Il grimaça.

— Bien. Barbant. Invasif. Rien d'agréable qui mérite d'être ressassé, vraiment.

Il s'appuya contre le dossier du siège, en étirant les jambes devant lui.

— Est-ce qu'ils pensent qu'il peut y avoir..., continuai-je prudemment.

— Un « remède » ou quelque chose comme ça ? dit-il en ne me laissant pas finir. Non.

Nous restâmes assis en silence pendant quelques instants.

— Les seules données complètes avec lesquelles ils doivent travailler proviennent des expériences précédentes de Voltuds, finit-il par dire.

— Celles qu'il a effectuées sur les *yirzis* ?

— Oui. Les Ravils ont localisé le labo et capturé certains des *yirzis*.

Son expression sombre m'embêtait.

— C'est une bonne chose, n'est-ce pas ? J'ai donné le petit truc carré que j'avais pris au labo à Rick. Maintenant, ils ont accès à l'ensemble de cet équipement. Ont-ils compris comment l'utiliser ?

— Eh bien, ils ont rétréci un tas d'animaux de la région.

— Rétréci ? Mais est-ce qu'ils ont ramené à sa taille normale l'un d'entre eux ?

— Non.

Il se détourna, en regardant les grands bâtiments vitrés de la Cité de Voran flotter à l'extérieur du corps transparent de notre petit aéronef.

La compassion me serrait le cœur. Je pouvais imaginer à quel point cela devait être décourageant pour Agan de continuer à perdre espoir encore et encore. Même pour une personne naturellement optimiste comme lui, cela devait être dévastateur.

— Ont-ils trouvé des enregistrements de Voltuds ? demandai-je.

Il ne me regardait pas et je me demandais s'il allait répondre.

— Certains, mais rien ne me mentionne, dit-il finalement. Soit ce connard les a détruits, soit il a gardé d'énormes quantités de données dans sa tête. Cela dit, ils ont interrogé les gardes *yirzis*.

— Et ?

— Les *yirzis* que les Voltuds avaient rétrécis auraient retrouvé leur taille normale quelques secondes après l'expérience.

C'était censé être une excellente nouvelle. Sauf qu'Agan ne semblait pas content.

— C'est génial. Si les effets des rayons sont temporaires, ils peuvent tôt ou tard s'estomper pour toi aussi. Pas vrai ?

Sa poitrine se souleva avec une longue inspiration.

— Tous les sujets sont morts quelques secondes après avoir retrouvé leur taille originelle.

— Tous ? répétai-je alors que mon souffle se coinçait dans ma gorge, en formant une boule douloureuse. Ils sont... morts.

— Tous, Emma. Sans exception. Ils disent que cela a quelque chose à voir avec diverses parties du corps qui sont incapables de gérer une augmentation soudaine de taille. Elles échouent en quelques secondes, entraînant la mort du sujet.

Je serrai les poings, en luttant contre la peur qui refroidissait mes entrailles à chaque mot qu'il prononçait.

— C'étaient des *yirzis*, Agan.

Je m'accrochais à tout espoir que je pouvais fonder, réel ou imaginaire.

— De toute évidence, les rayons ont un effet différent sur les Ravils, poursuivis-je.

— C'est vrai, dit-il en expirant un petit rire triste. Rien ne dit que je reviendrai un jour à ma taille normale.

Et si c'était le cas, il pourrait mourir quelques secondes plus tard.

La peur coulait froidement le long de ma colonne vertébrale.

— De toute façon, conclut-il en se retournant finalement pour me faire face à nouveau, mes perspectives sont sombres.

Ses traits se figèrent en une expression dure et résolue, mais j'entrevoyais un reflet de mon propre désespoir au fond de ses yeux.

— Agan...

Je tendis la main vers lui, mais il se leva sur le siège et se dirigea vers moi.

En grimpant sur mes genoux, il étendit son dos le long de ma cuisse. En croisant les bras sous sa tête, il me regarda.

— Ce qui est bien, c'est que je t'ai, Eleven. Pour l'instant, en tout cas.

Chapitre 15

Emma

L'inconvénient d'avoir un mur entier en verre dans un petit appartement comme le mien était que, par une belle matinée ensoleillée, il n'y avait pas moyen d'échapper à la lumière du soleil. Peu importait combien de feuilles et de vignes il y avait sur le patio derrière la vitre, la lumière du matin inondait tout l'espace intérieur.

Un rayon de soleil implacable se fraya un chemin entre toutes les feuilles, les branches et les fleurs et se posa sur mon visage le matin deux jours après la première évaluation à laquelle j'avais emmené Agan. Je bâillai et m'étirai, en me demandant si je devais me lever et déplacer le long pot avec le treillage recouvert de vigne qui servait d'écran entre mon lit et le salon ou si je devais plutôt ordonner à Helix de le faire pour moi.

Puis, il me vint à l'esprit qu'avec le soleil qui brillait déjà, il était probablement temps de se lever de toute façon. Agan devait retourner au quartier général de l'armée pour sa prochaine évaluation.

Après un autre étirement, je roulai hors du lit... puis me figeai, en fixant l'endroit où j'avais couché Agan la nuit dernière après qu'il s'était endormi sur ma poitrine comme il le faisait chaque nuit maintenant.

Un bras reposait sur la couverture en rouleau que j'avais utilisée pour le protéger d'être accidentellement écrasé par moi dans mon sommeil. Ce bras avait les tatouages et la définition musculaire d'Agan, sauf qu'il était maintenant plus long que tout son corps ne l'avait été hier.

Il avait grandi !

Mon cœur bondit d'excitation puis se figea de peur. Ses mots quand il avait dit que les *yirzis* mouraient après avoir retrouvé leur taille d'origine me remplirent d'horreur.

Ce n'était pas sa taille originelle, loin de là, mais il avait grandi.

En ayant peur de respirer, je fis le tour du lit pour me mettre à ses côtés.

— Agan..., l'appelai-je d'une petite voix, en serrant fort mes mains glacées pour les empêcher de trembler. Chéri...

Je tombai à genoux, déchirée entre l'envie de le réveiller et la terreur qu'il ne se réveille pas du tout.

Complètement nu, il était allongé sur le ventre, un bras serrant la couverture enroulée, une jambe pliée et sa longue queue reposant sur sa cuisse. Avec une taille d'environ quarante-cinq centimètres maintenant, il était encore une version beaucoup plus petite de lui-même.

Peu importait sa taille, cependant, Agan n'avait jamais eu l'air délicat ou puéril. Ses proportions étaient toujours restées celles d'un homme adulte, fort et viril. Allongé dans mon lit, il me rappelait une œuvre d'art, chaque membre musclé sculpté à la perfection. Ses cheveux ondulés blond sable encadraient sa tête comme un halo doré, scintillant au soleil.

J'espérais désespérément qu'il soit juste en train de dormir.

— Agan, mon chou..., murmurai-je en lui caressant l'épaule, en combattant la boule qui se formait dans ma gorge. S'il te plaît...

Il prit une longue inspiration, en roulant sur le dos.

Il était vivant !

Le soulagement m'envahit rapidement. J'avais l'impression que je reprenais vie aussi.

— Dieu merci ! expirai-je.

En montant sur le lit à côté de lui, j'embrassai son visage puis son torse.

— Eh bien... Bonjour ! dit-il en souriant, en plissant les yeux dans la lumière tout en étant couvert de mes baisers. Quelle belle façon de se réveiller.

— Comment vas-tu ?

Je m'appuyai sur mes bras au-dessus de lui.

— Parfaitement bien ! répondit-il en s'étirant puis en enroula sa queue autour de mon poignet, en m'ancrant à lui. Je ne sais pas ce que tu faisais, mais s'il te plaît, continue !

— Es-tu absolument sûr de te sentir bien ?

Je cherchais sur son visage tout signe d'un symptôme ou de faiblesse.

Son sourire s'agrandit.

— Mieux que bien, Eleven, affirma-t-il en arquant le dos, son érection matinale dansant dans les airs. Envisages-tu de...

Il s'arrêta brusquement.

En se redressant sur ses coudes, il me fixa intensément.

— Emma ? Ça va ? Tu as l'air... plus petite.

En enfonçant ses mains dans le matelas, il fit un mouvement pour se lever.

— Pas si vite ! m'exclamai-je en levant les deux mains en signe d'avertissement. S'il te plaît, sois prudent. Lève-toi lentement. Laisse ton corps s'adapter un peu.

Je n'avais aucune idée de ce qu'il fallait faire ni même de ce que je devais ressentir face à sa nouvelle taille, avoir de l'espoir ou avoir peur. Là tout de suite, je ressentais les deux.

— Qu'est-ce qui s'est passé ? demanda-t-il en levant la main, la fixant, puis en la posant sur mon bras à côté de lui. Je... ai-je grandi ? dit-il en me regardant, les sourcils froncés. Suis-je sur le point de retrouver mon ancienne taille, Emma ?

Je couvris ma bouche de ma main en le regardant juste une seconde ou deux.

— Je ne sais pas si tu es encore en train de grandir, mais tu as clairement grandi du jour au lendemain, Agan. Regarde, dis-je en étendant ma main à côté de son bras. C'était la taille que tu mesurais hier, la longueur de ma main. Et maintenant, ton bras est plus long que cela. Tu as grandi, chéri.

— Laisse-moi voir.

En tenant mon doigt, il se leva.

« *Attention,* » le suppliai-je dans ma tête.

L'espoir et la peur continuaient de se battre dans ma poitrine. Le voir debout, fort et en bonne santé, aidait à faire l'emporter l'espoir, du moins pour le moment.

— Nous devons appeler le professeur Kidreks pour qu'il nous rejoigne au labo tout de suite.

Je balançai mes jambes hors du lit, prête à me lever, mais Agan serra mon doigt plus fort, en me retenant.

— Emma. Attends.

— Nous ne pouvons pas attendre, Agan. Compte tenu de ce qui est arrivé aux *yirzis* … Si ton corps a besoin d'aide pour s'adapter à l'augmentation de taille…

— Alors le professeur Kidreks ne pourra pas faire grand-chose, de toute façon, termina-t-il pour moi. Emma, tout ce qu'ils ont fait dans ce labo, c'est m'examiner, me mesurer et me tester. Personne ne sait ce qui se passe, ni comment changer quoi que ce soit. Même ce putain de Voltuds ne savait pas comment inverser les résultats de ses propres expériences. Son but était de *miniaturiser* les choses. Il n'avait fait aucune recherche sur la façon de faire grandir ses sujets.

— Nous devons faire quelque chose, Agan, marmonnai-je, effrayée pour lui et me sentant totalement impuissante.

C'était ce que devaient ressentir tous ces scientifiques au sujet du fait de redonner à Agan sa vie d'avant. Je jetai un coup d'œil à l'écran de Helix au-dessus du lit.

— Ton prochain bilan quotidien est dans plus de deux heures environ. Nous devons appeler le professeur pour qu'il nous rejoigne plus tôt.

Il secoua résolument la tête.

— Je ne suis pas pressé de le voir, et son équipe non plus.

— Mais et si ça empirait ? Et si tu...

Mourais.

Je ne pouvais pas me résoudre à dire le mot à haute voix. Ma gorge se serra, en coupant mon alimentation en air pendant une seconde ou deux.

— Si je mourais, me dit-il, alors je préférerais de beaucoup passer mes dernières minutes ici avec toi plutôt qu'être sur la civière du professeur.

Je relâchai un souffle tremblant. Une partie de moi souhaitait attraper Agan et l'emmener en urgence au labo, pour faire quelque chose – n'importe quoi. Une autre partie de moi avait compris qu'il était un homme adulte, capable de prendre ses décisions et d'être responsable de son corps. Il avait aussi très probablement raison sur le fait que le professeur ne pourrait pas faire grand-chose pour lui.

— Helix, demanda Agan à l'IA. Dans combien de temps devons-nous partir d'ici pour mon évaluation ?

— Une heure et vingt-six minutes, lieutenant Drankai, dit une voix qui sortait de l'écran de Helix.

— Nous avons assez de temps, alors.

— Pour quoi faire ? demandai-je.

Il marcha le long du matelas jusqu'à moi.

— J'avais promis de te faire un plat ravil un jour. J'ai finalement mis la main sur un coquillage d'*ozeah* hier. J'avais l'intention de le faire pour le dîner, mais...

Sa voix s'éteignit.

Oh mon Dieu, il savait. Il savait qu'il y avait peut-être une possibilité qu'il ne survive pas jusqu'à l'heure du dîner.

Mon cœur se serra et mes mains se mirent à trembler.

En prenant ma mâchoire entre ses mains, il frotta le côté de mon nez.

— Courage, ma femme géante. Ça va être une chouette matinée. Je te le promets.

Même si ce devait être sa dernière.

Cette pensée morbide traversa mon cerveau comme une balle, en me forçant à me redresser.

— Profitons de ce petit-déjeuner.

Agan me scrutait, en m'implorant.

Il se tenait devant moi, fort et en bonne santé. Souriant. Plus grand qu'il ne l'était hier. Cela était peut-être une bonne chose – ça *devait* l'être.

Il avait évidemment pris sa décision, et je n'allais pas la gâcher pour lui.

Je fis un effort pour me ressaisir et me forçai à sourire en retour.

— J'ai hâte de manger ce coquillage, Agan.

Il rit, ses traits se détendant de soulagement.

— Tu ne manges pas vraiment le coquillage, Eleven ! Juste le mollusque à l'intérieur.

Il m'embrassa rapidement sur la bouche puis sauta du lit, avant d'ajouter :

— Helix, j'ai besoin de ton aide dans la cuisine.

Oui, il était maintenant assez grand pour sauter du lit au lieu de descendre en rappel jusqu'en bas.

Ça *devait* être une bonne chose.

LES VIGNES VERTES AVEC des fleurs roses et jaunes sur mon petit patio ressemblaient à des éclaboussures de couleur sur le ciel frais du matin d'hiver à l'extérieur du vitrage.

— J'ai hâte de savoir ce que tu penses du coquillage d'*ozeah*.

Agan posa ses coudes sur la table, en me regardant avec impatience.

En raison de sa nouvelle taille, il n'avait plus besoin de s'asseoir *sur* la table. Au lieu de cela, j'avais posé ma valise sur l'une des chaises, et il s'était assis dessus, assez haut pour manger avec moi.

Alors que Helix et lui étaient occupés dans la cuisine depuis une heure, je lui avais confectionné à la hâte un nouveau pantalon à partir du tissu noir restant que nous avions acheté au centre commercial. Le pantalon que j'avais fait avant était beaucoup trop petit pour lui, maintenant. Son vieux pantalon de cuir n'avait pas non plus grandi avec lui.

Le drone de Helix plaça un long plateau couvert au milieu de la table.

— Regarde ça, m'exhorta Agan, avec enthousiasme.

Il sautillait même un peu sur sa chaise, comme un enfant qui s'apprête à ouvrir un cadeau d'anniversaire. Cette pensée me fit sourire.

Le drone souleva le couvercle du plateau, en révélant un grand coquillage incurvé au milieu. De la vapeur s'élevait du plat. Soudain, des tourbillons irisés de couleurs vives virevoltèrent le long de la spirale de la surface du coquillage.

— Ouah..., soufflai-je avec admiration. Pourquoi ça fait ça ?

— Lorsque tu sors le coquillage de l'océan pour la première fois, il est jaune pâle, expliqua Agan. Une fois cuit, la chaleur change sa couleur en violet foncé. En refroidissant à la sortie du four, il parcourt tout le spectre de l'arc-en-ciel. Il va faire ça pendant un bout de temps, maintenant, jusqu'à ce que sa température atteigne celle de la pièce. C'est joli, n'est-ce pas ?

Je ne pouvais pas détacher mes yeux des couleurs fascinantes alors qu'elles ondulaient, changeaient et dansaient le long de la surface texturée de la coquille.

— Agan. C'est tout simplement spectaculaire ! Je n'ai jamais rien vu de tel auparavant. Merci.

Il se pencha en arrière, un sourire heureux courbant ses lèvres.

— Je voulais que tu voies ça. Je savais que ça te plairait.

— Comment est-ce que ça se mange ?

— Comme ça.

Il attrapa deux ustensiles sur la table. Avec leurs extrémités recourbées, il accrocha la chair cuite du mollusque à l'intérieur de la coquille puis tira. Il la sortit en un seul morceau, comme une longue saucisse jaune légèrement courbée, conique à une extrémité.

Le drone de Helix avait déjà placé un petit plateau allongé devant chacun de nous. Une extrémité du plateau contenait un petit plat avec une sauce crémeuse.

— Tu coupes un morceau, commenta Agan, en coupant le mollusque en tranches rondes et nettes. Ensuite tu le trempes dans la sauce et tu le manges.

Il trempa un morceau dans mon plat à sauce puis le plaça sur mon plateau.

— Essaie ! C'est bon. Cela dit, rien n'est comparable à son apparence, bien sûr.

J'attrapai le morceau avec mon ustensile et j'en pris une bouchée. Sa texture était tendre et onctueuse, comme une coquille Saint-Jacques. Le goût, je pensais, venait principalement de la sauce, parfumée avec une pointe d'épice.

— C'est très bon, dis-je en lui faisant un signe d'approbation.

Ce n'est qu'à ce moment-là qu'Agan commença à manger.

— Cela t'a pris du temps pour trouver ça sur Neron ? demandai-je en admirant les couleurs toujours changeantes de la coquille. Ils ne sont pas populaires ici, hein ?

— Ce n'est pas très répandu. Le processus de cuisson des coquillages d'*ozeah* est délicat. Si ce n'est pas bien fait, la coquille devient sombre, et c'est le spectacle de couleurs qui fait vraiment le plat – ça et la sauce. Le goût réel du mollusque est très léger en soi.

— Comment fais-tu pour réussir le processus de cuisson ? Tu t'es entraîné un peu, sur Tragul ?

— Ma famille vient d'un petit village au bord de l'océan. Quand j'étais petit, les *ozeahs* étaient presque la seule chose que nous mangions.

Il n'avait presque jamais parlé de son enfance ou de sa famille auparavant.

— Pourrais-tu m'en dire plus sur la vie dans ton village, s'il te plaît ?

Il leva les yeux vers moi puis les baissa, ses cils incroyablement longs projetaient des ombres sur la fourrure veloutée de ses joues.

— Je ne me souviens pas de grand-chose, admit-il. Je me souviens être allé pêcher avec mon père. Nous plongions pour récupérer des coquillages d'*ozeah*. Ils ne sont pas faciles à repérer dans l'eau orange de l'océan.

— Mais l'océan est vert sur Tragul.

— En surface, c'est à cause de la vie végétale microscopique et de la façon dont la lumière du soleil s'y reflète. Mais l'eau est orange, tout comme dans les rivières. Le jaune des coquillages d'*ozeah* s'y mélange. Mais plus tu plonges profondément, plus il fait sombre – les coquillages pâles commencent à se détacher de l'eau sombre. C'est comme ça que mon père les récupérait, en plongeant aussi profondément que possible. J'étais trop jeune pour plonger si loin, alors je restais près de la surface, en chassant les bancs de mouches aquatiques en attendant que Père revienne. Mère cuisinait les *ozeahs* dans un énorme four à pierre devant notre maison. Peu importe combien de fois je l'ai vue enlever le couvercle du plat, cela m'a toujours coupé le souffle de voir les couleurs bouger et changer.

Le spectacle de couleurs était fascinant, presque magique, je devais en convenir.

Il mit un autre morceau d'*ozeah* dans sa bouche.

— Le goût n'est jamais tout à fait le même que lorsque Mère le préparait, peu importe combien je m'efforce de le recréer, dit-il en poussant un soupir. Peut-être parce que j'ai besoin d'avoir à nouveau cinq ans pour que ça ait exactement le même goût qu'à l'époque.

Je pensais que les souvenirs restaient ancrés dans le temps où ils s'étaient produits pour la première fois. Il n'était jamais possible de les reproduire complètement.

— Ta famille te manque.

Ce n'était pas une question, je le savais, mais je voulais qu'il continue de parler. Il avait dit une fois que je le comprenais, j'espérais qu'il savait qu'il pouvait aussi me faire confiance avec ses souvenirs les plus précieux.

— Oui. Ça ne fait plus aussi mal qu'avant, mais ils me manquent toujours. Tous les jours, dit-il en levant les yeux vers moi.

La lumière traversa les ténèbres de son regard.

— Mère t'aurait adorée. Je pense que tu l'aurais adorée aussi. C'était une grande couturière. Elle faisait des choses incroyables – tricoter, perler, feutrer, broder, etc. Père aurait été très troublé par toi, cela dit, gloussa-t-il. Un peu comme je l'étais... Je le suis toujours, pour être honnête.

— Est-ce que je te trouble, Agan ? demandai-je en souriant.

— Je pense que tu ne cesseras jamais de me surprendre, Eleven. Je me sens juste mieux préparé à gérer toutes les nouvelles découvertes te concernant, maintenant.

— Il n'y a pas tant que ça me concernant. Vraiment.

Je ris en secouant la tête.

— Si, *beaucoup*, Emma. Tellement, je ne suis pas sûr qu'une vie me suffirait pour tout apprendre sur toi.

Je regardais les vrilles de couleur s'enrouler et s'emmêler à la surface de la coquille extraterrestre. Une vie passée avec Agan, à apprendre à se connaître, ressemblait à un rêve lointain – celui que je ne savais même pas que j'avais, mais que je ne voulais pas abandonner. Mon cœur se serra de nostalgie.

— Parle-moi de ta famille, Emma, demanda-t-il. As-tu des frères et sœurs ?

Je clignai des yeux, tirée de mes rêves par sa question.

— Non. Pas de frères et sœurs, marmonnai-je. Je suis enfant unique.

— Comme moi, alors, dit-il en hochant la tête. Qu'en est-il de tes parents ? Sont-ils vivants et en bonne santé ?

— Oui. Ils sont tous les deux de retour sur Terre. Ils m'ont incroyablement soutenue dans ma carrière, mais je sais qu'ils préféreraient que je sois plus près de chez eux.

— Est-ce qu'ils quitteraient la Terre pour être plus près de toi ici ?

C'était une question très rhétorique de sa part, bien sûr – mon propre temps dans cette partie de la Galaxie étant compté.

— Notre contrat avec les Voraniens se termine dans quelques semaines. Même s'il est prolongé, je ne suis ici que temporairement.

Avant, j'avais toujours hâte de finalement rentrer à la maison. Cette fois, cette pensée me remplissait d'une tristesse inattendue. Quitter Tragul signifiait dire au revoir à Agan pour de bon.

— En théorie, oui, poursuivis-je en me râclant la gorge. Je crois que mes parents sont assez aventureux pour envisager de déménager sur d'autres planètes. Ils sont tous les deux à la retraite, maintenant. Maman était couturière. Papa est un ancien militaire. Il est la raison pour laquelle je suis rentrée à l'académie. Je voulais être comme lui, et je n'aurais pas laissé ma taille ou mon sexe m'en empêcher, dis-je en croisant son regard. Peu importe ce qu'on dit ou fait.

— Je suis désolé pour tous ceux qui ont déjà essayé de t'empêcher de faire le travail que tu aimes... y compris moi-même, ajouta-t-il en riant.

— Eh bien, tu as fait volte-face. En quelque sorte.

Il se frotta le front.

— Pour être honnête, je suis encore sous le choc. Chaque fois que je te vois en action, je suis à nouveau surpris. Mais je ne peux pas nier tes capacités. Si c'est ce que tu veux faire, alors l'armée est là où est ta place.

— Alors, la guerre pourrait être aussi une affaire de femme après tout ? demandai-je en inclinant la tête.

— Je ne peux pas parler au nom de toutes les femmes, mais c'est certainement *ton* travail, et tu y excelles. Je ne peux pas te quitter des yeux durant un combat, dit-il avec une admiration évidente sur le visage.

— Tu aimes me regarder botter des culs ?

Je haussai les sourcils en souriant.

— En fait, quand je te vois combattre un mâle deux fois plus grand que toi, je suis partagé entre terreur et admiration totale. En même temps... ta vue en action m'excite, ajouta-t-il avec un léger gémissement.

Je faillis m'étouffer avec mon morceau d'*ozeah* en riant.

— Qu'est-ce que tu trouves si sexy ? Est-ce la façon dont je donne des coups de pied ou la façon dont j'utilise mes lames ?

Il se pencha en avant, en croisant les bras sur la table. Ses yeux – de la même couleur vive que les vignes autour de nous – s'arrêtèrent sur moi. Le sourire avait complètement disparu de ses yeux, maintenant.

— C'est comme ça que tu es, Emma. Tout ce qui te concerne est remarquable.

Je ne l'aurais jamais deviné quand je l'avais rencontré pour la première fois, mais Agan s'avérait être le partenaire idéal. Non seulement il était doué au lit, mais il était également capable de mener une conversation intime avec du contenu. Pas étonnant que notre rendez-vous de Saint-Valentin se soit prolongé pendant des jours jusqu'à maintenant, et je n'avais aucune envie d'y mettre fin.

Le temps passé avec lui était agréable et confortable. C'était naturel, comme si nous étions ensemble depuis toujours.

Comme si nous étions faits l'un pour l'autre.

Chapitre 16

Emma

Encore combien de temps ? demandai-je à l'IA du quartier général de l'armée.

Son écran était monté sur un support qui me rappelait un aspirateur-balai sur roulettes.

— L'évaluation est toujours en cours.

Sa voix impassible me tapait sur les nerfs.

J'avais arpenté la zone de réception pendant ce qui semblait être des heures. Ce matin, l'évaluation médicale d'Agan avait pris beaucoup plus de temps que d'habitude. Je soupçonnais que cela ait quelque chose à voir avec son augmentation soudaine de taille du jour au lendemain.

Et s'il y avait finalement des complications ?

Ne pas être tenue au courant me torturait.

— J'ai besoin de savoir pourquoi ça prend si longtemps, demandai-je à l'IA. Y a-t-il un problème ?

— Je ne suis pas autorisée à vous fournir ce type de renseignements.

— Alors qui est autorisé ? dis-je en élevant la voix devant l'appareil. Quelqu'un devrait pouvoir me dire ce qui se passe.

La triste vérité était que personne n'était réellement obligé de me fournir des informations concernant Agan. Le général Hicrai avait tout à fait raison lorsqu'il avait dit que je n'avais aucun droit concernant Agan.

— C'est l'heure du déjeuner, lieutenant Novak, suggéra l'IA d'un ton amical mais qui n'aidait absolument pas. Pourquoi n'iriez-vous pas à l'étage supérieur pour profiter d'un repas dans le jardin de la cour ?

Je regardai l'écran avec un sourire forcé, et je dis, sur le même ton :

— Pourquoi n'arrêtez-vous pas de me dire quoi faire et à la place me dire ce qui se passe dans ce labo ?

— Le laboratoire est actuellement en train d'être nettoyé et désinfecté, répondit soudainement l'IA.

— Que voulez-vous dire ? Est-ce qu'il est vide, alors ?

Je réalisais que même si l'IA n'était pas autorisée à me tenir au courant du statut d'Agan, il ne lui avait pas été explicitement interdit de partager le statut de la zone avec moi.

— Il n'y a plus personne ? insistai-je.

— Non. La salle d'examen est vide.

— Depuis combien de temps est-elle vide ?

Je plissai les yeux devant l'écran.

— Depuis vingt-deux minutes.

C'était plus de temps qu'il n'en fallait pour qu'Agan me rejoigne.

Où était-il ?

Personne n'avait pris la peine de m'informer qu'on l'avait déplacé. Pourquoi le feraient-ils ? Je n'étais pas de la famille d'Agan. Je n'appartenais pas à son armée ni même à sa planète natale. Peu importait ce qu'il pensait de moi ou ce que je ressentais pour lui, qu'il s'agisse d'un gouvernement ou de l'autre, je n'étais personne pour lui.

Comment pourrais-je le retrouver, maintenant ?

— Est-ce que d'autres pièces du bâtiment ont été occupées récemment ? demandai-je à l'IA.

S'ils avaient décidé de détenir Agan sans me le dire, ils devaient l'avoir mis quelque part.

— Qu'entendez-vous par récemment ?

— Au cours des vingt-deux dernières minutes, dis-je.

Avant d'ajouter rapidement :

— Disons vingt-trois, maintenant.

— Oui. Deux salles de réunion ont été occupées pendant cette période.

L'écran s'éclaira avec des plans d'étage et des numéros de salle.

— Voulez-vous que je réserve l'une des salles disponibles ? demanda l'IA.

— Non.

Je reconnaissais l'emplacement des deux pièces mises en évidence sur l'écran de l'IA. L'une d'elles était la même pièce où Agan et moi avions eu la réunion avec Rick et le général voranien, avant notre mission chez le professeur Voltuds.

— Après réflexion, dis-je à l'IA. Je pense que je vais suivre votre conseil et aller déjeuner. Si quelqu'un me cherche, veuillez me localiser via l'un de vos appareils. Je me renseignerai également auprès de l'un de vos drones dans les jardins ou la cafétéria.

J'avais l'intention de faire exactement cela, juste après être allée examiner la salle de réunion en premier, cela dit.

En quittant l'accueil du laboratoire, je pris l'ascenseur en forme de tube en verre jusqu'à l'étage où se trouvait la salle de réunion où nous avions été la dernière fois. Plus je me rapprochais, plus le sentiment qu'Agan était là grandissait en moi.

En m'approchant de la porte blanche en verre dépoli de la pièce, je plaçai mon oreille contre la vitre, en écoutant les voix derrière elle. Je ne reconnus aucun d'elles comme étant celle d'Agan, mais les voix graves des deux généraux étaient clairement reconnaissables. Au moins, l'un d'entre eux devrait être en mesure de me donner des réponses.

— Madame, c'est une réunion privée, fit une voix sortant de l'écran IA monté près de la porte en s'animant.

— Je dois y assister aussi, insistai-je.

Cela faisait bien plus de vingt minutes depuis la fin de l'évaluation d'Agan. Que lui faisaient-ils, maintenant ? Où l'avaient-ils envoyé ? Je savais qu'il ne voulait pas rester dans ce bâtiment une seconde de plus que nécessaire. Ils devaient le retenir contre son gré.

L'écran clignota lorsque le logiciel de reconnaissance vocale et faciale du système se mit en marche.

— Lieutenant Nowak, vous étiez censée être à la cafétéria, me réprimanda l'IA, avec un léger ton renfrogné filtrant à travers sa voix généralement impassible.

— J'ai décidé de passer par ici, d'abord.

— Vous n'êtes pas sur la liste des participants agréés.

— Eh bien, je devrais l'être, répondis-je en plaçant les deux mains sur la porte, en essayant de l'ouvrir. Pourriez-vous me laisser entrer s'il vous plaît ?

Peut-être que si je me dépêchais, j'aurais encore une chance de raisonner les gens qui retenaient Agan en captivité.

— Veuillez vous éloigner de la porte. Vous n'êtes pas sur la liste...

La frustration face à la résistance obstinée de l'IA entra en collision avec mon inquiétude pour Agan, en déclenchant une explosion de colère.

Je craquai, en perdant patience.

— Bon, vous savez quoi, ça suffit ! Si vous ne voulez pas me laisser entrer, j'entrerai moi-même.

En remontant la jupe de mon uniforme, je donnai un coup de pied, en le faisant claquer contre la porte vitrée aussi fort que possible. Le verre blanc laiteux se brisa sous l'impact du talon dur de mon escarpin noir.

L'écran AI se mit à clignoter en rouge.

— Vous ferez face à une action disciplinaire pour vandalisme et pour...

— Bien. Envoyez le rapport au capitaine Miller.

J'enjambai les éclats de verre pour entrer dans la pièce.

— Qu'est-ce que tout cela ? dit le général Craxus en se levant de son siège à la table hexagonale, en pointant ses cornes d'un air menaçant vers moi.

— Lieutenant Nowak ! cria le professeur Kidreks en bondissant de sa chaise avec un bruit de choc étranglé.

— C'est pour ça que l'armée n'est pas un endroit pour les femmes ! s'exclama le général Hicrai en sautant également sur ses pieds, son visage virant rapidement au rouge vif sous la fine couche de sa courte fourrure brun doré. Elles sont indomptables ! ajouta-t-il.

Assis sur une large planche placée sur les accoudoirs d'une chaise qui était près de la table, Agan était le seul dans la pièce à rester assis après mon entrée, certes, dramatique. Son sourcil levé, il me regarda avec un sourire chaleureux sur le visage et une étincelle d'amusement dans les yeux.

— Oh, Eleven...

Il secoua la tête avant de la laisser tomber dans sa main.

L'anxiété qui me tourmentait s'était quelque peu atténuée en le voyant là, sain et sauf.

— Que se passe-t-il ici ? demandai-je en éloignant mon regard d'Agan pour le diriger sur toutes les autres personnes présentes.

— Réalisez-vous, lieutenant, que vous n'avez aucun droit de poser des questions ? dit le général Craxus sur un ton bourru, ses cornes toujours braquées dans ma direction.

— Exactement ! dit le général Hicrai en enrageant. Et vous n'avez absolument pas le droit d'être ici non plus.

Il se tourna vers le drone IA le plus proche avant de poursuivre :

— Assurez-vous d'envoyer un rapport à ses supérieurs. Elle doit être évacuée de Neron dès que possible. Sa place est sur le vaisseau spatial de la Terre.

J'inspirai pour me préparer à argumenter.

— Je ne le ferai pas ! dit Agan rapidement, haut et fort. Si vous renvoyez le lieutenant Nowak de la planète, je ne ferai pas ce que vous voulez que je fasse.

— Vous ne pouvez pas refuser ! rugit le général Hicrai. C'est votre devoir envers Ravie. Et envers Tragul. C'est un ordre, soldat !

— Qu'est-ce qu'ils veulent te forcer à faire ? demandai-je en m'approchant d'Agan.

— Ce dont nous avons discuté ici ne doit être partagé avec personne, lieutenant Drankai, s'éleva la voix du général Craxus en guise d'avertissement. Le lieutenant Nowak ne fait pas partie de cette réunion, ni de votre mission.

Il se tourna vers moi et m'ordonna :

— S'il vous plaît, quittez la pièce, immédiatement !

Je faisais face aux deux généraux.

— Je me porte volontaire, dis-je.

Les yeux d'Agan, qui s'alarmait, s'agrandirent.

— Eleven, non !

— Qu'est-ce que vous racontez ? se moqua le général Hicrai.

— Volontaire pour quoi ? demanda l'autre général en fronçant les sourcils.

— Quelle que soit la mission pour laquelle vous envoyez Agan, je me porte volontaire, dis-je en traînant une chaise jusqu'à la table en m'y asseyant. Voilà, je fais aussi partie de sa mission et je dois être présente à cette réunion. Maintenant, éclairez-moi.

— Emma, dit fermement Agan. Tu ne peux pas venir avec moi, pas cette fois.

Je lui jetai un regard interrogateur.

— Qu'y a-t-il de si différent cette fois-ci ? lui demandai-je.

— Lieutenant..., commencèrent les deux généraux en même temps.

On ne savait pas vraiment s'ils s'adressaient à Agan ou à moi. S'ils étaient sur le point de me réprimander une fois de plus ou s'ils voulaient empêcher Agan de dire ce qu'il dit ensuite.

— Je vais dans les Abysses de Krokkan pour éliminer l'Esprit central des *fescods,* Emma.

— C'EST... DU SUICIDE. Et ils devraient le savoir.

Je serrai les poings sur la table devant moi, en évitant de regarder Agan.

Il avait insisté pour avoir quelques minutes pour me parler en tête-à-tête. Aucun des généraux n'avait beaucoup discuté pour autoriser cela. Même le général Hicrai s'était levé et avait quitté la pièce avec seulement un petit grognement.

Leur complaisance soudaine avait prouvé ce que je pensais. Ils savaient qu'Agan était un homme mort. Et les gens n'argumentaient pas avec les morts, dans aucun monde ni sur aucune planète.

Je l'entendis inspirer profondément.

— La raison pour laquelle le général Trulgadi a ruiné sa réputation et s'est associé à un escroc comme Voltuds, c'est parce qu'il espérait trouver un moyen d'éliminer les *fescods* qui sont une menace pour notre pays, une bonne fois pour toutes, expliqua Agan. Les tuer un par un nous a permis de libérer certains territoires au plus profond de Ravie, mais nous n'avons pas fait de réelles avancées depuis des années. Plus nous en tuons, plus ils se multiplient.

Je n'arrêtais pas de fixer mes mains sur la table devant moi. Mes articulations devenaient blanches à cause de la tension de mes poings fermement serrés.

— Comment ton général espère-il en finir ? En les rétrécissant ?

Il acquiesça.

— Il avait entendu parler de Voltuds et de son travail, et il lui a offert un endroit sûr pour continuer ses recherches au-delà de Neron.

— En échange d'une super-arme ?

— Juste. Malheureusement, il est devenu clair assez rapidement que les *fescods* ne pouvaient pas être réduits, pas par les moyens que Voltuds développait. Les rayons lumineux se reflètent sur leur peau, y compris ceux que Voltuds a utilisés dans ses recherches. Non pas que cela ait dissuadé le professeur de poursuivre ses recherches sur d'autres espèces, comme tu le sais, dit-il en posant la main sur mon poing sur la table. Emma, le général Trulgadi n'a jamais autorisé les expériences sur moi ou sur un autre Ravil, mais voilà où nous en sommes. C'est arrivé. Les deux gouvernements veulent maintenant profiter de cette opportunité...

Je me tournai rapidement pour lui faire face.

— Comment prévoient-ils exactement de t'utiliser ?

— As-tu déjà vu des images de l'esprit des *fescods* dans les Abysses de Krokkan ? demanda-t-il.

L'emplacement exact de l'Esprit des *fescods* avait été confirmé il y a environ un an et demi. Cependant, personne ne pouvait trouver un moyen de le détruire. L'Esprit était logé à l'intérieur de la coquille d'une créature marine géante qui avait vécu sur Tragul à l'époque préhistorique. L'os du squelette, en forme de bulle poreuse, était considéré comme indestructible par les armes actuellement disponibles pour l'une ou l'autre des espèces.

J'avais vu les dernières images prises de loin dans l'eau.

— Oui. La coquille de l'Esprit ressemble à un morceau de nid d'abeille ou à une éponge.

Il acquiesça.

— C'est poreux. Il y a des millions d'années, la coquille était le squelette d'un mollusque géant. Lorsque la créature est morte, une autre vie s'est formée en elle. C'est la théorie pour expliquer la façon dont les *fescods* sont apparus. Ils sont issus de ce seul organisme – leur cerveau. Ils n'en sont que des prolongements, capables de naviguer à la surface et de faire des ravages sur notre terre, sous le commandement de leur esprit statique. Il communique avec chacun d'eux en envoyant des ondes à travers les nombreuses ouvertures de la coquille. Il a été récemment confirmé que les ouvertures sont trop petites pour qu'une personne ordinaire puisse s'y glisser pour atteindre le centre.

— Agan, non... s'il te plaît.

Plus il parlait, plus les intentions des gouvernements devenaient claires, et plus mon cœur me faisait mal.

Je dépliai mes poings pour prendre sa main dans la mienne – petite, mais rugueuse et anguleuse, elle agrippa mes doigts avec une force considérable.

— Tout ce que j'ai toujours fait, Emma, presque toute ma vie, d'autant que je me souvienne, c'est les combattre, dit-il en me regardant dans les yeux, intensément. Il y a eu des avancées et des reculs pendant toutes ces années – nous gagnions une bataille, nous en perdions une autre. Depuis des décennies. Peu importe combien on en tuait, il y en avait toujours plus. As-tu déjà vu des *fescods* se multiplier ?

Je secouai la tête de droite à gauche. Les *fescods* ne se reproduisaient pas, ils se divisaient comme des cellules. Je le savais, mais je ne l'avais jamais vu de mes propres yeux.

— C'est déstabilisant, c'est le moins qu'on puisse dire, poursuivit-il. Ils convulsent sans signe avant-coureur. Une ligne pâle se forme au milieu de leur corps. Elle se resserre ensuite, comme un élastique, en faisant gonfler les deux parties de chaque côté. L'instant d'après, le *fescod* que tu as combattu se divise en deux, les deux parties étant immédiatement prêtes pour le combat.

— Cela semble...

Terrifiant.

— Décourageant, termina-t-il pour moi. Toute la force ennemie double juste devant tes yeux. Cela rend tes efforts inutiles. Peu importe ce que tu fais, peu importe à quel point tu te bats et combien tu en tues, il y en aura toujours plus. Impitoyables, sans cœur et meurtriers. Gouvernés par le pouvoir solidement caché au fond de l'abysse inaccessible, dit-il en me caressant tendrement la main. Tu es aussi une soldate, Emma. La guerre est notre job, mais la paix est le but ultime de toute guerre, n'est-ce pas ? La plupart des Ravils ne se souviennent plus de ce qu'était la paix. Beaucoup n'en ont jamais fait l'expérience.

J'inspirai profondément, en ressentant sa frustration. Je comprenais le désespoir de son peuple et le désir de mettre fin à la guerre qui semblait souvent interminable.

Cependant, je n'étais pas prête à sacrifier la vie d'Agan pour cela. Peu importait combien ce sacrifice serait grand ou noble.

— Il y a des raisons pour lesquelles les *fescods* cachent leur cerveau central à cet endroit, Agan. Les Abysses de Krokkan sont inaccessibles.

Dans les profondeurs des eaux vert-orange de l'océan tragulien, les Abysses de Krokkan n'étaient pas un lieu où les créatures de surface pouvaient survivre, en dehors des *fescods*. La pression massive de l'eau à cette profondeur écraserait à mort tout être vivant, bien avant qu'il n'atteigne le fond.

— Avant que j'atterrisse sur les genoux du professeur Kidreks en tant que nouveau sujet de laboratoire, déclara Agan, une autre de ses équipes avait travaillé sur un matériau capable de résister à la pression de l'océan dans les abysses. Ils avaient même fabriqué une capsule grandeur nature et une combinaison de plongée, avant que des images 3D plus détaillées ne confirment qu'une personne adulte ne passerait pas à travers les mailles de la coquille. Apparemment, ils avaient l'idée de m'envoyer là-bas depuis un certain temps. Mais parce que j'ai soudainement augmenté de taille récemment, le projet a été accéléré. Ils sont en train de me fabriquer une combinaison à l'instant où nous parlons. Ce sera prêt demain.

Demain.

Si tôt.

Bien sûr, je comprenais que la taille d'Agan lui conférait un avantage par rapport à n'importe qui d'autre. Plus petit qu'un enfant, il pouvait passer par les plus petites ouvertures de la coquille pour atteindre le corps de l'Esprit à l'intérieur et le détruire.

— Ta taille actuelle peut t'aider à y arriver, mais cela ne te rend pas invincible, Agan. Tu es tout aussi vulnérable que le reste d'entre nous, voire plus.

— Eh bien, merci, dit-il en faisant une grimace.

— C'est vrai. Tu peux facilement te blesser.

Les *fescods* étaient capables d'ajuster leur pression interne pour correspondre à celle qu'il y avait à l'extérieur de leur corps et n'avaient aucun problème pour survivre sous l'eau. Des centaines de *fescods* gardaient la coquille et l'Esprit à l'intérieur, prêts à éliminer quiconque ou quoi que ce soit qui menacerait l'Esprit.

— Sans vouloir t'offenser, peu importe à quel point tu étais fort et redoutable auparavant, Agan, un *fescod* t'éliminerait rapidement, maintenant.

Il pencha la tête, une étincelle de défi éclairant ses yeux verts qui brillaient.

— Il faudrait qu'il m'attrape d'abord.

Il sourit.

Je poussai un soupir. La peur serrait mon cœur avec des doigts glacés que même la chaleur de son sourire ne pouvait faire fondre.

— J'aimerais que les drones puissent faire ça, dis-je en secouant la tête.

— Malheureusement, ils ne peuvent pas.

Je le savais – cette information faisait partie de notre briefing avant même que mon unité n'arrive à Tragul. L'Esprit communiquait en envoyant des signaux à tous les *fescods*. Il détectait également les ondes d'énergie qui l'entouraient, ce qui rendait impossible l'utilisation de la technologie. L'Esprit avait facilement détecté tous les drones envoyés dans les abysses et avait ordonné aux *fescods* de les détruire bien avant que l'un des appareils ne puisse s'en approcher.

J'avais également entendu dire que le gouvernement voranien avait interrompu ses efforts d'exploration des abysses, en craignant qu'en étant trop importuné, l'Esprit ordonne aux *fescods* de le déplacer ailleurs. Il avait fallu près de deux décennies aux Voraniens pour le localiser, et ils ne voulaient pas risquer de devoir recommencer.

— Ne sois pas en colère, Eleven, supplia Agan, probablement préoccupé par mon expression sombre.

— En colère ? Eh bien, je devrais l'être.

Une peur et une inquiétude dévastatrices m'oppressaient la poitrine. La colère semblait plus facile à supporter, seulement contre qui pourrais-je être en colère ? Si seulement se fâcher contre quelque chose pouvait changer les choses.

— Avais-tu prévu de me parler de cette... mission suicide ? Ou allais-tu simplement t'envoler comme ça ? lui demandai-je.

— Bien sûr que j'allais te le dire. Je ne serais pas parti sans te parler. Et ce n'est pas une mission suicide, Eleven. J'ai bien l'intention de revenir pour te retrouver. Je ne serai pas entièrement seul non plus. Un guerrier ravil vient avec moi jusqu'en bas pour m'aider à m'occuper des *fescods* qui gardent l'Esprit si nécessaire, dit-il en serrant à nouveau ma main fermement. Je dois le faire, Emma. C'est peut-être la seule chance de mettre fin à tout cela. Je n'aurais jamais pensé que je vivrais assez longtemps pour voir cette guerre se terminer. Maintenant, je pourrais y mettre fin moi-même, en moins d'une journée.

Je comprenais autant que ça me dévastait. J'étais aussi une soldate. J'avais perdu des batailles et éprouvé la frustration de la défaite. Sauf que les guerres que j'avais menées n'avaient pas eu lieu dans ma patrie. Ma famille, mon mode de vie, mon pays n'avaient pas été mis en danger. Lors d'une mission, je risquais ma propre vie, rien de plus.

Pourtant, j'avais toujours le même objectif lorsque je m'engageais dans une bataille : gagner.

La vie entière d'Agan avait été une bataille continue. Et il venait d'avoir la chance d'atteindre son objectif : la gagner, une fois pour toutes.

Si j'avais été à sa place, je n'aurais pas laissé passer cette chance non plus. Mais comme c'était lui qui était en danger, je ne pouvais pas l'accepter.

— Je viens avec toi, dis-je en me redressant.

— Non.

Sa voix était ferme et inflexible.

— Tu ne fais pas ça sans moi, Agan. Tu auras besoin d'aide.

— J'aurai de l'aide. Comme je l'ai dit, quelqu'un viendra avec moi dans la capsule. Il me ramènera ensuite une fois que j'aurai terminé.

Pendant ce temps, je l'attendrais à la surface, en perdant la tête, tandis qu'il risquerait sa vie sous les profondeurs de l'eau. Et s'il lui arrivait quelque chose en dessous, je ne le saurai peut-être même jamais...

Je me mordis la lèvre, durement, en me concentrant sur la douleur physique pour m'empêcher de m'effondrer.

— Te ramener est *mon* travail, Agan. C'est ce que *je* fais.

Un large et chaleureux sourire se dessina sur son visage.

— Oui, c'est vrai, ma femme géante. Et tu as été formidable pour me ramener sain et sauf. Cette fois, cependant, dit-il en clignant de l'œil, avec une étincelle taquine dans les yeux. Je vais demander à quelqu'un sans seins ni décolleté de le faire.

Je ne pouvais pas concevoir que quelqu'un d'autre veille sur lui. Personne ne pourrait être assez bon pour que la vie d'Agan lui soit confiée. Personne ne se souciait autant de lui que moi. Ils ne pouvaient tout simplement pas.

— Agan, je demanderai officiellement à t'accompagner, et je crois que les généraux m'écouteront sur ce coup-là.

Ses sourcils se froncèrent et je me dépêchai de prononcer les mots avant qu'il ne puisse m'arrêter :

— Tu vois, je suis beaucoup plus petite que n'importe lequel de vos guerriers ravils.

Jamais de la vie je n'avais considéré ma petite taille comme un avantage. Pour la première fois, j'étais vraiment contente de n'avoir jamais dépassé un mètre cinquante de hauteur.

— Je peux t'accompagner plus loin que n'importe quel autre soldat de l'une ou l'autre force armée. Je vais t'emmener au plus profond de cette coquille, conclus-je.

— Non, répondit-il en secouant la tête avec véhémence. Ce serait bien trop dangereux.

— Alors, c'est OK pour toi de mettre ta vie en danger ? Mais moi non ? dis-je, énervée.

— Exactement, admit-il avec un calme exaspérant.

— Nous sommes une équipe, Agan, tu te souviens ? Quel effet ça te ferait si j'allais seule plonger dans les profondeurs mortelles des abysses ? Serais-tu capable de rester tranquille dans la Cité de Voran ? En te demandant si tu me reverrais un jour, vivante ?

— Non, répéta-t-il en fronçant les sourcils alors que son sang-froid chancelait. Je ne te laisserais jamais faire ça. Je perdrais la tête.

— Pourquoi n'as-tu pas de problème avec le fait de me faire ça, alors ?

— Parce que je ne peux pas travailler correctement si tu es en danger ! dit-il sèchement en sautant de la chaise.

Je glissai hors de mon siège et m'agenouillai pour être plus près de ses yeux alors qu'il arpentait la pièce.

— Je n'irai pas jusqu'au fond, le suppliai-je.

Je savais que je ne pourrai pas passer par toutes les ouvertures de la coquille pour atteindre l'Esprit avec lui.

— Mais s'il te plaît, continuai-je, laisse-moi venir avec toi à la place d'un autre soldat. S'il te plaît, laisse-moi être la plus proche de toi, la première à te rejoindre lorsque tu reviendras.

Parce qu'il devait revenir. Et je devais être là pour m'assurer que cela allait se passer comme ça.

— S'il te plaît. Je dois être là pour savoir que nous nous en sortirons tous les deux, insistai-je.

Ou qu'aucun de nous ne s'en sortira.

Soudain, je réalisai qu'il y avait une raison de plus pour laquelle je ne voulais pas être laissée pour compte : je ne voulais pas continuer à vivre dans un monde où Agan n'existerait plus.

Chapitre 17

Emma

Viens avec moi, Emma, dit Agan en se dirigeant vers le lit dès que nous eûmes enfin regagné mon appartement ce soir-là.

J'étais épuisée. J'avais mal à la gorge après avoir parlé pendant des heures, en essayant de convaincre d'abord Agan, puis les deux généraux de me laisser aller dans les profondeurs des abysses avec lui. En fin de compte, ils avaient accepté, en voyant que j'étais en effet celle qui convenait le mieux en raison de ma taille en plus de ma formation et de mon expérience militaire.

Dans le cas du général Hicrai, je croyais qu'il avait cédé simplement parce qu'il préférait risquer ma vie plutôt que celle d'un de ses guerriers. Ce qui me convenait.

Ensuite, j'avais eu une conversation avec Rick, pour régler la logistique. Au moment où Agan et moi avions enfin pu rentrer à la maison, il faisait nuit.

Agan était resté silencieux dans l'aéronef. Je savais que la décision de me laisser venir avec lui demain n'avait pas été facile pour lui. Je me souvenais de ce qu'il avait dit auparavant à propos de sa crainte concernant ma vie quand il me voyait en action, mais aussi de son besoin de moi à ses côtés dans les situations dangereuses. J'étais contente que ce dernier point ait prévalu. Il n'avait pas explicitement accepté que je le rejoigne, mais il avait cessé de batailler là-dessus.

— Déshabille-toi.

Il se tenait sur le lit, face à moi.

Je ne m'étais toujours pas complètement adaptée à son augmentation de taille. Il arrivait à peine à la hauteur de mes genoux maintenant, mais il semblait tellement plus grand que ça. Même à l'époque où il pouvait confortablement tenir dans ma main, il était capable de remplir une pièce juste par sa présence.

— Déshabille-toi, Emma, répéta-t-il, la voix calme mais ferme.

En taille, j'étais plus grande. Au travail, nous étions égaux. Et au lit, Agan prenait les devants. Je pouvais l'affronter au quartier général de l'armée ou me disputer avec lui dans la jungle. Ici, dans la chambre, j'étais incapable de lui désobéir. Et je n'en avais pas envie.

L'excitation me submergeait de la tête aux pieds avec une sensation de picotement. Lentement, je retirai mon uniforme puis mes chaussures. J'attrapai la fermeture de mon soutien-gorge à l'arrière, mais il m'arrêta.

— Non, laisse-moi faire ça, dit-il en s'écartant pour me faire de la place sur le lit. Viens ici.

Je m'assis et il marcha jusque derrière moi.

— Nous devons profiter de ça, Eleven, dit-il sur un ton plus léger et plus familier avant de dégrafer mon soutien-gorge. Nous devons profiter du moment. Et si je rétrécissais à nouveau bientôt ?

Il pourrait rétrécir, ou il pourrait grandir. L'un ou l'autre pourrait arriver pendant que nous serions dans les abysses. Que se passerait-il alors ?

Un frisson de terreur me parcourut.

— Chut, fit-il en faisant glisser ses mains le long de mon dos. Pour le moment, il n'y a rien à craindre, ma femme géante. C'est juste toi et moi, et je suis sur le point de te montrer à quel point je suis génial à cette taille.

Il pressa le côté de son visage contre mon dos puis embrassa ma peau, en faisant glisser les bretelles de mon soutien-gorge de mes épaules.

Aucun de nous ne savait exactement ce que demain nous réserverait. Ce soir, cependant, il ne s'agissait que de nous. Je chassai toutes mes pensées effrayantes, en me concentrant uniquement sur ses mains caressant mon dos nu.

— Pas pour alimenter ton ego, dis-je en souriant. Mais je suis sûre que tu es génial à n'importe quelle taille, chéri.

— Je veux que tu les essaies toutes, gloussa-t-il contre ma peau. Toutes mes tailles.

Il se mit devant moi.

— Allonge-toi, ordonna-t-il en jetant mon soutien-gorge sur le côté.

Je m'allongeai sur le dos et il s'assit sur mon bras.

— C'est tellement plus facile à faire, maintenant que je suis plus grand.

Il étreignit ma poitrine avec les deux bras puis prit mon téton dans sa bouche.

La forte pression de ses dents me fit crier. Puis, la chaude vague de désir balaya mon corps alors qu'il apaisait la douleur avec sa langue.

— Je peux les toucher tous les deux, maintenant.

Il sourit, en me chevauchant. Une jambe de chaque côté de ma cage thoracique, il tendit les deux mains, en caressant un téton avec chacune d'elles.

— Cela restera à jamais mon endroit préféré au monde, confessa-t-il en se penchant et en embrassant toute la longueur de la vallée entre mes seins.

Je gémis doucement. Les étincelles de plaisir de son toucher se dispersaient dans mon corps comme des ondulations dans un étang.

— Donne-moi tes mains, exigea Agan.

Incertaine de ce qu'il voulait, je levai les mains au-dessus de ma poitrine.

— Prends ça pour moi. Juste comme ça, dit-il en plaçant ma main sous ma poitrine, en arrangeant mes doigts comme il le voulait. Presse la pointe.

Il ajusta la prise de mon pouce et de mon doigt sur mon téton.

Je fis ce qu'il avait demandé, un autre gémissement s'échappant de mes lèvres alors qu'une charge d'excitation s'abattait sur mon corps.

— Plus fort, ma chérie, parce que je sais que tu aimes ça quand c'est plus fort.

Il serra mon autre téton dans sa main, en faisant bouger mes hanches alors qu'une vague de plaisir aigu déferlait. Il fit glisser sa langue le long du bout de mon sein, et termina par un baiser.

Il plaça mon autre main autour de mon autre sein puis glissa le long de mon corps.

— Soulève les hanches, ordonna-t-il en attrapant la ceinture de ma culotte. Juste comme ça, murmura-t-il en la faisant glisser le long de mes jambes jusqu'à mes chevilles. C'est bien.

Avec une main sur chacun de mes tibias, il me fit plier les jambes. Puis, en faisant glisser ses paumes le long de la peau sensible de l'intérieur de mes cuisses, il s'approcha.

— Prête ?

Il me jeta un coup d'œil, en s'agenouillant entre mes jambes écartées.

Mon souffle se coupa au contact doux de ses doigts alors qu'il encerclait mon point le plus sensible puis y appuya fermement sa paume.

Je ne pus que hocher la tête en réponse à sa question. Les mots m'avaient déserté.

En gardant une main sur ma partie sensible chaude et gonflée, il serra le poing de l'autre main.

— Laisse-moi te sentir à l'intérieur.

Il glissa sa main en moi et j'arquai le dos avec un halètement.

C'était si bon d'être remplie.

Il ouvrit son poing à l'intérieur de moi, en caressant quelque chose qui fit flotter du pur plaisir dans mon bas-ventre. Mes muscles se contractèrent autour de son bras.

— Oh, Agan... C'est...

Je gémis à cause la sensation exquise de ses doigts qui dansaient en moi. Il déplaça son bras plus profondément jusqu'à ce que mes parois encerclent son biceps. Tout ce que je m'apprêtais à dire s'estompa avec un gémissement sourd qui venait du plus profond de ma poitrine.

Un plaisir intense traversa tout mon corps, en me faisant monter de plus en plus haut. Avec son bras profondément à l'intérieur de moi, Agan posa sa bouche sur moi à l'extérieur, en mordillant et en aspirant, et il provoqua de nouvelles vagues d'extase en moi.

Je ressentait une pression chaude au fond de moi à chaque mouvement d'Agan. Avec un autre coup de langue et un mouvement, il se déploya, en se déversant à travers moi avec béatitude.

Je criais, mes cuisses tremblant, mes bras s'enfonçant dans le lit étendu sous moi.

Pendant quelques instants intenses et euphoriques, le monde cessa d'exister alors que je chevauchais le point culminant de mon orgasme le plus incroyable.

Avec une longue inspiration tremblante, je me détendis dans les draps, chaque muscle de mon corps tremblant avec le reflux de la vague de sensations qu'Agan m'avait fait ressentir.

— Je pourrais mourir tout de suite..., dis-je alors que les mots flottaient paresseusement hors de ma bouche. Et je mourrais absolument heureuse.

En sautant par-dessus ma cuisse, Agan vint à mes côtés puis chevaucha à nouveau mon buste, juste en dessous de mes seins.

— Ne meurs pas, dit-il.

Il se pencha plus près, en donnant à chacun de mes seins un tendre baiser. Le contact de ses lèvres battait comme des ailes de papillon le long de ma peau – doux et apaisant.

— Ce n'est que le début. Je te ferai l'amour aussi longtemps que..., s'interrompit-il alors que ses sourcils se contractaient en se rapprochant, et que sa gorge bougeait avec une déglutition. Aussi longtemps que je vivrai, termina-t-il.

Ce qui ne sera peut-être pas très long du tout...

Le vrai sens de ses mots résonnait dans ma tête, en retentissant dans ma poitrine avec une sorte de douleur.

Même si la mission du lendemain était un succès, il n'y avait rien d'autre que de l'incertitude concernant l'avenir d'Agan.

— Tu voudrais rester avec moi aussi longtemps, Emma ? demanda-t-il soudain. Jusqu'à la fin de mes jours ?

Je ne m'étais pas permis de penser au futur, parce que je savais que nous ne serions pas autorisés à en avoir un ensemble. Je m'étais interdit de rêver, en prenant plutôt chaque instant comme il venait.

Cependant, quand j'essayais d'imaginer ma vie sans Agan, maintenant, je ne pouvais pas. Elle semblait vide, incomplète et terriblement solitaire.

— Je n'ai rien à t'offrir, Emma, à part moi-même, et ce n'est pas grand-chose, dit-il avec un petit rire. Un meilleur homme t'aurait laissé retourner à ta vie sûre et paisible sur ta planète.

Il m'épingla de son regard, son expression se durcissant. Et il poursuivit :

— Mais je suis un connard. J'ai besoin de toi plus que de l'air que je respire, et je veux égoïstement te garder, quoi qu'il arrive. Reste avec moi, Emma.

Je respirai plus fort, ma poitrine se soulevant et s'abaissant sous lui.

— On ne peut pas...

Les mots du général Hicrai me revinrent à l'esprit une fois de plus : « *Vous n'avez aucun droit...* »

— Il n'y a pas d'accord entre nos planètes, dis-je.

— Oublie les accords ou les planètes, rétorqua Agan en secouant la tête. Oublie tout ce putain de monde. Dis-moi ce que *tu* penses. Que penses-tu de moi, Emma ?

Ses yeux cherchèrent les miens, son expression songeuse, comme si sa vie dépendait de ce que j'allais dire ensuite.

Je cherchais au fond de moi la vérité. Parce qu'il méritait la réponse la plus honnête.

— Je ne m'attendais pas du tout à avoir des sentiments pour toi, Agan. Au début, tu m'énervais. Tu m'as rendue vraiment folle à plusieurs reprises. Quelque chose en toi, cependant, m'a toujours attiré vers toi, même à ce moment-là. Plus je te connaissais, plus je t'appréciais. Et maintenant..., dis-je en posant mes mains sur ses cuisses alors qu'il saisissait mes pouces. Maintenant, l'idée de te quitter me fait mal, poursuivis-je alors qu'une sensation d'oppression se formait dans ma gorge.

Au diable le général Hicrai. Quitter Agan serait atrocement douloureux. Impossible.

Je clignai des yeux, en sentant les larmes venir s'accumuler derrière mes paupières.

— Bon sang, Agan, continuai-je en m'asseyant et en le faisant glisser en arrière et sur mes genoux. Je ne peux pas imaginer te quitter, dis-je en me frottant le front. Je ne veux pas y penser. Ça ..., déclarai-je en agitant ma main entre nous, j'avais l'habitude de croire que je pouvais avoir une simple amourette de vacances avec toi. Simple et légère, sans lendemain...

Ce que je n'avais pas pris en compte, c'était lui, Agan lui-même. Je ne m'attendais pas à ce qu'il soit capable de ressentir des sentiments plus profonds. Je n'avais pas pensé que mes propres sentiments pour lui grandiraient autant.

— Sans lendemain ? Dans quel sens ? demanda-t-il en passant la main à l'arrière de sa tête où les traducteurs étaient normalement implantés. Cela ne s'est pas très bien traduit en ravil. Que veux-tu dire ?

— C'est une expression pour parler d'une relation qui n'est pas sérieuse, sans attaches, sans lien entre les gens mais purement physique.

J'exhalai une respiration lente et tremblante, en chuchotant :

— Juste du sexe. Pas d'attaches. Pas de chaînes.

Il s'allongea contre mes jambes fléchies, comme dans un transat, et croisa les bras sur sa poitrine.

— Oh mais il y a des chaînes, ma douce Eleven.

Il plissa les yeux vers moi, comme si c'était entièrement de ma faute si les chaînes s'étaient créées.

— Pas seulement des chaînes, mais des câbles métalliques épais, de la taille de mon bras, dit-il en baissant les yeux sur son biceps. Eh bien, la taille qu'il avait, en tout cas, marmonna-t-il, puis il reporta son regard sur moi. Ne sens-tu pas la connexion ? C'est arrivé, il n'y a rien que toi ou moi puissions faire à ce sujet maintenant.

— Les chaînes aussi épaisses que ton bras seront très difficiles à casser quand je m'éloignerai, dis-je avec une voix trop douce, alourdie par la tristesse. Ça va faire mal. Énormément.

— Il n'y aura pas moyen de les briser, dit-il fermement. J'ai besoin de toi dans ma vie. Si j'avais eu ma taille normale, je t'aurais serrée dans mes bras, je t'aurais tenue et je ne t'aurais jamais laissée partir. En l'état actuel des choses..., dit-il en faisant rouler ses épaules en arrière. Je ne peux que supplier.

Il soutint mon regard, en m'immobilisant plus fermement que n'importe quelle étreinte.

— Reste avec moi, finit-il par dire.

Oh, comme j'avais envie de dire oui, plus que tout au monde.

— Si je le faisais, ce serait une désertion, Agan. Je serais chassée, capturée et poursuivie...

Sa mâchoire tressauta, sa bouche pressée en une ligne ferme.

— Alors, emmène-moi avec toi.

Le choc me traversa.

— Tu veux quitter ton monde pour moi ?

Il serra plus fort mes pouces, si fort que ça commençait à faire mal.

— Il n'y a rien que je ne ferais pas pour toi, Emma. Les chaînes dont tu parles m'ont ficelé. Il n'y a pas de monde, pas de vie pour moi sans toi, maintenant.

Mais emmener Agan sur Terre avec moi ? Était-ce possible ?

D'une certaine manière, cela n'avait même pas d'importance parce qu'il n'y avait pas de monde pour moi sans lui non plus.

— Nous ferons en sorte que ça marche, Agan, déclarai-je en faisant courir le bout de mes doigts sur ses flancs, le long des arêtes dures de son torse. Nous resterons ensemble.

Nous n'aurions qu'à nous battre pour cela comme nous nous étions battus auparavant pour d'autres choses.

Avec un long souffle, ses traits se détendirent, comme si ma réponse avait déjà tout résolu.

— Tant que c'est ce que tu veux, je ferai tout pour y arriver. Nous ferons ce qu'ils voudront que nous fassions demain...

Une idée me vint à l'esprit.

— Agan. En parlant d'attaches. Tu auras besoin d'une corde qui te relierait à moi.

— Une vraie corde ? dit-il en inclinant la tête, une étincelle familière d'humour scintillant dans ses yeux. Tu ne penses pas que les attaches invisibles suffisent à me garder à tes côtés pour toujours ?

— Non, je voulais dire pour demain, précisai-je en souriant. Il y a un mythe dans mon monde, l'histoire d'un héros qui est entré dans un labyrinthe pour tuer une bête meurtrière. La femme qui aimait le héros lui a donné une pelote de fil en gardant avec elle le bout à l'entrée. Il entra, trouva la bête et la tua. Le héros avait ensuite suivi le fil pour retrouver son chemin vers la sortie, et vers elle.

— Tu as peur que je me perde dans le squelette de la coquille ?

Le sens de l'orientation des Ravils était bien meilleur que celui des humains. La façon dont Agan m'avait fait sortir de la jungle de Tragul ce jour-là me l'avait prouvé. Pourtant, une connexion tangible et physique comme une corde entre nous me ferait me sentir mieux demain, quand il irait là où je ne pourrais pas le suivre.

— Tu auras un temps limité pour entrer et sortir. Cela pourrait aider.

— D'accord. Nous prendrons une corde, acquiesça-t-il en me caressant tendrement la main. Mais quoi qu'il arrive, je retrouverai toujours mon chemin vers toi, Eleven.

Chapitre 18

Emma

Préparez-vous pour le déploiement, retentit une voix mécanique à l'extérieur de notre capsule transparente.

Le mélange familier d'excitation et d'appréhension me traversa alors que le compte à rebours commençait.

La voix était étouffée, filtrant à travers les parois de la capsule. Il n'y avait pas de haut-parleurs à l'intérieur. Nous n'avions pas non plus de micros.

La capsule étroite avait la forme d'un corps de poisson, aplatie sur les côtés, avec juste assez d'espace pour que je puisse m'allonger au milieu. Il avait été positionné à l'arrière du transporteur qui survolait actuellement l'océan tragulien. Seules les trappes du plancher du vaisseau nous séparaient de la surface de l'eau.

Agan était assis sur mes cuisses, en tenant son casque. Mon casque reposait plus bas, sur mes jambes. Nous étions tous les deux vêtus de combinaisons de plongée violet foncé, minces et faites sur mesure, solides mais souples, fabriquées dans un matériau similaire à celui de la capsule.

— Go.

Les portes s'ouvrirent et j'attrapai instinctivement le bras d'Agan. La capsule était rapidement descendue sur un câble.

À la place de la jungle, l'eau verte scintillait sous nous à perte de vue. Nous étions juste au-dessus de l'emplacement de l'Esprit des *fescods* profondément enfoui en dessous.

J'aperçus la houle déferler sur l'océan avant que le câble ne se déconnecte et que la capsule n'atteigne la surface. Elle atterrit à plat sur le côté, en me tirant sur le côté. Ensuite, le fond lesté de celle-ci s'enfonça en premier, en ramenant la capsule en position verticale.

Agan serrait un doigt de ma main que j'avais enroulé autour de son biceps, et je me forçai à desserrer ma prise, en craignant de lui faire mal. Il tapota doucement ma main.

L'océan vert de Tragul tire sa couleur vive des organismes microscopiques à sa surface et de la façon dont la lumière du soleil se reflète sur eux. Les minéraux dissous dans l'eau lui faisaient changer de couleur au fur et à mesure que nous nous enfoncions.

Le vert avait peu à peu disparu et un jaune vif prit le relais. Il devenait orange foncé au fur et à mesure que nous avancions. Ensuite, la véritable obscurité commença à s'installer.

Agan et moi n'avions pas le droit de parler. Nous n'avions aucun appareil électronique ni dans la capsule ni sur nos combinaisons. Même nos pensées pouvaient potentiellement trahir notre présence et la révéler à l'étrange être extraterrestre qui communiquait via des ondes cérébrales et était censé détecter également d'autres types d'ondes – électroniques, électriques, éventuellement magnétiques ou même sonores.

Des masques en argent, en forme de masque de ski, recouvraient nos visages. Les découpes à l'avant ne permettaient que d'exposer nos yeux et notre nez, couvrant nos bouches, probablement pour nous aider à combattre toute tentation de parler.

L'obscurité à l'extérieur devint totale. Au bout d'un moment, je ne sentais même plus le mouvement de la capsule, en me sentant comme suspendue dans le vide. La sensation fantasmagorique avait laissé place à une sensation plus troublante, jusqu'à ce que s'installe un sentiment de panique.

Je respirais plus vite, en consommant davantage de notre réserve limitée d'oxygène.

Agan desserra ma main de son bras puis la posa sur ses genoux, en la massant doucement mais fermement. Qu'il cherche à me réconforter ou à calmer sa propre nervosité, les mouvements rythmés de ses doigts s'avéraient apaisants. J'essayais de réguler ma respiration en la synchronisant avec le mouvement de sa main sur la mienne, comme si toute mon existence se réduisait à ce seul point de contact entre nous – le toucher de nos mains à travers les deux couches de gants qui les séparaient.

Je savais que la descente vers le bas devait nous prendre une heure et trente-cinq minutes environ. Cependant, c'était comme si une éternité s'était écoulée, suspendue dans l'obscurité absolue, avant qu'une lueur de l'abîme n'éclaire l'eau autour de nous.

La lumière du fond filtrait à travers la masse d'eau orange, en lui donnant une étrange teinte rouille, la couleur du sang séché. Je refoulai cette comparaison morbide, en rassemblant mes pensées. Comme toujours lors d'une mission, mon attention était concentrée sur le moment présent, mon esprit ne s'égarant plus au-delà de la planification des deux prochaines minutes à venir.

La lueur s'illuminait au fur et à mesure que nous avancions, le rouge orangé se transforma en magenta profond, puis en rose clair. Il se concentrait dans une sphère au-dessous de nous – un faisceau de lumière pulsante, enfermé dans un maillage dur d'os ancien qui était plus solide que n'importe quel métal actuellement connu des différentes espèces de la Galaxie.

De grandes formes sombres flottaient au-dessus, fragmentant la lumière – les *fescods*, les gardes personnels de l'Esprit.

Un peu plus tard, notre capsule toucha finalement le fond du vaste océan de Tragul. Un nuage de sable rouge fin s'éleva, en se répandant lentement dans l'eau en volutes.

Avec une légère tape sur ma main, Agan se retourna pour me faire face. Je lâchai son bras et attrapai mon casque derrière lui. Mon regard croisa le sien.

Debout sur mes cuisses, il retira soudain le masque de sa bouche. J'inspirai rapidement, inquiète qu'il veuille dire quelque chose. Je souhaitais entendre sa voix, plus que tout en ce moment. Cependant, personne ne savait avec certitude si l'Esprit pouvait reconnaître la structure d'un langage dans les ondes sonores. On nous avait ordonné de garder le silence.

Agan se pencha plus près, en retirant également son masque. Puis ses lèvres rencontrèrent les miennes dans un bref baiser avide. Il se termina bien trop tôt. Il s'écarta, son regard intense s'attardant sur mes yeux pendant quelques interminables secondes.

Un bref baiser et un long regard – avant de plonger dans ce danger duquel il n'y aura peut-être pas de retour...

Je ne pouvais pas me permettre de penser ainsi. Une peur paralysante me conduirait à la mort avec plus de certitude que l'énorme masse d'eau au-dessus de nous ou que les formes sombres flottant au-dessus de la lumière infernale à l'extérieur.

Une secousse soudaine ébranla la capsule. Puis un fin maillage de fissures s'étendit sur sa surface, comme une toile d'araignée qui s'était instantanément formée.

Ce n'était pas censé arriver.

Un sentiment d'inquiétude monta dans les yeux d'Agan qui s'alarmait. Il remit son masque en place, et il me lança mon casque à deux mains puis mit le sien.

Je fixai rapidement mon masque sur ma bouche et attachai le casque avant que le côté de la capsule ne s'effondre. L'eau l'inonda. Maintenant, nous n'avions que nos combinaisons pour nous protéger de l'énorme pression de l'océan au-dessus de nous, des températures presque glaciales ici, ou simplement de la noyade. Heureusement, contrairement à la capsule, nos combinaisons tenaient.

Avec un coup d'œil par-dessus son épaule dans ma direction, Agan se glissa à travers le côté entaillé et hors de la capsule. La fine corde rouge métallique commença à se dérouler de la bobine dans la poche sur sa cuisse. L'autre extrémité de la corde était attachée à une boucle de ma ceinture.

Je le suivis.

Les corps informes des *fescods* flottant autour de la coquille rougeoyante projetaient des ombres, comme des nuages passant devant le soleil. Mais, au lieu d'évoquer la tranquillité des nuages, une certaine énergie nerveuse était apparente dans leur mouvement. Ils étaient à l'affût, pour protéger leur Esprit.

Agan s'aligna avec un banc de poissons dorés d'eau profonde qui passait, en utilisant leurs corps longs et fins comme du papier comme couverture pour se faufiler plus près de la coquille géante.

Les poissons tressautèrent, en déformant leur formation uniforme, quand un *fescod* passa devant eux. Son grand corps s'étirait et se contractait, en le propulsant dans l'eau avec une vitesse inattendue pour sa taille. Ni le froid ni l'énorme pression de l'océan ne semblaient le déranger ni lui ni les autres *fescods* qui gardaient l'Esprit.

« *Je parie qu'ils sont comme des cafards* », une pensée soudaine me traversait l'esprit. « *Ils survivraient aussi à une explosion nucléaire.* »

Agan se baissa derrière le rocher le plus proche au fond, en tirant avec sa main sur la corde métallique rouge qui nous reliait. Je me laissai aussi tomber au sol et j'atteignis le rocher un instant avant que le banc de poissons ne disparaisse complètement dans l'obscurité au-delà de la lueur.

Un tentacule couvert de longs filaments jaillit soudainement de l'une des nombreuses ouvertures rondes à la surface du « rocher ». Il me donna une claque sur le devant de mon casque. Je reculai sous le choc, en tirant sur la corde rouge qu'Agan tenait toujours dans sa main.

Il me lança un regard interrogateur par-dessus son épaule et je secouai la tête en lui faisant signe que j'allais bien.

Il hocha la tête et pointa du doigt l'autre « rocher » rond à quelques mètres de nous. Dès que le *fescod* le plus proche de nous eut changé de direction, en s'éloignant de nous, Agan s'écarta du « rocher » en se propulsant des deux pieds vers le suivant.

Je le suivis, en imitant ses mouvements.

L'alignement de « rochers » s'arrêtait à environ trente mètres de la coquille géante qui abritait l'Esprit. Partiellement enfouie dans le sable rouge du fond, elle s'élevait au-dessus de nous, plus grande que le plus grand dôme de verre de la cité de Voran.

Des rayons de lumière blanc-rose sortaient des ouvertures inégales et arrondies, en transperçant l'eau sombre. De brèves impulsions de rouge et d'orange jaillissaient des faisceaux. Je me demandais si ceux-ci étaient causés par les signaux qui donnaient des instructions sanguinaires aux soldats de l'armée *fescod* à la surface.

La stupeur pris le pas sur moi momentanément à la vue de ce spectacle de lumière menaçant.

Agan me donna une tape sur le bras, en m'en faisant sortir. Il fit un geste vers la coquille, en indiquant la zone dégagée que nous devions traverser pour y accéder, à la vue de tous les gardes *fescods*.

J'observai leurs mouvements autour de nous. Dès que le plus proche sembla être assez loin, je hochai la tête vers Agan, et il inclina la tête pour confirmer qu'il avait compris. En nous éloignant du « rocher », nous nous précipitâmes tous deux dans l'eau libre vers la coquille.

Ses faisceaux de lumière nous illuminaient comme un éclairage de scène. Je pouvais clairement voir chaque détail de la combinaison d'Agan alors qu'il nageait à moins de trente centimètres devant moi.

Deux des *fescods* firent un mouvement brusque, en changeant rapidement de trajectoire pour se diriger dans notre direction – nous avions été repérés.

En faisant bouger ses bras et ses jambes, Agan se propulsait dans l'eau à travers l'espace ouvert. Je faisais de mon mieux pour suivre, en nageant plus vite que jamais auparavant.

Nous nageâmes vers l'ouverture la plus proche de la coquille, mais nous ne ralentîmes pas. Le trou rond et irrégulier avait à peu près la taille d'une double porte de garage – certainement assez grand pour qu'un *fescod* puisse également passer.

Du coin de l'œil, j'aperçus une forme sombre se glisser derrière nous. Sans s'arrêter, Agan me lança un rapide regard concentré puis le dirigea vers le *fescod* derrière nous, en me faisant signe de continuer. Je continuai de nager, en craignant de regarder à nouveau ce qui nous suivait.

À l'intérieur, la coquille ressemblait à une éponge solidifiée. Les tunnels et les ouvertures variaient en termes de diamètre, il y avait des plus grands comme celui dans lequel nous nous trouvions et des plus petits qui faisaient moins de trente centimètres de diamètre.

Agan dévia vers l'une des ouvertures les plus étroites, assez grande pour nous deux, mais trop petite pour un *fescod*. La corde rouge resta tendue entre nous pendant un moment puis se relâcha alors que je me dépêchais de le suivre.

J'avais presque traversé le passage le plus étroit lorsqu'un coup sec sur ma jambe me projeta en arrière. En me retournant, je tombai nez à nez avec un globe oculaire gris et boueux de *fescod*. Il ballottait au-dessus de l'une des nombreuses saillies fines qui sortaient de la masse de son corps.

En tapotant autour de ma ceinture, je sortis rapidement un couteau utilitaire en acier de son étui et j'enfonçai la lame dans un endroit juste en dessous de la partie saillante avec le globe oculaire.

L'eau ralentissait mes mouvements. Le *fescod* m'attira plus près, d'autres protubérances jaillissant de son corps. Certaines étaient surmontées de pinces qui s'accrochaient à mes bras et à mes épaules. D'autres se déployèrent comme de longs tentacules ressemblant à des serpents et s'enroulèrent autour de mes poignets et de mes chevilles.

En serrant le manche du couteau de toutes mes forces, je donnai un coup de lame vers le bas, en faisant une entaille aussi longue que mon avant-bras. La tension exercée sur les protubérances qui écartaient mon bras épuisait mes forces. Ma main tremblait, mes doigts glissant du manche du couteau.

Le sombre nuage de sang de *fescod* s'écoulait de sa blessure, en se répandant dans l'eau entre nous comme de la soie fine. À travers lui, comme à travers un voile, je voyais les extrémités de l'entaille que j'avais faite se mettre à trembler et à se presser l'une contre l'autre. Le *fescod* avait lancé son processus de régénération des tissus qui allait bientôt éliminer toute trace de la plaie.

Je n'avais jamais été témoin de cela auparavant. En surface, je tuais les *fescods* rapidement, avant que la régénération n'ait eu l'occasion de se produire.

Pieds et poings liés, je ne pouvais pas atteindre le cœur du *fescod*, maintenant. En tirant sur mes chevilles et mes poignets, il m'écarta comme une étoile de mer puis pressa mon dos contre la paroi du tunnel. Ses pinces n'ayant pas réussi à pénétrer dans le tissu de ma combinaison, je compris avec horreur que le *fescod* avait l'intention de me tuer en m'écrasant entre la masse de son corps et la surface dure de l'antique coquille.

Il s'aplatit contre moi, sa peau grise obstruant complètement ma vue. Jusqu'à présent, la combinaison avait résisté à la pression écrasante de l'océan. La pression supplémentaire du poids du *fescod* serait-elle trop importante pour l'équipement expérimental ?

À travers la combinaison, je sentis une convulsion soudaine du *fescod* pressé contre moi. La peau grise se détacha de mon casque.

Agan avait enfoncé ses pieds dans l'entaille en train de cicatriser sur la peau du *fescod*. En la maintenant ouverte, il plongea rapidement dedans. Lorsqu'il réapparut, il brandit triomphalement la grappe ensanglantée des cœurs encore battants du *fescod*.

La bouche d'Agan était cachée derrière le masque d'argent, mais son sourire taquin se reflétait dans ses yeux alors qu'il sortait un long outil de coupe du fourreau de sa ceinture, puis il massacra de manière démonstrative la grappe de cœur d'une manière sauvage. Il l'avait évidemment fait cela d'une façon spectaculaire à mon intention, comme pour être à l'opposé total de ma manière « girly » et soignée de m'occuper des cœurs de *fescod*.

Je secouai la tête, en enlevant les protubérances molles du *fescod* mort de mes bras et de mes jambes. Un sourire jouait sur mes lèvres sous le masque, et je ne fis aucun effort pour le retenir. Les taquineries d'Agan m'apportaient un certain sentiment de normalité, en atténuant la tension dans ma poitrine.

Son regard glissa derrière mon épaule, sa concentration intense chassa le sourire de ses yeux alors qu'il penchait la tête vers l'entrée du tunnel.

Un groupe de *fescods* se précipitaient à travers la large ouverture de l'extérieur. En faisant un signe vers le passage étroit devant lui, Agan s'y enfonça le premier. Je m'y plongeai ensuite, hors de portée des *fescods*.

Agan attendit que je sois en sécurité à l'intérieur avant d'avancer plus loin dans le maillage du squelette de la coque. La ficelle rouge traînait derrière lui, en m'indiquant le chemin.

Je nageais derrière lui, vers la lumière brillante au centre de la coquille.

Les ouvertures dans la coquille poreuse devenaient plus petites, au fur et à mesure que nous nous rapprochions du centre. Aucun *fescod* ne pourrait nous suivre ici. Cependant, au bout d'un moment, même moi, je trouvais de plus en plus difficile de me faufiler à travers les trous, en me cognant les épaules et en orientant mes hanches à l'angle voulu, tout en me tortillant.

Un peu plus loin, ça devint clair, je ne pouvais pas aller plus loin avec Agan. La corde n'arrêtait pas de se dérouler derrière lui alors qu'il continuait à nager loin de moi.

Il s'arrêta brusquement, en réalisant manifestement qu'il me laissait derrière lui. En se retournant, il promena son regard sur le cercle d'os qui me séparait de lui. Cette prochaine ouverture était évidemment trop petite pour même y faire passer mon casque.

Son regard rencontra le mien. Je souris de manière à l'encourager, en espérant qu'il pourrait le lire dans mes yeux même s'il ne pouvait pas voir ma bouche.

« *Je t'aime* », me traversa l'esprit, en me pinçant le cœur avec un désir intense.

Je l'aimais. Je l'aimais vraiment. J'aimais cet homme et je ne lui avais jamais dit.

La prise de conscience me frappa comme un coup dans l'estomac. Puis, le regret amer de ne pas pouvoir lui dire ces trois mots me serra la poitrine.

En agrippant le bord de l'ouverture, trop petite pour que je puisse passer à travers, je regardai sa silhouette alors qu'elle disparaissait de ma vue, avalée par la lumière incroyablement brillante de l'esprit extraterrestre.

Reviens, Agan. Fais ce que tu as à faire puis retrouve moi.
Parce que je t'aime.

Chapitre 19

Agan

Il sentait le regard d'Emma dans son dos alors qu'il nageait loin d'elle. Le sentiment persista même après qu'il ne pouvait plus la voir. Cela lui donnait de la force, de savoir qu'elle l'attendait. La fine corde rouge n'était pas la seule chose qui l'attachait à elle. Une corde invisible mais beaucoup plus forte s'étendait de son cœur au sien, la connexion qu'aucune distance ne pouvait rompre.

Il fallait qu'il réussisse cette mission, ne serait-ce que pour pouvoir la retrouver.

En se frayant un chemin à travers le maillage du squelette antique, en n'utilisant rien d'autre que le sens de l'orientation inhérent aux Ravils et son instinct, il avançait vers le centre et l'Esprit des *fescods*.

La lumière aveuglante devint encore plus forte, en lui faisant plisser les yeux. Des éclats de couleur s'en échappèrent, en passant devant lui. En regardant à travers les fentes étroites de ses paupières à demi-closes, il continua... jusqu'à ce qu'il n'y ait soudainement plus nulle part où aller.

Ses mains étaient pressées contre une masse solide, bien qu'il n'y ait absolument aucun changement visuel dans la lumière devant lui, incroyablement brillante et aveuglante.

En palpant tout autour, il s'assura qu'il ne s'agissait pas d'un rétrécissement dans le tunnel. La masse sous les gants de sa combinaison céda lorsqu'il appuya plus fort – dure et épaisse, mais plus douce que l'os du squelette de la coquille. Semblable à de la peau de *fescod*.

Il ressortit son long outil coupant. Presque aussi longue que sa jambe, la lame étroite était encore un peu plus courte que les couteaux qu'il avait utilisés comme armes contre les *fescods* auparavant. Ses vieux couteaux auraient été bien trop lourds pour lui maintenant, par contre.

En saisissant le manche étroit des deux mains, il poussa la lame vers l'avant. Il était impossible de prendre un bon élan pour donner un coup sous l'eau. Au lieu de cela, il appuya ses pieds contre les murs du tunnel, en poussant lentement la lame dans la masse devant lui avec tout son corps.

Un éclair rouge sang zigzaguait dans la blancheur stérile de la lumière environnante. L'Esprit envoyait-il un signal de détresse ? Un signal d'alarme ? Était-ce un signe de douleur ?

Il s'en fichait. En ignorant les jets d'énergie rouges et palpitants autour de lui, il continua à enfoncer son arme plus profondément dans la masse devant lui. La lame entra, jusqu'à la garde. Couché sur la poignée, il l'abaissa, en coupant la masse pour l'ouvrir.

La lumière rouge vibra le long des bords de la coupure, en marquant la blessure qu'il avait faite. C'était assez grand pour qu'il puisse passer à travers. Il tendit la main, sa main rencontrant un muscle ferme, mais aucune cavité où il pourrait trouver des cœurs. Enfin, si l'Esprit avait des cœurs ! Tout ce qui était apparu sur les scans était une sorte de forme ronde à l'intérieur – le noyau de l'Esprit. Les Voraniens pensaient que l'atteindre était le seul moyen de tuer l'Esprit.

En passant sa tête et ses épaules à travers l'entaille, il continua à trancher le muscle sous la membrane externe. Au fur et à mesure qu'il approfondissait la blessure, il avançait plus loin, en se frayant un chemin vers l'avant.

L'Esprit des *fescods* était aussi brillant à l'intérieur qu'à l'extérieur. Le tissu des muscles et la membrane émettaient de la lumière comme s'ils en étaient saturés.

Avec une autre poussée, sa lame s'enfonça soudainement, en ne rencontrant plus la résistance dure du muscle.

Une goutte de gel rose scintillante suintait de l'entaille.

Le sang de l'Esprit ?

Il élargit la coupure en longueur, puis inséra son bras entier jusqu'à son épaule à l'intérieur, en fouillant pour trouver quelque chose de rond et solide qui serait le noyau.

Sa main revint vide.

Il refixa la lame sur sa cuisse, et il se glissa à travers l'entaille, en plongeant dans la glu rose scintillante de l'intérieur de l'Esprit.

Il flottait à l'intérieur et c'était comme se déplacer dans un épais brouillard. Il ne pouvait rien voir devant son casque autre que le miroitement laiteux et rose et les éclairs rouges qui le traversaient sporadiquement.

L'origine des éclairs rouges attira son attention – ils jaillissaient comme des rayons de soleil, en provenant tous de la même source centrale.

En suivant la direction de l'endroit d'où ils venaient, il essaya de nager plus vite. Se déplacer s'avérait encore plus difficile dans l'épaisse substance scintillante. Pourtant, après un moment, un brillant éclair de lumière rond le traversa. Une petite sphère émettait des pulsations roses dans toutes les directions, comme des éclairs d'énergie.

Le noyau de l'Esprit ! Ce devait être ça.

Il l'attrapa des deux mains, en arrachant le noyau du gel rose dans lequel il flottait. En se retournant, il recula, en suivant la corde rouge qui s'était tendue derrière lui. Cela le ramènerait à Emma maintenant.

La fente qu'il avait coupée dans la couche de muscle et la membrane externe de l'Esprit était assez facile à repérer à mesure qu'il s'approchait – une ligne rouge dans le rose laiteux.

En serrant le noyau de l'Esprit dans ses mains, il enfonça sa tête et ses épaules dans la fente, impatient de sortir de ce pétrin rose et hostile.

Le processus de cicatrisation de la plaie avait déjà commencé. Les épaisses couches de muscles ondulaient autour de lui, les tissus s'efforçant de se presser l'un contre l'autre.

En contorsionnant les épaules, en poussant avec ses coudes et en donnant des coups de genoux, il continuait à ramper dans l'ouverture pendant qu'elle se refermait tout autour de lui.

La pression supplémentaire comprimait sa combinaison, et il se sentait serré à l'intérieur. Il sortit sa tête de l'ouverture et libéra ses bras. En mettant ses coudes sur la surface extérieure de la membrane, il prit appui et se redressa, en s'efforçant de ne pas laisser tomber le noyau.

Avec une sorte de spasme frénétique, les tissus coupés le comprimèrent et cela lui fit perdre sa respiration. À cause de sa poitrine serrée, il était incapable de reprendre son souffle. Il suffoquait, avec suffisamment d'oxygène dans les réservoirs de sa combinaison pour durer encore des heures.

Les ténèbres flottaient en marge de sa conscience, des vertiges lui faisaient tourner la tête, le désorientaient. Avec une dernière lutte désespérée, il arracha son corps de la blessure de l'Esprit, en laissant le noyau glisser de ses doigts. Il l'attrapa à deux mains.

Puis la lumière incroyablement brillante autour de lui s'éteignit alors que l'obscurité l'emportait.

Emma

J'ATTENDAIS, ET ATTENDAIS, et attendais... Prise au piège à l'intérieur de la cage osseuse du squelette, je ne pouvais physiquement pas atteindre Agan. Pourtant, mon cœur était avec lui, en laissant un trou béant de la taille de l'océan dans ma poitrine pendant son absence.

La corde rouge, mon seul lien physique avec Agan, flottait devant moi, en disparaissant dans le labyrinthe d'os et de lumière vive au-delà. Il était là-bas, quelque part de l'autre côté. Et s'il lui arrivait quelque chose ? Sans appareil de communication, il n'y avait aucun moyen pour moi de le savoir.

Je tirai sur la ficelle avec précaution, et cela lui donna facilement du mou. Je pliai la partie lâche en deux, en la tenant sans la serrer, prête à la relâcher à la moindre traction. Mais il n'y avait pas de traction. Aucun mouvement, du tout.

Qu'est-ce qui a bien pu arriver à Agan ? Il aurait pu arriver un million de choses sur lesquelles je ne pouvais même pas spéculer parce que je n'avais pas assez de connaissances sur l'Esprit et sa biologie. Personne n'en avait.

Je tirai de nouveau sur la corde, puis encore. Elle venait facilement, en me laissant penser que je le déroulais de la bobine. Après une autre traction, je sentis une légère résistance – la corde était au bout. L'autre extrémité était attachée à la bobine vide dans la pochette de la combinaison d'Agan.

Avec la corde lâchement tenue entre mes doigts, j'attendais qu'on tire de l'autre côté, en évaluant le temps au rythme des battements de mon cœur qui tonnaient bruyamment dans ma poitrine, le bruit résonnant dans mes oreilles.

Rien.

Aucune secousse indiquant un mouvement loin de moi.

Pas de relâchement montrant un mouvement vers moi.

Absolument rien du tout de l'autre côté...

Je tirai. La résistance était là, mais la corde cédait. Je tirai plus fort, en ramenant vers moi le poids attaché à l'autre extrémité.

Agan. Que lui était-il arrivé ?

La résistance n'était pas forte, peut-être juste le poids de son corps mais rien d'autre. Et ça me faisait encore plus peur parce que ça voulait dire qu'il devait être inerte.

Je tirai la corde de plus en plus vite. Ma peur menaçait de se transformer en panique à l'idée de ce que je pourrais trouver à l'autre bout de la corde.

Enfin, sa silhouette sombre traversa la lumière devant lui.

Après quelques coups secs supplémentaires sur la corde, Agan flotta à travers l'ouverture du tunnel et jusque dans mes bras.

Son corps était mou, ses yeux fermés, son visage paraissait paisible derrière la matière légèrement teintée du casque.

Agan !

Je le secouai légèrement. Sa tête pencha à l'intérieur du casque. Il n'ouvrit pas les yeux. Ses bras tombèrent de sa poitrine, en libérant une sphère de lumière blanc-rose de la taille d'une balle de golf qu'il tenait dans sa main.

L'expression sereine de son visage envoya un frisson d'angoisse dans mon dos. Il se répandit jusque dans mon cœur, en menaçant de me paralyser de terreur.

Ma respiration était courte et irrégulière, alors que je luttais contre la peur de le perdre qui s'abattait sur moi, pesante et suffocante.

Cela ne pouvait pas être la fin.

Tu es toujours en mission, lieutenant Nowak.

Je devais sortir d'ici avant de perdre complètement mon sang-froid. Je devais ramener Agan à la surface.

La petite sphère de lumière flottait dans l'eau entre nous.

Était-ce pour cela qu'Agan avait risqué sa vie ?

J'attrapai la sphère et la fourrai dans une pochette à ma ceinture. Ensuite, j'utilisai la corde rouge pour attacher le corps immobile d'Agan à ma poitrine. En utilisant mes bras et mes jambes, je me dirigeai vers l'eau libre à l'extérieur de la coquille de l'Esprit.

Les *fescods* continuaient à nager à découvert. Seulement il y avait une différence notable dans leurs mouvements.

Ils ne tournaient plus autour de la coquille, pour la garder et la protéger. Maintenant, leurs mouvements étaient chaotiques, leur façon de nager frénétique et confuse.

Le plus proche de moi repéra une longue créature marine plate au fond. En plongeant vers elle, il souleva un nuage de sable qui m'enveloppa et me cacha de la coquille de l'Esprit.

En utilisant le nuage de sable comme couverture, je me précipitai vers « l'organisme-rocher » le plus proche.

Un autre *fescod* se rua vers un banc de poissons d'eau profonde nageant à proximité. Son corps informe s'allongea, en fendant l'eau, puis disparut hors de vue par-delà la lueur de l'Esprit.

Quoi qu'Agan ait fait au centre de la coquille, ça avait dû marcher. Le contrôle de l'Esprit sur les *fescods* s'était relâché, voire avait complètement disparu. Sans ses commandes, leur façon de se mouvoir habituellement coordonnée devenait chaotique.

Cela ne rendait pas les *fescods* moins dangereux pour moi. Non coordonnés et désorganisés, ils restaient brutaux et sanguinaires. Celui qui avait attrapé l'habitant qui était au fond déchirait maintenant la pauvre créature en morceaux, son sang noir se répandant dans l'eau en filaments rouges.

Je ressortis mon couteau, puis détachai la lame d'Agan aussi, pour avoir une arme dans chaque main.

En utilisant les créatures rocheuses comme couverture, je restai dans les nuages de sable qui s'élevaient de l'endroit où le *fescod* se régalait de la créature marine.

La frénésie des *fescods* semblait avoir altéré leur attention. Aucun d'eux ne m'avait repérée alors que je sortais du cercle de lumière brillante et que je me dirigeais vers le haut, en entamant la périlleuse ascension de plusieurs heures vers la surface.

Petit à petit, je remontais vers la surface, où je pourrais, je l'espérais, obtenir de l'aide pour Agan.

S'il n'était pas déjà trop tard.

Chapitre 20

Emma

Où est Agan ? demandai-je à l'IA de l'hôpital militaire probablement pour la millionième fois déjà.

Au moment où Agan et moi avions été repêchés avec succès
dans l'océan de Tragul par l'équipage du transporteur voranien, nous
avions été séparés. J'avais été examinée juste là sur le vaisseau, tandis
qu'Agan avait été emmené sans qu'on me tienne au courant.

Une fois à l'hôpital de Voran, une équipe médicale avait procédé
à un examen plus long de mon corps et de toutes ses fonctions vitales.
Je venais juste d'obtenir le feu vert de leur part, délivré par l'IA peu
compréhensive.

— Comment va-t-il ? demandai-je encore en ne voulant pas
abandonner tandis que j'enfilai les vêtements fournis par mon unité
– un débardeur noir et un pantalon vert kaki.

— Le lieutenant Drankai est entre de bonnes mains. On s'occupe
de lui.

L'IA me donnait la même réponse type que j'avais obtenue de
tous ceux à qui j'avais posé la question depuis ma sortie de l'océan.

Je me disais que cela signifiait qu'il était vivant. Bien que rien ne
puisse être sûr, jusqu'à ce que je le voie de mes propres yeux.

— Je dois le voir.

Je mis une paire de bottes de combat, puis me dirigeai vers la
porte de la salle d'examen.

Dans le couloir très éclairé, plusieurs portes en verre dépoli blanc
bordaient les murs de chaque côté.

— Où est-il ? dis-je à l'écran AI monté sur le mur à côté de la porte de ma salle d'examen. Je dois le voir tout de suite.

— Je vais devoir obtenir un permis de visite pour vous.

— Faites-le.

— Il y a de fortes chances que la demande soit refusée. Tout comme elle a été refusée les huit dernières fois que vous m'avez demandé de l'obtenir.

— Recommencez, insistai-je.

Alors que l'écran émettait le bip d'un message envoyé, j'appuyai rapidement sur le bouton de synthèse vocale à côté de l'écran. Les appareils IA de la plupart des lieux publics disposaient de ces boutons en plus des commandes vocales. Ils étaient destinés aux malvoyants ou aux extraterrestres comme moi qui ne savaient pas lire le voranien et avaient besoin que le texte soit lu à haute voix pour que les implants traducteurs en saisissent le sens.

La voix mécanique de l'IA semblait contenir une note d'agacement alors qu'elle me lisait la confirmation à haute voix, y compris le numéro de la pièce où le message avait été envoyé.

— Merci !

Je me précipitai dans le couloir, en appuyant sur les boutons de synthèse vocale à côté de chaque porte le long du chemin à la recherche du numéro de chambre d'Agan.

— Lieutenant Nowak, m'implorait l'IA depuis chaque écran devant lequel je passais. Sauf si vous êtes une parente, vous ne pouvez rendre visite à aucun patient de cet hôpital sans autorisation officielle.

Je n'étais pas de la famille d'Agan. Nous n'étions pas de la même armée ni même de la même planète. Dans la perspective de l'IA sans cœur, Agan et moi étions de parfaits inconnus, sans droits ni prétentions l'un sur l'autre.

Mais, au fil du temps, Agan était devenu plus proche de moi que n'importe qui d'autre dans la Galaxie. Ce fait serait difficile à expliquer à un robot, même aussi sophistiqué que le système d'IA voranienne. Je pouvais à peine comprendre ou expliquer ma connexion avec Agan moi-même, je la ressentais juste de tout mon cœur.

— Ici ! déclarai-je en faisant claquer ma main sur le verre dépoli de la porte menant à la pièce avec le bon numéro sur l'écran. Ouvrez-la, ordonnai-je à l'IA.

— Sans autorisation...

— J'ai dit ouvrez-la ! criai-je à tue-tête.

L'adrénaline montait en moi. Agan et moi aurions pu mourir un million de fois au cours des dernières vingt-quatre heures. Je n'avais plus la patience d'affronter une IA obstinée qui m'éloignait de lui là tout de suite.

— Lieutenant Nowak..., commença l'IA.

— Laissez-la entrer ! retentit la voix familière et chérie de l'intérieur de la pièce.

L'entendre m'inonda d'un immense sentiment de soulagement et de tendresse.

— Ou bien, elle va encore casser quelque chose, ajouta-t-il.

— Agan !

J'entrai en trombe au moment où la porte s'ouvrit.

— Elle est petite mais farouche, ma femme géante.

Il était assis sur une civière flottante, recouvert d'un morceau de drap jusqu'à la taille. Des tubes et des fils dépassaient de divers endroits de son corps, connectés aux écrans et appareils environnants.

Plusieurs Voraniens en tenue médicale se pressaient autour de lui, mais ils s'écartèrent lorsque je m'agenouillai près de la civière, en me penchant sur lui par-dessus le rebord.

— Te voilà, dit Agan en croisant mon regard. J'étais sur le point d'aller te chercher car ils ne voulaient pas m'emmener te voir.

Il lança un regard noir au professeur Kidreks et à certains membres de son équipe qui se tenaient à proximité.

— Comment vas-tu ?

Je glissai ma main plus près, effrayée de le toucher mais crevant d'envie d'avoir un contact physique.

— Le lieutenant Drankai a un certain nombre de blessures, déclara le professeur Kidreks au nom d'Agan. Trois côtes cassées ont entraîné une hémorragie interne...

— Je vais survivre, dit Agan en enroulant sa main autour de mes doigts. Merci à toi, Eleven. Mon chiffre porte-bonheur.

Ses yeux verts brillaient de tendresse alors qu'il me regardait. Je ne le voyais pas seulement, je le *ressentais*. L'émotion qui brillait dans ses yeux vivait aussi dans ma poitrine.

— Je t'aime, Agan.

Ce n'était peut-être pas le bon moment ni le bon endroit pour le dire, avec l'équipe médicale voranienne qui nous regardait fixement, mais je refusais d'attendre un meilleur moment alors que personne ne savait combien de temps il lui restait ou ce qui allait nous arriver ensuite.

— Je t'aime, mon minuscule géant, de tout mon cœur, dis-je.

J'avalai difficilement, la sensation de chaleur dans ma poitrine grandissait, en m'inondant complètement. Les émotions menaçaient de faire déborder des larmes.

— Emma..., dit-il en me prenant la main et en se penchant vers moi.

— Comment va notre héros ? résonna la voix du général Hicrai dans la pièce alors qu'il entrait à ce moment-là.

— Tu as entendu ça ? lui demandai-je en chassant rapidement mes larmes et en souriant à Agan, en restant agenouillée à ses côtés. Tu es un véritable héros interplanétaire maintenant, Agan.

— Toi aussi, répondit-il en haussant les épaules.

Je secouai la tête.

— Tu as fait la majeure partie du travail.

La sphère lumineuse qu'Agan avait récupérée des profondeurs de l'océan se trouvait maintenant quelque part dans un laboratoire voranien, m'avait informé l'IA plus tôt. Il avait été confirmé qu'elle n'émettait plus de signaux pour coordonner et diriger les *fescods*, cependant, quelque chose à l'intérieur restait vivant et palpitant. Les gouvernements voraniens et ravils s'étaient mis d'accord pour ne pas l'incinérer – comme certains l'avaient souhaité – mais de l'étudier à la place, dans l'espoir de mieux comprendre les *fescods* en tant qu'espèce.

— Tu as mis fin à la guerre, Agan, ajoutai-je.

— Mais où serais-je si tu ne m'avais pas mis en sécurité, Eleven ? Comme. À. Chaque. Fois, dit-il en insistant sur chacun des mots et en serrant fermement mes doigts. Tu es mon refuge.

— Le gouverneur Eehie, le chef du gouvernement de Ravie, a ordonné qu'on organise une célébration en votre honneur, lieutenant, annonça le général avec une expression extrêmement satisfaite. Il y aura aussi un défilé de la victoire ici dans la Cité de Voran avec une retransmission vidéo et les images seront diffusées sur Tragul.

Puis, il se tourna vers le personnel médical et demanda :

— Comment se porte-t-il ?

— Mieux que prévu, tout bien considéré, répondit le professeur Kidreks en consultant la tablette entre ses mains. Nous avons utilisé la nouvelle technique de régénération, et cela a fonctionné de manière phénoménale. L'hémorragie interne que le lieutenant avait a été arrêtée, tous les tissus affectés sont presque guéris et les os devraient être complètement rétablis dans les prochains jours.

— En d'autres termes, général, je vais bien et je suis prêt à partir, conclut Agan en jetant sur le côté le drap qui le recouvrait.

Je tirai discrètement un coin du drap sur son entrejambe, car il était à poil en dessous.

— Nous vous ramènerons en terre Ravie, assura le général Agan, en ignorant complètement ma présence, comme d'habitude. Dès que les excellents médecins d'ici auront donné leur permission, bien entendu.

— Pas avant une semaine, au moins, objecta le professeur Kidreks. Je déconseillerais tout voyage interplanétaire jusque-là.

— Je demande à sortir de l'hôpital, maintenant, déclara Agan, en reprenant ma main. Je resterai dans la Cité de Voran aussi longtemps que le lieutenant Nowak sera en ville.

— Maintenant ? demanda le général en jetant son regard sur Agan puis sur les membres de l'équipe médicale. Peut-il même être exempt de soins médicaux pour le moment ?

— Je suppose que nous pourrions continuer le processus de guérison en ambulatoire, à ce stade, dit lentement le professeur, en vérifiant les mesures sur les écrans autour d'Agan.

Il fit ensuite signe aux autres médecins de lui retirer les tubes et les fils. Quelqu'un tendit son pantalon à Agan.

— Il devra bien sûr rester dans la Cité de Voran jusqu'à ce que sa santé ne soit plus préoccupante, ajouta-t-il.

— À quel moment ne le sera-t-elle plus ? demandai-je.

Depuis qu'Agan avait été rétréci, mon inquiétude quant à sa santé ne s'était jamais atténuée. Elle n'avait fait que se renforcer à mesure que je tenais davantage à lui.

— À ce stade, il serait impossible de le dire, répondit le professeur, sans quitter des yeux la tablette dans ses mains.

— Pensez-vous qu'il y a un moment où il sera possible de le dire ? insistai-je.

Il fit glisser son regard de la tablette vers moi.

— On peut toujours espérer.

L'espoir était tout ce que j'avais.

— Je vais ordonner d'organiser le transport jusqu'à la base militaire ravile, lieutenant, tonna la voix du général.

Je me raidis, en m'apprêtant à me battre contre le général.

— Ce ne sera pas nécessaire, objectai-je.

Agan et moi nous étions promis de rester ensemble.

— J'habite dans l'appartement du bâtiment du Comité de Liaison, expliqua Agan. Avec le lieutenant Nowak.

— Avec elle ? s'étonna le général en me regardant fixement, le ressentiment clairement lisible sur son visage.

Débarrassé des tubes et des fils, Agan enfila rapidement son pantalon.

— Nous viendrons ensemble à la cérémonie aussi, dit-il en se tenant debout sur la civière, en boutonnant son pantalon. Parce que le lieutenant Nowak est aussi l'héroïne du jour.

— Ah bon ? fit le général en continuant de me fixer comme si j'étais une tache de terre sur ses vêtements. Pourquoi une femme se soucierait-elle même d'être reconnue comme une guerrière ? Ce n'est pas là que réside la valeur d'une femme.

Seule la considération de la relation interplanétaire entre la Terre et Tragul m'empêchait de d'exprimer ma façon de penser au général concernant son opinion sur ce qu'était « la valeur d'une femme ».

Si j'ouvrais la bouche, j'avais peur de ne plus pouvoir m'arrêter, alors je ne dis rien, en bouillant intérieurement.

Les traits d'Agan se durcirent, ses yeux se rétrécirent en deux petites fentes – deux éclats d'un vert intense.

— Le succès de la mission relevait d'un effort conjoint, grinça-t-il entre ses dents. Ce ne fut un succès que parce que le lieutenant Nowak en a fait partie. Je ne participerai à aucun défilé ni aucune célébration sans elle. Si vous ne l'honorez pas comme une héroïne, vous n'aurez aucun héros à honorer.

Soudain, je me fichais de ce que le général avait dit ou de ce qu'il était sur le point de dire maintenant. Je m'en foutais des célébrations ou des défilés.

Agan m'avait parfaitement comprise. Il reconnaissait mon rôle dans la mission, il appréciait mes performances, il ne pensait que du bien de moi. À ses yeux, j'étais une héroïne. À ce moment précis, peu importait ce que le reste du monde disait ou pensait de moi.

Chapitre 21

Emma

Grâce à notre entêtement et à notre détermination communs, Agan et moi avions obtenu qu'il passe la semaine prochaine dans mon appartement. Nous devions nous reposer et récupérer ensemble.

Deux jours après notre retour chez moi, je fus réveillée par une douce caresse sur mon visage.

— Agan ?

Il s'était endormi sur ma poitrine la nuit dernière, comme il l'avait fait presque chaque nuit depuis le jour où il s'était fait livrer dans la boîte de cupcakes pour notre rendez-vous de Saint-Valentin.

Étant plus grand, il avait posé sa tête sur mon sein gauche la nuit dernière, en l'enlaçant comme un oreiller, avant que son doux ronflement – ou plutôt un ronronnement profond et velouté – ne commence.

J'étais étonnée de la rapidité avec laquelle il réussissait à s'endormir, comme si chaque instant de paix était trop précieux pour être gaspillé en se tournant et se retournant – le temps d'un guerrier ne devait être utilisé que pour le repos ou l'action, et rien d'autre.

Je m'étirai en gardant les yeux fermés, ma conscience revenant lentement, en chassant les dernières traces de sommeil.

La sensation de quelque chose d'énorme et de lourd appuyé contre moi me submergea. Quelqu'un de grand était sur le point de m'attaquer.

La panique me poignarda la poitrine. Ce que j'avais appris durant ma formation me revint avec la rapidité d'un réflexe. Je donnai un coup de poing dans la direction où j'estimais que la gorge de mon agresseur se trouvait et un coup de genou dans son entrejambe.

— Aaaah, se fit entendre un gémissement profond et guttural, fort comme un éboulement.

Je roulai rapidement hors du lit, en sautant sur mes pieds, avant même d'avoir complètement ouvert les yeux.

— Eh bien, bonjour à toi aussi, Eleven, grogna Agan avec une voix forte, tellement plus forte qu'hier.

Mes yeux s'écarquillèrent tandis que je le fixais.

Recroquevillé dans mon lit, les deux mains pressées entre ses jambes là où je lui avais donné un coup de genou, il occupait la majeure partie de l'espace – tout l'espace, en fait. Le cadre du lit grinça, le matelas s'affaissa sous son poids alors qu'il se leva enfin, en se remettant sur pied.

— Agan..., murmurai-je, en inclinant la tête en arrière pour le voir tout entier alors qu'il se tenait debout. Tu es à nouveau toi.

J'avais oublié à quel point Agan était incroyablement grand. Sa présence envahissait entièrement l'appartement. J'avais du mal à respirer, comme s'il avait aspiré l'oxygène de la pièce avec son corps énorme et sa carrure encore plus grande.

— Comment te sens-tu ? demandai-je rapidement.

— Bien.

Il fit le tour du lit jusqu'à moi.

— Attends ! m'exclamai-je en levant les deux mains entre nous, en le coupant dans son élan. Viens, mais lentement. S'il te plaît.

Le changement s'était produit si soudainement, c'était vertigineux. Quand il s'approchait de moi, cela ressemblait à une montagne ou à un tsunami en train de se déplacer – intimidant. Il obstruait la lumière, comme un nuage d'orage traversant le soleil.

— Emma, gronda sa voix profonde remplie d'incertitude alors qu'il faisait un pas hésitant vers moi. C'est moi.

— Approche..., dis-je dans un souffle.

Pas à pas, il me rejoignit. Mon nez se pressa sur un endroit bien en dessous de sa poitrine. Il avait tellement grandi, tellement vite.

L'anxiété me serrait le cœur.

— Est-ce que tu te sens vraiment bien ?

Il fit rouler ses épaules massives avec un petit sourire.

— Parfaitement.

— Nous devrions t'amener voir le professeur Kidreks tout de suite.

Il attrapa mes épaules, en m'immobilisant.

— Plus de laboratoires.

— Mais les *yirzis*...

— Les *yirzis* sont une espèce différente. Les rayons de Voltuds n'ont manifestement pas eu le même effet sur moi. Ma taille a augmenté par étapes et au fil du temps, ce qui a facilité l'adaptation de mon corps. Emma, crois-moi, je me sens bien, dit-il en prenant une profonde inspiration qui fit gonfler son torse. J'ai l'impression d'être de retour dans ma peau. Enfin, je retrouve ma taille normale.

— Bien, soupirai-je, soulagée et si heureuse pour lui.

Lentement, j'appuyai mon front contre l'extrémité de son sternum, mon regard tombant sur son énorme érection matinale qui se dressait près de mon ventre nu.

— As-tu toujours été aussi énorme ? dis-je en levant la tête, pour chercher ses yeux quelque part en haut. Es-tu sûr que tu n'as mal nulle part ? Des étourdissements ? Nausée ?

Je me sentais définitivement étourdie moi-même, en le fixant comme ça.

Il m'adressa un de ses sourires effrontés.

— Seulement une douleur persistante à la bite. Mais c'est un phénomène normal quand je suis à tes côtés.

J'éclatai de rire. Il avait l'air à la fois familier et différent. Ses mots, cependant, venaient définitivement de l'Agan que je connaissais.

— OK. Euh... Bon Dieu, tu es si grand.

Je ne pouvais pas détacher mes yeux de lui, même si mon cou commençait à avoir des crampes à cause de ma tête inclinée en arrière.

— Es-tu sûr qu'accidentellement tu n'aurais pas grandi de quelques centimètres de plus ? lui demandai-je.

— *Où* exactement ? demanda-t-il en riant.

Je baissai à nouveau les yeux.

— Partout.

Je n'avais pas vu Agan sans pantalon avant qu'il n'ait été rétréci. C'était de loin le pénis le plus impressionnant que j'aie jamais vu, réalisai-je. C'était aussi le plus intimidant.

— Il n'y a plus aucun moyen que je puisse te mettre entre mes seins, dis-je lentement en continuer de fixer son sexe.

— Pas tout mon corps, non, dit-il en riant, en se penchant plus près et se pressant contre moi. Mais nous pourrions toujours imaginer quelques variantes...

Je déplaçai mon regard vers son torse. Une fourrure courte et fauve poussait sur ses muscles pectoraux saillants. Les rayons du soleil du matin s'y accrochaient, en lui donnant un éclat doré.

Mon homme en or.

J'hésitai à lever la main. Sa poitrine cessa de bouger alors qu'il retenait son souffle. Lentement, je plaçai ma paume juste au-dessus de son cœur, puis la fis glisser jusqu'à son épaule. Sa fourrure était lisse et soyeuse, mais pas aussi fine que lorsqu'il était plus petit. Je plaçai aussi mon autre main sur son torse, en réapprenant la sensation de le toucher.

— Emma ? demanda-t-il doucement, les mots vibrant dans sa poitrine sous ma main. Tout va bien ?

Une note d'inquiétude se mêlait à son ton.

— Oui.

Je fis glisser mes mains jusqu'à son cou épais, en longeant ses muscles durs avec mes doigts. Après avoir glissé mes paumes sur les monticules bombés de ses épaules, je déplaçai ensuite mes mains le long de ses bras.

— Il y a tellement de toi, Agan.

Je fis traîner mon doigt sur l'une des lignes élégantes de son tatouage coloré, sur la montagne escarpée de son biceps et dans le creux à l'intérieur de son coude.

— C'est *trop* ? demanda-t-il en fronçant les sourcils. Suis-*je* trop pour toi, Emma ?

Je me reculai pour mieux voir ses yeux, en me retrouvant noyée dedans.

Il s'accrocha à mes épaules, en ne me laissant pas m'éloigner de lui.

— Voudras-tu encore de moi, Emma ? m'interrogea-t-il. Tout de moi, aussi grand que je sois ? Avec mon ego surdimensionné ? Mon comportement excessif ?

— Et ta personnalité hors du commun ?

Je souris, en tendant la main pour attraper son visage. La dureté de sa pommette ciselée était adoucie par le côté soyeux de sa fourrure.

Je n'étais pas assez grande pour l'embrasser. Même si je me mettais sur la pointe des pieds, je ne pouvais pas atteindre sa bouche avec la mienne, même pas un peu. Heureusement, il se pencha, en cherchant lui-même à m'embrasser.

— Tu es tout ce qu'il me faut, Agan, murmurai-je contre ses lèvres, en plongeant mes doigts dans l'épaisse masse de ses cheveux ondulés. Pour moi, tu es absolument parfait. Je prendrai autant que tu me donneras. Et je chérirai tout cela.

Il me souleva avec aisance et m'embrassa profondément. Ses lèvres réclamaient les miennes. Sa langue envahit ma bouche. Agan me faisait sienne d'une nouvelle manière – totalement et pleinement.

— Je rêvais de ça, murmura-t-il, en laissant traîner des baisers de mes lèvres à mon cou.

Mes jambes autour de sa taille, je m'accrochais à ses larges épaules, ses bras épais me tenant fermement.

— Je voulais te serrer toute entière dans mes bras, poursuivit-il.

En ne me lâchant pas, il retourna vers le lit et déclara :

— Je veux te prendre, Emma, pour te faire mienne. De toutes les manières possibles.

Il m'allongea sur le matelas, puis monta dessus. Le cadre du lit vibra sous son poids mais tint bon alors qu'il m'embrassait à nouveau, avec l'appétit d'un homme affamé depuis des lustres.

Mon corps était presque entièrement caché sous le sien. Ses bras et ses jambes me tenaient en cage, alors qu'il prenait soin de ne pas faire peser tout son poids sur moi. Ses mains étaient partout à la fois. Et il envahissait tous mes sens.

Le contact de sa fourrure contre ma peau nue était stimulant, chargeant d'électricité chaque nerf de mon corps. Tout en moi bourdonnait d'excitation et d'impatience. Mon désir pour lui déclinait et grandissait à chaque coup de langue et à chaque caresse de ses mains.

J'écartai les jambes plus largement, en laissant la nervure dure de son érection se presser contre mon entrejambe. Ce contact envoya une nouvelle vague de désir dans le bas de mon ventre, et la chaleur palpitait entre mes jambes.

— J'ai envie de toi, Agan, gémis-je, en soulevant mes hanches et en me frottant contre lui.

— Putain..., dit-il en embrassant avidement mon cou avant de se reculer un peu. Je ne peux plus attendre.

Son gland pressé contre ma chair humide, je rejetai la tête en arrière, en fermant les yeux.

— Plus, dis-je.

Il s'enfonça lentement plus profondément, en faisant bouger ses hanches et en m'étirant. Un long grondement sourd résonna dans sa poitrine, accompagné d'un gémissement de plaisir alors qu'il s'enfonçait.

— C'est magnifique, Emma, gémit-il au-dessus de moi, en s'enfonçant un peu plus. Tu es si minuscule, ma femme géante. Si incroyablement serrée.

Mon corps picotait et s'étirait autour de lui alors qu'il entrait plus profondément, en me remplissant entièrement. Il poussa une fois de plus, et je gémis – alarmée – il n'y avait plus de place pour aller plus loin. C'était comme si mes organes internes étaient sur le point de se déplacer.

Il était tout simplement trop gros.

Inquiète, je pressai mes deux mains contre son torse.

— Pas plus, Agan. Je ne peux pas te prendre en entier.

Je doutais que quelqu'un puisse le faire, mais peut-être qu'il avait raison, et que j'étais *minuscule*, trop petite pour lui.

Il se retira tout de suite.

En me prenant dans ses bras, il me fit glisser sur ses genoux, en s'asseyant.

— Est ce que je t'ai fait mal ? demanda-t-il avec inquiétude, en frottant doucement son nez contre mon cou.

Sa queue encerclait doucement ma taille, le bout duveteux caressant délicatement mes jambes.

— Non, répondis-je en l'embrassant. Mais cette bête énorme qui t'appartient pourrait certainement causer des dégâts, dis-je en cachant mon visage dans son épaule. Tu te souviens quand tu étais trop timide pour enlever ton pantalon devant moi parce que tu pensais que je te taquinerais parce que tu étais trop petit ? demandai-je en poussant un long soupir. Maintenant, c'est moi qui suis trop petite pour toi.

Je grimaçai en fermant les yeux. Agan et moi étions si bien connectés à tous égards. Ça faisait mal de savoir que nous ne pouvions pas vivre la pleine intimité physique, même maintenant, alors qu'il avait finalement retrouvé sa taille.

— Eleven. Il prit mon menton dans sa main, en levant mon visage vers le sien. Toi et moi sommes parfaits l'un pour l'autre. Tu es faite pour moi, dit-il en m'embrassant doucement. Nous ferons en sorte que cela fonctionne. Il y a bien d'autres façons. Que penses-tu de celle-là ?

Il me retourna sur ses genoux, mon dos devant lui. Son bras m'entoura alors qu'il caressait mon cou avec ses lèvres.

— Je suis tout à toi, chérie. Tu peux prendre de moi autant ou aussi peu que tu le souhaites.

Je bougeai mes genoux, en les plaçant de chaque côté de ses cuisses. En me mettant au-dessus de son érection monstrueuse, je baissai lentement les hanches, en essayant de le prendre à nouveau. Je souhaitais tellement que ça marche.

— Et voilà, mon amour, murmura-t-il alors que je glissais plus bas.

Je fus à nouveau étirée, avec un sentiment à la fois d'engourdissement et de picotement. Dans cette position, cependant, je n'avais pas besoin de prendre toute sa longueur. Lorsque l'arrière de mes cuisses touchait ses genoux, la partie de lui qui était à l'intérieur de moi ne causait ni douleur ni inconfort, juste une sensation stimulante d'être remplie et étirée jusqu'à la limite. Sous cet angle, la pression de lui au fond de moi me donnait également l'envie désespérée d'en avoir plus.

— Ça fonctionne, Agan, chuchotai-je avec enthousiasme, en remuant les hanches.

— Je t'ai dit que nous étions faits l'un pour l'autre, murmura-t-il entre mes omoplates. Je l'ai toujours su.

Oh oui, nous l'étions. Nous avions toujours été faits l'un pour l'autre, peu importait la taille.

Je me relevai un peu sur mes genoux, en laissant une partie de son membre sortir un peu puis me rabaissai lentement sur ses genoux.

Il soupira, en prenant mes seins en main. Je regardai avec stupéfaction alors qu'ils disparaissaient complètement dans ses grandes mains. Il était difficile de croire qu'il avait eu auparavant son bras entier enroulé autour de mon sein gauche. Avant cela, tout son corps s'enroulait autour d'un seul côté.

— Tu es à moi, Agan.

Je plaçai mes mains sur les siennes, en montant et glissant le long de sa hampe.

— Tu es tout à moi, peu importe s'il y a peu ou beaucoup de toi, ajoutai-je.

Ma respiration devint plus difficile, alors que je bougeais plus vite, en rebondissant sur ses genoux avec une vitesse croissante. Le plaisir grandissait en moi, en montant en volutes chaudes, prêt à exploser. Je baissai ma main pour le relâcher, mais Agan la repoussa.

— Moi, grogna-t-il.

Il pressa son doigt sur le point sensible entre mes jambes, en envoyant une charge de chaleur à travers mon ventre et vers l'intérieur de mes cuisses.

Le grondement dans sa poitrine vibra contre mon dos alors qu'il jouissait, son orgasme déclenchant le mien aussi. Je me penchai alors que l'extase me traversait, et Agan me tenait avec son bras fort autour de ma taille.

Il pressa ses lèvres contre mon dos, puis glissa doucement hors de moi après que les dernières répliques orgasmiques s'étaient calmées.

— Je t'aime, Emma.

Il me berçait sur ses genoux, son grand corps entourant le mien.

— J'irai où tu iras. Il n'y a plus moyen de nous séparer maintenant, déclara-t-il.

Chapitre 22

Agan

Si tu avais le choix, préférerais-tu que nous allions sur Terre ou que nous restions ici ? demanda-t-il à Emma alors qu'ils s'habillaient pour la cérémonie qui allait célébrer la fin de la guerre en territoire Ravie.

L'équipe médicale lui avait finalement donné l'autorisation de voyager. Emma et lui étaient arrivés sur Tragul la veille. Ils avaient passé la nuit dans la Ville de Ravie, la capitale du pays, dans la suite au deuxième étage de l'hôtel de ville que le gouvernement leur avait assignée pour le moment.

— Hmm, je ne suis même pas sûre, pour être honnête, résonnait sa voix derrière un paravent en soie brodé qui divisait la grande pièce de la suite. Tant que je peux être avec toi.

Avec l'Esprit des *fescods* désormais détenu en lieu sûr dans le labo voranien sur Neron, les attaques de *fescods* s'étaient arrêtées. Les créatures parcouraient toujours la jungle de Tragul, toujours aussi vicieuses. Mais sans force intelligente pour les organiser et les diriger, ils n'étaient pas plus dangereux que n'importe quel autre animal prédateur qui vivait dans la nature.

La guerre était terminée. Les Ravils étaient désormais libres de reconstruire leur pays et de retrouver la vie paisible qu'ils n'avaient pas connue depuis si longtemps.

La cérémonie d'aujourd'hui dans la Ville de Ravie était en son honneur. Pour son peuple, il était le héros guerrier ravil qui avait mis fin à la guerre qui avait duré plusieurs décennies. Ce que beaucoup d'entre eux n'avaient pas compris, c'est qu'il n'aurait pas réussi à faire ça sans avoir la petite et farouche femme humaine à ses côtés.

Il avait pris sur lui de les éduquer sur le rôle qu'avait joué Emma dans la fin de la guerre. Il s'était battu pour inclure son nom dans le programme, les bannières et toute autre type de couverture médiatique dont il avait fait l'objet. Elle était l'héroïne autant qu'il était le héros. S'ils l'honoraient, ils devaient aussi lui rendre hommage.

Il l'avait également fait comprendre au chef du pays de Ravie, le gouverneur Eehie. Lorsque le gouverneur lui avait accordé une audience, Agan avait refusé de l'accepter jusqu'à ce que le nom d'Emma ait été ajouté sur l'invitation.

Emma ne semblait pas si préoccupée par le fait de potentiellement manquer de gloire et d'attention. Elle avait dit que cela ne la dérangeait pas de rester à l'écart des projecteurs, mais il savait qu'elle appréciait ses efforts.

— Je vais sortir, annonça-t-elle, toujours derrière le paravent. Es-tu prêt à voir ma tenue ?

— Je meurs d'envie de la voir, avoua-t-il, impatient.

— Oups, juste une minute..., marmonna-t-elle doucement. Cette soie est si glissante.

— Viens ici, je vais t'aider.

Il noua la ceinture de cérémonie bleue avec la frange dorée autour de sa taille.

La soie de la ceinture était douce et luxueuse entre ses mains calleuses. Le cuir suédé de son nouveau pantalon rouge sable était doux et confortable. Le cuir noir gaufré de son plastron, également flambant neuf, avait été fraîchement peint avec des motifs lumineux en or et vert.

Il n'avait pas porté de tenue de cérémonie depuis très longtemps. Aujourd'hui, il était habillé pour faire bonne apparence, pas pour l'action.

— As-tu besoin de moi pour t'aider à nouer ou à fermer quelque chose ? demanda-t-il en regardant le paravent qui le séparait de sa femme humaine.

— Non, merci, dit-elle en riant doucement. Je sais ce qui se passera si je sors seins nus – nous n'arriverons jamais à la cérémonie.

Elle avait raison. Sa bite palpitait quand il pensait à elle à moitié habillée derrière ce paravent. Passer la journée enfouie en elle – son corps et son âme à sa merci – serait pour lui la meilleure des célébrations.

— Ta-da ! fit Emma en apparaissant.

Elle devait être habillée en guerrière ravile pour la cérémonie. Cependant, comme il n'y avait pas de version féminine de l'uniforme de l'armée ravile – de cérémonie ou autre – les fonctionnaires lui avaient fourni la tenue traditionnelle d'une femme ravile.

Emma portait une longue jupe fluide de soie bleue brodée de rouge et de vert, les couleurs de la jungle de Tragul et les couleurs officielles de Ravie. Une écharpe à franges dorées, semblable à sa ceinture, était nouée autour de ses seins. Ses cheveux blonds détachés tombaient juste en dessous de ses omoplates. Son sourire allait de pair avec le bonheur qui éclatait dans ses yeux bleu ciel, en lui donnant envie de l'embrasser, sur-le-champ.

— Qu'en penses-tu ?

Elle tournoya, en faisant virevolter la jupe volumineuse autour de ses jambes. Il remarqua les sandales plates à lanières de son peuple à ses pieds.

La femme qu'il aimait, habillée comme l'une des siens – il souhaita immédiatement pouvoir voir ça plus souvent.

— Tu es belle.

— Pas trop décolleté, tu penses ? demanda-t-elle en tirant un peu sur l'écharpe pour couvrir davantage sa poitrine. Pour une apparition publique, je veux dire ?

— La plupart des personnes présentes seront torse nu, alors...

Il haussa les épaules. Les Ravils n'aimaient généralement pas porter de chemises, leur fourrure et la douceur du climat de leur pays le permettant aisément.

Il s'approcha d'elle et posa ses mains sur sa taille. Ses pouces atterrirent sur sa peau nue au-dessus de la ceinture de la jupe, et il caressa cet endroit-là, en appréciant la sensation douce et familière de sa peau sans poils sous ses mains.

— Tu n'as pas vraiment répondu à ma question tout à l'heure. Si tu devais choisir, où préférerais-tu vivre, ici ou sur Terre ?

Leur nouveau statut de héros pourrait leur laisser le choix.

— Eh bien, te ramener clandestinement sur Terre avec moi serait bien plus compliqué maintenant que tu as la taille d'un camion. Je ne peux plus te cacher dans mon soutien-gorge.

Le sourire taquin qu'il aimait tant scintillait dans ses yeux, en étirant les coins de sa bouche.

— Envisagerais-tu de rester ici, en territoire Ravie ?

Il retint son souffle, en attendant sa réponse.

La priorité était qu'ils restent ensemble, soit sur Terre, soit sur Tragul, voire sur une autre planète s'il le fallait. Logiquement, il comprenait qu'Emma préférerait peut-être retourner chez ses parents. Il n'avait pas de famille sur Tragul. Mais peut-être à cause de cela, la planète elle-même était devenue beaucoup plus chère à ses yeux. Ravie était sa maison. Il avait toujours adoré ce pays, même quand il était ravagé par la guerre. Il aimerait voir ce territoire grandir et prospérer en paix.

Elle soupira.

— Je suis dans l'armée, tu te souviens ? Il me reste encore plus d'un an de service obligatoire. En plus, mes parents auront besoin de moi à un moment donné. Ils ne rajeunissent pas.

Avec la fin de la guerre, l'accord militaire entre la Terre et Neron n'allait pas être prolongé le mois prochain, ce qui signifiait que l'unité spéciale d'Emma repartirait bientôt pour la Terre.

Fidèles à leur vœu de rester ensemble, Emma avait demandé à rester dans le cadre de la force de sécurité interplanétaire conjointe qui avait été formée pour nettoyer Ravie des fescods restants qui rôdaient encore dans le pays. Si la demande était approuvée, son contrat pourrait être prolongé d'un an. Mais ce n'était pas assez. Agan avait besoin d'elle pour la vie.

— Et si on faisait venir tes parents ici ?

— Comme si c'était si simple…, dit-elle en inclinant la tête.

— La loi ravile encourage le rapprochement familial. La guerre a déchiré trop de familles. Si tu es autorisée à rester ici, tes parents aussi.

— Eh bien, il y a ce « si ».

Elle lui caressa le bras. La caresse de sa petite paume sur sa fourrure envoya des ondulations de plaisir sur sa peau. Il l'attira plus près de lui.

— Envisagerais-tu un jour de quitter l'armée ? Si tu avais un travail du même genre ici, bien sûr, ajouta-t-il rapidement.

Il connaissait assez bien Emma pour comprendre qu'elle devait rester occupée à faire ce qu'elle aimait s'il voulait qu'elle soit heureuse. Et la garder heureuse était maintenant la mission la plus importante de sa vie.

— Lorsque mon service militaire se terminera l'année prochaine, je pourrais demander à démissionner. Mais il n'y a aucun moyen pour moi de rester sur le territoire Ravie, tu te souviens ? Il n'existe aucun accord sur aucun type d'immigration entre nos nations. Et même s'il y en avait un, aurais-je le droit d'avoir un travail du même genre ici ? Les femmes n'ont pas exactement les mêmes droits ici, n'est-ce pas ?

— Légalement, les femmes raviles ont exactement les mêmes droits que les hommes. Culturellement, une femme faisant ce qui est considéré comme un « travail d'homme » peut poser problème, admit-il honnêtement.

— Eh bien, je ne suis pas du genre à reculer devant des problèmes, dit-elle en souriant.

— Comme si je ne le savais pas.

Il l'attira contre lui, en souhaitant vraiment ne pas devoir aller là-bas, pour qu'il puisse passer le reste de la journée entre ses jambes et la nuit avec sa tête appuyée sur sa poitrine.

— Ce sera peut-être difficile pour moi de rester, chéri.

Elle s'appuya contre lui, en pressant le côté de son visage juste en dessous de son torse. Les semelles plates de ses sandales ne lui donnaient pas de hauteur supplémentaire pour aller plus haut que cela.

— D'après le général Hicrai..., poursuivit-elle.

— Le général n'est pas en charge de cela. Je demanderai personnellement au gouverneur Eehie que tu restes. J'ai juste besoin de savoir que rester en territoire Ravie serait la vie que tu as envie de mener.

— Je veux être avec toi.

Elle leva les yeux vers lui, et il aimait ce qu'il y voyait. Il y avait tellement de confiance et de dévouement, ça le terrassait.

— Tant que nous serons ensemble, je vivrai n'importe où, dit-elle.

— Je vais t'épouser, ma femme géante, dit-il à haute voix ce qu'il ressentait au plus profond de son cœur. Peu importe où nous vivrons, tu seras ma femme.

— Est-ce que tu me *demandes* de t'épouser ? l'interrogea-t-elle en haussant un sourcil avec un sourire. Parce que ça ne ressemblait pas à une question.

— C'est parce que ce n'est pas le cas. Tu es déjà à moi. Tout ce que nous aurons à faire, c'est de le faire comprendre à tout le monde.

Emma

LA PLACE CENTRALE DE la Ville de Ravie était remplie de monde. La plupart des Ravils étaient torse nu comme Agan l'avait prédit. J'avais aussi repéré quelques Voraniens parmi eux, leurs longues cornes sombres dépassant de la foule. D'où je me tenais, je ne voyais ni Rick ni les autres gars de mon unité dans la foule, mais je savais qu'ils étaient là aussi. En tant qu'alliés de guerre des Ravils, toute l'Unité de la Terre avait été officiellement invitée aux festivités.

Les bâtiments massifs sur deux étages en rondins étaient décorés de bannières vertes et rouges. Les toits en champignons blancs brillaient de mille feux sous le soleil du milieu de la matinée. Des orchestres jouaient sur les balcons ornés de fleurs et de longues feuilles luisantes des arbres de la jungle.

Tout comme la place de la ville, chaque rue pavée qui y menait était bondée de monde, il y avait seulement un peu d'espace libre autour de la plate-forme en bois au centre de la place où je me tenais à côté d'Agan.

Le gouverneur Eehie – un grand Ravil d'âge moyen sans chemise mais avec une longue cape verte et dorée tombant en cascade sur son large dos – prononçait un discours devant la foule. Sa femme, une femme majestueuse avec un châle richement brodé drapé sur ses épaules, se tenait à ses côtés.

Le gouverneur plaça un insigne doré sur l'épaule d'Agan sous un tonnerre d'acclamations et d'applaudissements.

En appuyant sa main droite sur le côté gauche de sa poitrine, Agan s'inclina devant le gouverneur et sa femme puis devant la foule. Il s'écarta ensuite, en faisant de moi le centre de l'attention.

— Merci, lieutenant Nowak de la Terre, dit le gouverneur en inclinant la tête et en plaçant un insigne doré identique sur mon épaule.

Sa femme m'adressa un sourire crispé.

La vague d'applaudissements fut plus lente à venir cette fois. Cela commença timidement en provenance de quelques endroits alors que j'appuyais ma main sur mon cœur et m'inclinais devant le gouverneur, comme l'avait fait Agan.

— Merci d'avoir apporté la paix sur notre territoire, déclara le gouverneur en frappant dans ses mains, et en faisant monter la vague d'acclamations.

Je me tournai pour faire face à la foule, en balayant du regard toute la place et en parcourant autant de rues adjacentes que possible.

Ce pays pourrait-il être ma maison ? Est-ce que ces gens m'accepteraient un jour pour ce que j'étais ? Serais-je capable de rester fidèle à moi-même ici, sans offenser personne en violant les normes culturelles ?

Agan s'avança.

— En tant qu'étrangère, le lieutenant Nowak est en droit de demander une récompense aux habitants de Ravie pour le service qu'elle a rendu à notre pays, déclara-t-il avant de se tourner vers le gouverneur. C'est la loi, n'est-ce pas ?

Le gouverneur fronça les sourcils, plus de confusion que de colère ou d'agacement, je l'espérais.

— C'est une ancienne tradition, pas une loi, affirma-t-il. Un guerrier en dehors de la Ville de Ravie qui a combattu et gagné au nom de la ville pourrait demander une récompense au maire.

— Puisque le lieutenant Nowak n'est pas seulement de l'extérieur de la ville mais aussi de l'extérieur du pays, sa récompense devrait venir de vous, n'est-ce pas ? demanda Agan, innocemment.

Madame Eehie haleta doucement.

— C'est une femme, pas une guerrière, dit-elle.

— Elle est les deux, rétorqua catégoriquement Agan.

Le gouverneur déplaça son regard sur moi.

— Avez-vous l'intention d'exiger une récompense pour le service que vous avez rendu, lieutenant ?

Je jetai un coup d'œil à Agan, qui m'adressa un sourire encourageant. Cela valait la peine d'essayer. J'inspirai profondément avant de laisser échapper

— Oui.

Un grondement parcourut la foule. Les gens semblaient intrigués, même si beaucoup semblaient désapprouver. Exiger ouvertement une récompense pour une bonne action devait être mal vu. Eh bien, j'avais peu à perdre.

— J'aimerais vous demander quelque chose, gouverneur, dis-je haut et fort, afin que les gens qui se trouvaient aux abords de la place puissent également m'entendre.

— Je suis sûr que cela pourrait être discuté plus tard, murmura Madame Eehie à l'oreille de son mari.

— Ma requête est très simple, ajoutai-je rapidement, sans lui donner la chance de faire marche arrière. Il n'y a pas grand-chose à discuter ou à négocier.

Je me tournai à nouveau vers la foule. Leur approbation signifiait bien plus que celle du gouverneur ou de sa femme.

— Peuple de Ravie, dis-je, la seule récompense que je demande est votre permission d'appeler votre pays ma maison. Je souhaite rester et construire ma vie ici, sur Tragul.

Une vague grondante déferla sur la foule, et j'essayai désespérément d'évaluer s'il s'agissait d'une vague d'approbation ou de mécontentement. Si les Ravils ne m'acceptaient pas, peu importait ce que dirait leur gouverneur. J'étais prête à travailler dur pour être pleinement incluse dans leur société. Cependant, une hostilité ouverte rendrait ma vie ici tellement plus difficile.

— Vous voulez rester en territoire Ravie ? m'interrogea le gouverneur en me dévisageant. En tant que l'une de nos citoyennes ?

— Oui.

— Pourquoi ?

J'inspirai une grande bouffée d'air et je fis de nouveau face à la foule.

— Je veux vous aider à reconstruire ce que je vous ai aidé à sauver : une vie paisible. J'aimerais faire partie de votre avenir prospère... je...

J'avais beaucoup plus de belles paroles qui tournaient dans ma tête. Toutes étaient vraies, mais aucune ne semblait assez percutante pour ce moment.

— Je veux rester avec l'homme que j'aime, déclarai-je en leur montrant mon cœur. Ma maison est là où il est.

La large main d'Agan se referma sur la mienne alors qu'il prenait place à mes côtés.

— Il y a eu tellement de pertes et de séparations pendant la guerre, s'adressa-t-il à son peuple. Que notre histoire soit celle de l'union !

Et cette fois, la vague d'acclamations, d'applaudissements et de cris était définitivement une vague de soutien. Elle se transforma en un tsunami de bruits, qui se répandit sur la place et bien au-delà.

— Pour avoir aidé à libérer Ravie, déclara le gouverneur Eehie avec force, même si peu de personnes au-delà de la plate-forme en bois pouvaient l'entendre à cause de l'excitation rugissante de la foule. Le lieutenant Emma Nowak de la Terre recevra la citoyenneté ravile. C'est un honneur de vous accueillir comme l'une des nôtres, lieutenant.

Des larmes de bonheur piquaient derrière mes paupières. Je relâchai une longue respiration, seulement pour en reprendre une autre rapidement, car l'air semblait soudainement manquer d'oxygène.

Je n'avais pas eu l'occasion de connaître personnellement ce pays et ses habitants. Je m'étais battue pour eux, j'avais risqué ma vie pour eux, mais une grande partie restait encore largement inconnue. Cependant, j'envisageais l'avenir avec enthousiasme et un fort désir d'apprendre. Ce ne serait pas facile – rien ne l'avait jamais été – mais il n'y avait ni peur ni inquiétude dans mon cœur.

— Merci, murmurai-je, parce que personne ne m'aurait entendu malgré le bruit, même si j'avais crié.

En appuyant ma main sur ma poitrine, je m'inclinai profondément parce que tout le monde pouvait voir ce geste de gratitude envers le peuple ravil de m'avoir donné cette chance.

— Bienvenue, dit le gouverneur en posant ses deux mains sur mes épaules et en embrassant mon front.

— Bienvenue, dit sa femme en répétant son geste. Euh…, fit-elle en s'attardant devant moi, en luttant apparemment pour trouver ses mots. Je ne sais pas si vous aimeriez poursuivre votre métier actuel de guerrière... Nous avons plusieurs organisations qui vous accueilleraient en tant que femme ravile, ce qui ne fait peut-être pas partie de vos centres d'intérêt...

Elle se tut, manifestement confuse quant à la façon de me traiter et sans savoir où me placer.

— Emma est une excellente couturière, déclara Agan, à brûle-pourpoint.

Je lui fis un clin d'œil, en me demandant pourquoi il parlait de ça.

— C'est vrai ? demanda Madame Eehie dont les yeux s'illuminèrent d'excitation, le soulagement brillait clairement sur son visage. Nous avons tellement de grandes artisanes en territoire Ravie. Je couds moi-même et je serais intéressée de connaître les techniques que vous pourriez partager avec nous.

— Euh, bien sûr, répondis-je en souriant alors qu'elle prenait ma main dans les siennes, toute trace de malaise entre nous s'effaçant rapidement.

— Il y a une grande demande de la part des Voraniens concernant les vêtements et autres articles fabriqués par les femmes raviles. Les Voraniens dépendent largement des machines pour leur production textile. Ils apprécient nos produits artisanaux. J'aimerais coordonner nos artisanes, leur donner le soutien dont elles ont besoin pour pérenniser une production et une exportation régulières de leurs produits...

Madame Eehie continuait de parler avec enthousiasme, son bras accroché au mien alors que nous descendions, avec notre petit groupe, de la plate-forme et que nous nous dirigions vers les jardins de l'hôtel de ville.

Là, sous les pergolas aux auvents tissés d'herbe, de longues tables avaient été disposées en rangées. D'énormes quantités de nourriture reposaient sur des plateaux et de grands plats ronds.

— Vous pouvez vous asseoir juste ici, à côté de moi si vous le souhaitez, lieutenant Nowak, m'invita Madame Eehie, en désignant un long banc à l'une des tables.

— Merci, dis-je en prenant place à côté d'elle, avec Agan assis de l'autre côté. S'il vous plaît, appelez-moi Emma.

— Très bien, je le ferai, acquiesça-t-elle en souriant et en écartant une mèche ondulée de sa crinière qui descendait jusqu'à ses épaules. Je suis Inkra, alors.

— Lieutenant Drankai ! cria la voix aiguë du général Hicrai en me faisant sursauter.

Il s'approcha de notre table à grandes enjambées déterminées et salua à la hâte le gouverneur et son épouse, en m'ignorant complètement comme d'habitude.

Agan se leva, en lui faisant face.

— Heureux de voir que vous êtes de retour et en pleine forme, déclara le général Hicrai en lui donnant une tape sur l'épaule. Peutêtre que maintenant vous pourrez mieux contrôler votre femme.

Il prit finalement acte de ma présence en me lançant un regard de reproche.

— Je pars, dit soudain Agan. Je quitte l'armée. Je vous présente ma démission.

— Quoi ? demanda le général qui, pendant un instant, eut l'air de s'être étouffé avec quelque chose de pointu. Vous ne pouvez pas quitter l'armée ! beugla-t-il. La quitter est ce qu'on appelle une désertion, punie par la loi.

— Le service obligatoire dans l'armée ravile est de vingt ans. Après cela, on peut arrêter à tout moment, rétorqua Agan en croisant calmement les bras sur sa poitrine. J'ai terminé les deux décennies de service obligatoire il y a deux ans. Je pars.

— Vous n'êtes dans l'armée que depuis douze ans, répondit le général en enfonçant son doigt dans le plastron d'Agan. Vous avez un long chemin à parcourir avant la fin de votre temps obligatoire.

Agan secoua la tête.

— Conformément à la loi sur l'Égalisation, les années d'activité dans une organisation de résistance civile sont comptées dans les années de service actif dans l'armée.

— Vous n'avez même pas encore trente ans, se moqua le général Hicrai. Vous ne pouvez pas avoir les vingt ans complets de toute façon. Quand avez-vous commencé ? Quand vous aviez huit ans ?

— Six. Et maintenant, j'ai fini, déclara Agan en décroisant les bras et en s'approchant un peu plus du général. Et puisque vous n'êtes plus mon officier supérieur...

Il tourna le torse, en ramenant son poing en arrière avant de porter un grand coup sur la mâchoire du général.

Un léger halètement vint de l'endroit où Madame Eehie, Inkra, était assise. Ma respiration se bloqua dans ma gorge alors que je regardais, comme au ralenti, le général Hicrai reculer puis tomber sur ses fesses avec une exclamation de surprise sonore.

Il se remit rapidement sur ses pieds mais hésita à riposter en voyant l'expression sinistre d'Agan et son poing levé prêt à frapper à nouveau.

— C'est une agression ! hurla le général, à la place.

— Un homme ravil a le droit de défendre son honneur, déclara gravement Agan. Vous avez manqué de respect à ma femme, donc vous m'avez insulté.

— Comment donc ai-je manqué de respect à votre femme ?

Le général me lança un coup d'œil, plus craintif que haineux cette fois.

Agan sourit en me regardant.

— Vous avez laissé entendre que j'avais le droit de la contrôler.

Je lui souris en retour, en ignorant le regard noir du général.

— Agan ! cria quelqu'un dans la foule alors que les gens continuaient à s'asseoir aux tables.

Ceux qui ne voulaient pas s'asseoir se rassemblaient autour des hauts stands avec de la nourriture qui avait été placée autour du jardin.

— Hé, Hahlut, regarde ! Voilà Agan !

Je reconnus la voix d'un des frères d'armes d'Agan, enfin des *anciens* frères d'armes maintenant, puisqu'il venait de démissionner.

— Tu parles du petit mec sur l'épaule de l'humaine chétive ? demanda Hahlut en éclatant de rire.

Ils avaient manifestement raté la cérémonie, et n'étaient arrivés que pour la fête.

Agan se tourna lentement vers la voix.

— Je reviens tout de suite, me dit-il en se penchant, et en déposant un rapide baiser sur ma joue.

— Agan..., commençai-je, inquiète.

— Cela ne prendra pas longtemps, m'interrompit-il en étirant son cou, et en faisant craquer ses articulations. Je dois juste *parler* une minute avec Hahlut.

— Pourquoi ?

— Je dois lui apprendre la manière respectueuse de parler de ma femme, une fois pour toutes.

Je roulai des yeux.

—Non, ne le fais pas. Je lui ai déjà parlé au centre commercial. Il s'est excusé, tu te souviens ?

— Tu lui as parlé pour *me* défendre. Maintenant, c'est à mon tour de lui « parler » pour *te* défendre, déclara-t-il en sautant par-dessus un banc pour rejoindre ses anciens compagnons. Ne t'inquiète pas, je ne vais pas l'estropier.

Je secouai la tête, en captant au passage le regard accusateur que le général Hicrai me lançait alors qu'il se dépêchait de poursuivre Agan. Comme si c'était de ma faute si Agan avait décidé de faire jouer à nouveau ses muscles nouvellement développés.

— Ne me regardez pas comme ça, dis-je au général en soupirant. Ce n'est pas comme si je pouvais l'arrêter.

Je me tournai vers Inkra qui avait commencé avec précaution à remplir son assiette de nourriture.

— Je pouvais à peine le retenir même quand il était en format poche, marmonnai-je dans ma barbe. Comment suis-je censée le faire maintenant alors qu'il a la taille d'une maison ?

— Les hommes ! s'exclama-t-elle en haussant les épaules avec désinvolture, pas du tout préoccupée. Je ne peux jamais comprendre exactement ce qui se passe dans leur tête. Tenez..., dit-elle en plaçant une espèce de pâte sur une assiette pour moi. Essayez ceci, s'il vous plaît. C'est du fromage fouetté au lait de *marid*.

— Les animaux que vous montez ?

— Tout à fait. Les *marids* sont utilisés à de nombreuses fins, m'expliqua-t-elle en prenant un petit cube noir sur un autre plat. C'est de la viande de *marid*, assaisonnée et séchée.

Je regardai avec curiosité la grande variété d'aliments étalés sur les plateaux devant moi, en essayant de deviner ce qu'ils étaient.

Le gouverneur revint à notre table au même moment, accompagné de mon homme.

Rayonnant, Agan se laissa tomber sur le banc à côté de moi.

— Le gouverneur Eehie vient de m'offrir un emploi dans la force civile de protection des frontières, annonça-t-il, en attrapant le fromage et le cube de viande dans mon assiette et en les mettant tous les deux dans sa bouche.

— Est-ce que tu as accepté ?

Les choses se passaient à une vitesse vertigineuse. Il avait perdu un emploi et en avait obtenu un nouveau en quelques minutes.

— J'ai dit que je devais d'abord en parler avec mon épouse.

Ma mâchoire se décrocha, et je restai bouche bée.

— Ta quoi ?

Avec un doigt sous mon menton, il referma ma bouche.

— J'ai dit que je t'épouserai. Je le pensais.

— Quand ?

— Dès que possible.

Je souris devant son impatience.

— Peut-être devrions-nous au moins attendre qu'ils prolongent mon contrat et confirment ma nouvelle affectation ?

— Si vous préférez continuer votre travail actuel après votre démission de l'armée l'année prochaine, Madame le lieutenant, déclara le gouverneur, en prenant sa place de l'autre côté de sa femme, nous pourrions très certainement utiliser vos compétences aussi. Nous créons une force de contrôle des frontières pour empêcher les bandes de *yirzis* et les *fescods* d'entrer sur notre territoire. J'aimerais vous avoir parmi les guerriers protégeant notre terre des futures invasions. Vous pouvez travailler aux côtés de votre futur mari si vous le souhaitez.

— Nous serons dans la même structure, pour une fois, ajouta Agan dont le sourire s'agrandissait. J'aurai enfin la chance d'être ton chef et de te donner des ordres.

— À moins que je ne sois d'abord ta chef, bien sûr.

Je ris, en effleurant son nez avec mon doigt.

Il attrapa ma main qui était en l'air et la pressa contre ses lèvres.

— Tous tes souhaits sont déjà mes ordres. Je ferai n'importe quoi pour toi, mon chiffre porte-bonheur.

— J'ai tout ce que j'ai toujours souhaité et plus encore, répondis-je en faisant courir mes doigts le long de la partie saillante et soyeuse de sa pommette.

— Tant que je t'ai, mon amour.

Épilogue

Emma

Presque un an plus tard. Jour de la Saint-Valentin.

Je me tenais au sommet d'une colline, juste à l'extérieur des remparts d'Irlie, une petite ville frontalière du territoire de Ravie. Agan travaillait ici avec les gardes-frontières, et mon contrat de mission de maintien de la paix sur Tragul se terminerait dans quelques mois. Nous avions tous les deux travaillé pour protéger la ville et le pays contre les *yirzis* et les *fescods* errant dans la jungle.

Ma période de service obligatoire touchait à sa fin, après quoi j'avais déjà un emploi à la protection des frontières. Je resterais ici, en travaillant aux côtés d'Agan.

Ça avait été calme ces derniers temps car nous avions maintenant repoussé les *yirzis* et les *fescods* loin du pays.

Agan et moi avions passé notre temps libre à aménager notre jolie maison à deux étages et à enfin planifier notre mariage. Depuis notre déménagement ici, j'avais également terminé toutes les formalités d'immigration pour faire venir mes parents sur Tragul. Ils avaient depuis déménagé ici aussi et s'étaient installés avec bonheur dans une maison proche de la nôtre.

Maman avait été occupée dans le vaste jardin qu'elle avait réussi à planter et à cultiver au cours des deux mois suivant leur arrivée. Et Papa, toujours très sociable, s'était lié d'amitié avec les voisins. Maman et lui recevaient des invitations à dîner presque tous les soirs.

En ce moment, ils se tenaient tous les deux sur les remparts de la ville, avec beaucoup de nos voisins et amis. Je ne pouvais pas voir leurs visages à cette distance et je n'entendais qu'un murmure continu de voix. Je ne pouvais pas distinguer leurs mots, mais je savais qu'ils me regardaient tout en buvant et en tenant des poignées de pétales de fleurs dans leurs mains.

La brise se glissait dans la soie blanche de ma jupe longue et évasée. Elle flottait comme une voile autour de mes jambes. Un voile brodé d'or coulait sur mes cheveux, et une écharpe blanche à franges d'or entourait ma poitrine.

L'or et le blanc étaient les couleurs du mariage en pays Ravie. Je me tenais au sommet de la colline, en attendant que mon nouveau mari me « kidnappe » comme c'était l'ancienne tradition du peuple ravil.

Presque pile un an après qu'Agan s'était fait livrer dans un colis pour atterrir sur mes genoux, nous nous étions finalement mariés. Il nous avait fallu beaucoup plus de temps que prévu pour l'officialiser. Mais avec tant de changements au cours de la dernière année, le mariage avait pris du temps pour être planifié et organisé.

En plus, j'avais une nouvelle incroyable pour lui. J'avais gardé le secret depuis trois jours maintenant, en ayant décidé de lui dire ce soir – une partie de mon cadeau de mariage pour mon mari.

Un cavalier sortit de la jungle. Monté sur un *marid*, l'élégante monture à six pattes des Ravils, il chevauchait vers moi. Le soleil couchant faisait briller le pelage blanc doré de l'animal et la crinière épaisse et ondulée de mon homme.

Jadis, les enlèvements de mariage se passaient exactement comme cela : un homme ravil enlevait la femme qu'il voulait épouser, avec ou sans sa permission.

Au fil des siècles, les lois et les coutumes avaient changé. Maintenant, l'enlèvement illégal était un crime, puni par la loi. Cependant, la tradition du marié chevauchant un *marid* et emportant sa fiancée était restée une partie de la célébration du mariage.

Agan était magnifique dans son pantalon de soie blanche avec sa ceinture dorée nouée autour de la taille. Les longues extrémités de sa ceinture volaient derrière lui, en flottant au vent. Il était dans son élément, dans son monde. Un large sourire de bonheur se dessina sur son visage alors qu'il s'approchait de moi.

Poussé par le poitrail du *marid* et le large torse de son cavalier, une masse d'air me frappa alors qu'ils se rapprochaient. Je rentrai la tête dans les épaules, subjuguée par l'envergure et la vitesse des deux. Mais je n'avais pas peur, j'avais confiance en Agan.

Sans ralentir, il se pencha, en me soulevant du sol d'un bras.

— Je t'ai eue !

Il me plaça sur la selle devant lui, et j'attrapai son majeur, en me pressant contre lui.

— Serre-moi.

— Toujours.

Agan ralentit un peu le *marid* et resserra son bras autour de moi.

Un rugissement d'acclamations éclata des remparts de la ville où nos invités levaient leurs verres à notre heureux mariage et jetaient des pétales de fleurs dans notre direction.

Nous ne verrions aucun d'entre eux avant la semaine prochaine. Agan m'emmenait dans la ville en haut de la colline où il avait loué une cabane à côté d'une belle cascade pour notre lune de miel.

— Tu es toute à moi maintenant, dit Agan en m'embrassant le haut de la tête, son cœur battant la chamade dans sa poitrine pressée contre moi.

Il fit glisser les rênes dans sa main au niveau de ma taille, puis tendit sa main libre vers sa ceinture.

— J'ai quelque chose pour toi, déclara-t-il en brandissant une bague en or avec une pierre ronde opaque. C'est une tradition de chez toi, n'est-ce pas ? D'échanger des alliances un jour de mariage ?

J'eus le souffle coupé à la vue de la magnifique pierre. Les rayons du soleil brillaient à travers elle en faisant jaillir des étincelles multicolores.

— Comment le savais-tu ?

— Ton père me l'a dit.

Il sourit en passant la bague à mon doigt.

— Elle est si belle, dis-je en inclinant ma main, et en admirant les éclats de lumière jouant à l'intérieur de la pierre. Et elle est parfaitement à ma taille.

— Évidemment, répondit-il avec confiance. Je connais ton corps de fond en comble, chaque partie. Toutes les dimensions, aussi.

Je fourrai mon nez dans son torse. Mes joues se réchauffaient à la pensée de tout « l'apprentissage » du corps de l'autre que nous avions fait au cours de l'année écoulée.

— J'ai aussi quelque chose pour toi, dis-je doucement, mon cœur s'accélérant d'excitation mais aussi d'un petit peu d'appréhension. Assure-toi simplement de ne pas tomber de la selle quand je dirai ce que c'est.

— Tomber de la selle ? demanda-t-il en riant de bon cœur. Je suis né dedans. Il n'y a rien qui me ferait tomber d'un *marid*.

Je levai mon visage vers le sien, en ayant besoin de voir ses yeux en lui disant :

— Je suis enceinte, Agan. Nous serons bientôt parents.

Il s'écarta brusquement de moi, en chancelant sur le côté, tandis que sa bouche s'ouvrait. Je m'agrippai à sa ceinture, en le ramenant vers moi.

— Je t'ai presque fait tomber de la selle en fin de compte, n'est-ce pas ?

— Emma...

Il me fixait, l'émerveillement nageant dans ses yeux grands ouverts. Les étincelles jaunes du soleil couchant scintillaient comme des grains d'or dans le vert éclatant de ses iris.

— Tu n'es pas seulement mon chiffre porte-bonheur, tu es mon miracle, dit-il.

La chaleur de la lumière dans ses yeux flottait dans mon cœur, en le remplissant de tant d'amour.

— Miracle, répétai-je. C'est ce que le médecin a dit.

Il y avait eu de nombreuses études sur la reproduction entre les humains et les Voraniens, montrant qu'une grossesse était impossible entre ces deux espèces. Cependant, comme Agan et moi étions le premier et toujours le seul couple humain-Ravil dans l'univers, tout commençait avec nous.

— Qu'est-ce que le médecin a dit d'autre ? demanda Agan alors que son expression devenait pensive, l'émerveillement éclipsé par l'inquiétude. Est-ce que tu peux voyager ? Peut-être devrions-nous annuler la lune de miel ?

— Calme-toi, *papa*, dis-je en tapotant doucement sa poitrine, avec un léger rire. Nous allons très bien. Comme c'est le seul bébé Ravil-humain au monde, je vais devoir me faire examiner plus souvent que d'habitude. Le médecin va suivre de près cette grossesse. Il a déjà envoyé un rapport au Voran et m'a dit de s'attendre à ce que des spécialistes de là-bas arrivent à un moment donné. Nous aurons certainement beaucoup plus d'attention sur nous à cause de cela, mais il n'y a aucune raison de s'inquiéter, pas encore de toute façon. Le bébé et moi allons bien.

— Le bébé, répéta-t-il après moi dans un demi-chuchotement, sa main à ma taille glissant jusqu'à mon ventre, qui était toujours désespérément plat. À toi et à moi, ajouta-t-il.

Nous n'avions pas encore vraiment parlé d'avoir des enfants. Agan et moi savions que les Voraniens et les humains ne pouvaient pas se reproduire, mais il y avait d'autres moyens de fonder une famille, du donneur de sperme humain à l'adoption. J'avais pensé que nous pourrions les examiner le moment venu. Mais maintenant que c'était arrivé de manière si inattendue, je me demandais si Agan se sentait aussi prêt que moi.

— Es-tu heureux, Agan ?

— Je suis plus heureux que jamais, Emma, dit-il en me serrant plus fort, en embrassant mon visage. Vivre assez longtemps pour voir Ravie prospérer en paix a toujours été mon rêve. Je n'avais jamais osé rêver de mettre un enfant au monde alors que la guerre faisait encore rage. Maintenant...

Sa poitrine se souleva tandis qu'il inspirait profondément. La tension et l'inquiétude disparurent de son visage comme s'il avait été lâché avec l'air qu'il avait expiré.

— Je ne pouvais rien imaginer de mieux que cela. Je t'aime, Emma. Plus que la vie.

Je me détendis contre le torse de mon mari.

— Je t'aime aussi, mon minuscule géant. Tu es tout pour moi.

À propos de la collection Un Alien pour les fêtes

Contrairement à toutes mes autres collections, Un Alien pour les fêtes n'a pas d'intrigue commune. Les livres de cette collection sont indépendants et peuvent être lus dans n'importe quel ordre. Je n'ai pas l'intention de me priver d'écrire dans cette collection lorsque l'inspiration me viendra.

Pour suivre toutes les nouveautés, inscrivez-vous à la newsletter de l'auteur :

Pour en savoir plus sur Marina Simcoe

ROMANS D'AMOUR PARANORMAUX
Le Monde de la Rivière des Brumes
La Caresse du serpent
La Conquête du serpent
La Ménagerie des Curiosités de Madame Tan
L'appel de l'eau
Folie de la lune
Le Puissance de la rage

ROMANS D'AMOUR de SCIENCE-FICTION
Un Alien pour les fêtes
Mon Mariage avec Krampus
Mon minuscule géant
Mon escapade d'anniversaire
Une mère par correspondance

À propos de l'Auteur

Marina Simcoe aime écrire des histoires d'amour avec des personnages, qui peuvent être humains ou non, car elle croit fermement que notre monde contemporain a toujours besoin d'un peu de fantaisie.

Elle s'amuse beaucoup à explorer comment ses personnages fantastiques, dotés de leurs propres croyances, valeurs et aspirations, s'adaptent à notre vie de tous les jours.

Elle vit au Canada avec son grincheux de brute bien à elle, leurs trois jeunes enfants et un chat, qui est assurément unique en son genre.

Pour être tenir informé de ses prochains livres, veuillez consulter la page de Marina Simcoe sur Facebook ou le site de l'auteure : www.marinasimcoe.com/français

Gardons le Contact

Illustrations sur mon Patreon :

Le Groupe de lecteurs sur Facebook :
Marina's Reading Cave
www.instagram.com/marinasimcoeauthor
www.marinasimcoe.com/français
www.facebook.com/MarinaSimcoeAuthor/
www.amazon.com/author/marinasimcoe
www.goodreads.com/MarinaSimcoe